LE SECRET DES CARTOGRAPHES

Tome I

Historienne de formation, Sophie Marvaud a écrit plusieurs romans d'aventures historiques parus aux éditions Plon et Nouveau Monde. Elle anime également des ateliers d'écriture.

SOPHIE MARVAUD

Le Secret des cartographes

Tome I

PLON

ISBN : 978-2-253-13422-0 – 1re publication LGF

1

Le continent caché

En février 1628, un homme seul, prématurément vieilli, enveloppé dans une épaisse cape noire, un chapeau à large rebord enfoncé jusqu'aux yeux, luttait contre la bise humide qui montait des canaux d'Amsterdam. Tout en se hâtant, il revoyait l'ensemble de son existence et, malgré son caractère tenace jusqu'à l'entêtement, se sentait dans la pire des positions pour négocier sa survie.

Devant la Bourse, il baissa la tête de peur d'être reconnu d'un créancier. Il accéléra encore le pas à l'approche d'un bâtiment de pierre imposant, laissa de côté les entrepôts, et ne reprit son souffle qu'après avoir franchi le porche de l'entrée. Au-dessus de lui, sur un frontispice, étaient gravées trois lettres dont la seule vue faisait palpiter les cœurs ou trembler les genoux : V, O, C. Il pénétrait dans les bureaux de l'entreprise la plus puissante d'Europe, et peut-être du monde, la Compagnie hollandaise des Indes orientales, *Vereenigde Oostindische Compagnie*, communément appelée VOC.

Après avoir longuement patienté dans une antichambre glaciale, il fut introduit dans une vaste pièce, illuminée par une belle flambée et par les chandelles de plusieurs lustres de cuivre. Comme une fenêtre ouverte sur l'autre bout du monde, un grand tableau placé au-dessus de la cheminée frappait l'œil avec ses palmiers aux troncs gigantesques et aux feuilles en dents de scie. De petits hommes bruns et nus les escaladaient, tandis que d'autres vendaient leurs fruits sur des tapis à même le sol. Au premier plan, deux Chinois en robes longues se faisaient des courbettes, et le seul homme blanc du tableau passait au bras d'une élégante au visage noir. A l'arrière se dressaient les murailles lisses de la forteresse de Batavia, dans l'archipel indonésien.

— Bonjour monsieur Van Vliet. Asseyez-vous donc.

Il obtempéra. Autour d'une immense table ovale se trouvaient déjà les dix-sept gouverneurs de la VOC, deux secrétaires et un comptable. Celui qui dirigeait l'entretien, Pieter Van Haarlem, avait une responsabilité essentielle : la cartographie. Il y a peu, le négociant voyait en lui un ami.

— Monsieur Van Vliet, commença Pieter, nous avons vérifié ce que vous nous devez encore et nous avons abouti à la somme de...

Le comptable lut avec attention la ligne soulignée par une règle :

— Cent quinze mille sept cent trente-deux florins.

— Mes propres calculs aboutissent à un total différent, fit aussitôt remarquer Cornelis Van Vliet. Etant donné que vous n'aurez pas à payer les salaires des marins qui ont fait naufrage...

— Inutile d'entrer dans ces détails, l'interrompit le gouverneur. De toute façon, nous savons que vous êtes incapable de réunir cette somme.

— Si vous me faites la grâce de m'accorder encore quelques mois...

— Non, monsieur ! Nous avons une bien meilleure offre à vous faire.

— Laquelle ?

— Nous sommes prêts à effacer l'intégralité de vos dettes.

Le négociant ne réussit pas à cacher sa surprise.

— Qu'attendez-vous de moi en échange ?

— Votre loyauté.

En serrant les dents, il attendit la suite, certain que cette proposition trop belle pour être vraie serait accompagnée d'une condamnation quelconque.

— Voilà notre plan, monsieur Van Vliet, lui expliqua Pieter Van Haarlem. Nous vous offrons un navire et un équipage. Vous pourrez choisir vous-même l'embarcation qui vous conviendra dans notre chantier naval. Puis constituer votre équipe à votre convenance, à condition qu'elle ne dépasse pas cent personnes.

— Et ainsi équipé, le coupa Cornelis avec impatience, quelle sera ma mission ?

Au signal de Pieter, l'un des secrétaires posa entre eux une mappemonde. Le gouverneur se leva à demi et fit lentement tourner le globe sur son axe. Les zones incertaines avaient été comblées de toutes sortes de jolis motifs : sirènes sur leurs rochers, navires luttant contre le vent, dauphins bondissants. La mention :

Terrae Incognitae, « terres inconnues », occupait une partie de l'hémisphère Sud.

— Vous voyez cette représentation de la Terre, telle que la décrivent aujourd'hui les géographes. Que remarquez-vous ?

Cornelis répondit de mauvaise grâce :

— Le tracé des côtes d'Afrique comporte de nombreuses imprécisions...

Pieter arrêta le mouvement de rotation, de manière à placer l'Asie sous les yeux de son interlocuteur.

— Oui, mais encore ?

— Nous ne connaissons que partiellement les côtes de l'Inde, du Japon, de la Chine, et même des Moluques, nos précieuses îles aux épices de l'archipel indonésien...

— Regardez un peu les océans, dit le gouverneur les yeux brillants.

— Le Pacifique est presque vierge.

Dans un grand élan d'enthousiasme, Pieter finit de se lever.

— Exactement ! Et pourtant, il représente... presque la moitié du globe terrestre ! Un espace immense, quasiment ignoré des cartographes.

Autour de la table, les seize autres gouverneurs, les deux secrétaires et le comptable fixaient la mappemonde comme s'il s'agissait d'un œuf d'où allait sortir un oisillon d'une espèce nouvelle. Pris au jeu malgré lui, Cornelis murmura :

— Il y existe sûrement des terres inexplorées...

Soudain rouge de plaisir, Pieter plaqua sa main sur la grande surface bleue du Pacifique.

— Et les scientifiques nous le confirment ! Voyez-vous, monsieur Van Vliet, étant donné le poids des terres émergées de l'hémisphère Nord, notre planète ne pourrait pas tenir sur son axe sans une énorme masse posée quelque part par là, entre le pôle Sud et les tropiques. Déjà, Ptolémée, le grand astronome de l'Antiquité, avait découvert cette vérité, qui a été confirmée, depuis, par tous nos savants modernes. La rotation régulière de la Terre implique l'existence, dans le Pacifique Sud, d'un continent inconnu de la taille de l'Afrique.

Autour de la table, des chuchotements reprirent en écho :

— Un continent encore inconnu...

— De la taille de l'Afrique…

— Dans le Pacifique Sud…

Bien qu'ils aient au préalable entendu le même discours de la bouche de Pieter Van Haarlem, les visages des gouverneurs marquèrent le coup, certains reflétant l'espoir de fantastiques enrichissements, d'autres un scepticisme discret. N'ayant bénéficié d'aucune éducation autre que celle de la rue, Cornelis entendait pour la première fois le nom de l'astronome de l'Antiquité. Mais son oreille aux aguets capta un échange fait à mi-voix à sa gauche :

— C'est justement parce qu'il s'est basé sur les calculs de Ptolémée que Christophe Colomb a pris l'Amérique pour les Indes ! L'astronome croyait la Terre plus petite d'un tiers qu'elle ne l'est en réalité…

— C'est vrai. Mais, sur d'autres points, il avait vu juste. Sa rotondité, par exemple… Et puis, pourquoi cet espace immense serait-il le seul de notre planète qui ne contiendrait pas une vaste terre ?

Elucubrations, pensa Cornelis. Les débats théoriques ne l'intéressaient pas, contrairement aux rumeurs véhiculées dans les tavernes du port, qui, pour lui, n'étaient jamais sans fondement. Or, au sud de l'océan Indien, des marins déviés de leur route par de terribles intempéries et entraînés vers le Pacifique affirmaient avoir aperçu des terres nouvelles… Certains, pris de boisson il est vrai, juraient même y avoir posé le pied.

D'un geste, Pieter rétablit le silence dans la pièce.

— Une fois cette grande terre localisée, Cornelis, vous choisirez l'emplacement d'un comptoir. Vous vous y installerez, renvoyant votre navire vers Batavia pour en informer la Compagnie. Dès que possible, celle-ci vous adressera du renfort. Une fois votre position consolidée, vous commencerez à dresser l'inventaire de ses richesses et vous en organiserez l'exploitation, en tant que gouverneur général de la VOC pour le continent inconnu.

— Pourquoi moi ? bégaya Cornelis, partagé entre une terrible appréhension et un indéniable soulagement.

— Nous connaissons votre obstination, monsieur Van Vliet. Nous savons que vous mettrez toutes les chances de votre côté. Vous réussirez, parce qu'il vous sera impossible d'échouer.

Pieter Van Haarlem et ses pairs avaient raison, reconnut le négociant en frissonnant. Il réussirait, ou bien il ne reviendrait jamais. Son installation sur le continent inconnu serait forcément parsemée de difficultés grosses comme des icebergs. Mais, au fond, il convenait mieux à son tempérament d'être dévoré par les cannibales des tropiques que de finir ses jours en prison pour dettes.

— Et pour mettre toutes les chances de mon côté, dit-il en se redressant, avez-vous préparé pour moi un exemplaire de vos cartes du Pacifique ?

Les « Dix-Sept Messieurs » – ainsi surnommait-on les gouverneurs – échangèrent quelques sourires. L'esprit d'entreprise du négociant commençait à triompher des malheurs qui s'étaient abattus sur lui. Pieter Van Haarlem fit amener sur la table une pile de livres larges et épais.

— Pour commencer, nous vous fournissons les atlas de nos compatriotes Abraham Ortelius et Gerhard Mercator, qui contiennent toutes les informations disponibles au public ; mais sur la région qui nous intéresse, ils sont… assez succincts. Ensuite, voici les récits des explorateurs qui, en effectuant un tour du monde, ont traversé le Pacifique : le Portugais Fernão de Magalhães, dit Magellan, l'Anglais Francis Drake, et le Hollandais Olivier Van Noort. *Relazione del primo viaggio intorno al mondo* a été écrit par Antonio Pigafetta, l'un des compagnons de Magellan. Dans cette nouvelle édition du *Principal voyages, Traffics and Discoveries of the English Nation* de Richard Hakluyt, se trouve la seule mention existante du voyage de Drake – plutôt brève, il faut l'avouer. Quant à Olivier Van Noort, il a raconté lui-même ses aventures dans ce volume : *Beschrijving van de moeyelyke reis rondom de werldaar de globe, door Olivier Van Noort, waarin zyne vreem de lotgevallen in voorkomen.*

Le souffle court, Cornelis attendait. Il savait que ces livres se trouvaient en librairie et que la Compagnie ne pouvait s'en contenter. Il lorgna les cylindres de métal que Pieter Van Haarlem fit ensuite rouler sur la table et qui, chacun, contenaient une douzaine de cartes en vélin roulées sur elles-mêmes.

— Et enfin, Cornelis, voici les cartes qui ont été dressées à la main par les plus éminents géographes des Provinces-Unies, à notre demande. Elles n'ont jamais été publiées. Il n'en existe que quelques exemplaires numérotés et gardés en lieu sûr, que nous ne confions qu'à l'occasion d'une mission d'importance, comme la vôtre, et que nous récupérons ensuite.

Cornelis ne put s'empêcher d'effleurer le doux vélin du bout des doigts, comme il l'aurait fait avec des pierres précieuses.

— Si, à votre retour, l'une d'entre elles venait à manquer, vous auriez intérêt à nous fournir une explication… indubitable. Ceci, bien sûr, quel que soit le succès de votre expédition.

Le négociant hocha la tête, déjà impatient de les étudier en détail.

*

Comme l'avaient prévu les gouverneurs de la VOC, Cornelis Van Vliet n'allait négliger aucune piste pour mener à bien sa dangereuse mission. Mais ce que les Dix-Sept Messieurs n'avaient pas imaginé, c'est qu'il réussirait également à circonvenir l'un des leurs...

Une semaine après ce rendez-vous, la même silhouette noire et têtue luttait dans les rues d'Amsterdam contre un vent violent qui faisait gémir les arbres. Cette fois, l'homme n'était pas seul. Quatre marins aux bras solides l'accompagnaient, transportant deux coffres lourdement chargés. Des nuages couraient à travers le ciel, camouflant par intermittence les étoiles et un mince croissant de lune, guère plus épais qu'une virgule. Le cœur de la nuit emplissait les canaux d'encre noire.

Au signal de Cornelis, les marins déposèrent les coffres dans l'ombre d'un muret, en face d'une demeure opulente. Il sortit de sa poche de quoi les payer et leur fit signe de le laisser.

Lorsqu'ils eurent tourné au coin de la rue, se disputant sur le choix d'une taverne où dépenser leurs florins, le négociant grimpa les trois marches du perron et tira sur une chaînette en métal. A l'intérieur, une cloche sonna.

Une servante apparut.

— Qu'y a-t-il, monsieur ?

Le négociant sortit de sa poche un petit objet de porcelaine blanche : un coquetier. A l'extérieur s'entrelaçaient deux initiales : P et H. Sur la face interne était dessiné un grand V reliant un O et un C, surmonté d'un A : le monogramme de la VOC à Amsterdam.

— Tiens, donne ça à ton maître. Il est au courant.

La jeune fille referma la porte derrière elle. Dans l'obscurité de la rue, Cornelis rapprocha instinctivement de lui sa lanterne. Le canal, que la nuit rendait aussi opaque qu'un miroir, lui renvoya l'image de son front creusé de rides. La porte s'ouvrit de nouveau sur la servante, laissant le passage à un homme corpulent, engoncé dans une épaisse robe de chambre et coiffé d'un bonnet de velours : Pieter Van Haarlem, le gouverneur de la Compagnie chargé de la cartographie.

Celui-ci serra la main du négociant avec une chaleur qui contrastait avec l'attitude qu'il avait eue à la VOC.

— Alors, Cornelis ! D'attaque pour l'aventure ?

Le négociant répondit plutôt sèchement :

— Pieter, j'ai besoin de ce que vous m'avez promis.

Le gouverneur posa la main sur son cœur – à moins que ce ne fût sur la poche de sa robe de chambre.

— Je tiens personnellement à ce que votre expédition soit un succès. Avez-vous pensé à mon petit cadeau ?

— Dans ces deux coffres.

— Je voudrais les voir.

— Le motif est le même que sur le coquetier.

— Auriez-vous la gentillesse de me les montrer ?

— Très bien.

Ils descendirent dans la rue. Cornelis ouvrit les coffres et écarta la paille qui en protégeait le contenu. S'agenouillant, Van Haarlem attrapa une assiette. A la lueur de sa chandelle, il l'observa avec attention, côté face et côté pile. Le négociant se pencha au-dessus de lui :

— Joli, n'est-ce pas ? Le motif a été reproduit avec fidélité. Les Chinois ne l'ont pas inversé, cette fois-ci... Et admirez la finesse de cette porcelaine ! Vous verrez, Pieter, manger là-dedans fait paraître la nourriture encore plus délicieuse et raffinée. Avec vos initiales au bord des assiettes, vos invités se rappelleront à chaque bouchée qui ils doivent remercier pour ces réjouissances. Ensuite, à mesure qu'ils se régaleront, ils verront apparaître le monogramme de la VOC.

Jamais ils ne pourront oublier qu'ils ont le privilège de partager la table de l'un des dix-sept notables les plus puissants de la ville !

En opinant de la tête, Pieter Van Haarlem se releva.

— Vous avez bien travaillé.

— Tout était prêt pour le mariage de nos enfants, Pieter. C'est une chance que votre fils et vous ayez les mêmes initiales, ajouta-t-il, grinçant. La dot de ma fille a trouvé son usage.

Le gouverneur soupira, d'une compassion qui sonnait faux.

— Pour chacun d'entre nous, la vie est cruelle, Cornelis.

Le négociant tendit sa paume ouverte et tremblante. Le gouverneur fit signe à la servante qui lui apporta un épais recueil de parchemins serrés à l'intérieur d'une pochette de cuir :

— Allons, regardez ce que je vous ai préparé. Un document ultraconfidentiel : le « Rapport de Jakob Le maire ».

Le négociant saisit le recueil et en feuilleta les pages avec frénésie.

— C'est tout ?

— Attendez ! Il contient nos dernières informations sur la géographie du monde. Vous vous souvenez de l'affaire Le Maire ?

— Vaguement... Des rumeurs ont couru...

— Que la VOC s'est empressée d'étouffer. Il y a une quinzaine d'années, Isaac Le Maire, un riche négociant d'Amsterdam, a soudain refusé de soumettre son intérêt à celui de la Compagnie. Il voulait tenter de commercer avec les Indes de manière indépendante. Ce qui signifiait trouver une nouvelle route maritime, puisque le cap de Bonne-Espérance d'un côté et le détroit de Magellan de l'autre étaient contrôlés par la VOC. Il a donc affrété deux navires, l'un piloté par Guillaume Schouten, et l'autre par son propre fils, Jakob. Après un voyage difficile, Jakob et Schouten ont fini par atteindre Batavia. Ils assuraient avoir découvert une nouvelle route au sud des Amériques, en contournant une pointe qu'ils ont appelée « cap Horn », du nom d'un de leurs navires, perdu dans un incendie. Hélas, le gouverneur général de Batavia a refusé de les croire. Il les a renvoyés à Amsterdam, enchaînés à fond de cale. Plusieurs mois au milieu des rats, de la puanteur des déchets humains et des miasmes provocateurs de maladie... Jakob Le Maire en est mort.

— Je me souviens du vieil Isaac clamant que son fils avait été la victime d'une terrible injustice...

— Hélas, après une étude approfondie de son dossier, nous avons fini par reconnaître notre erreur. Nous lui avons versé une confortable indemnité en échange de sa discrétion. Mais si je vous raconte cette histoire, Cornelis, c'est parce que Isaac Le Maire avait basé sa démonstration sur ce document unique : vingt-cinq cartes du monde entier, les plus récentes qui soient. Il contient les propres relevés de son fils et de Schouten dans le Pacifique.

— Etes-vous prêt à me confier ce rapport ? demanda fiévreusement le négociant.

— Mes services l'ont recopié pour vous, Cornelis. Dans le plus grand secret. Vous voyez comme je tiens à votre succès ! Et j'ai même pensé à un petit cadeau supplémentaire...

Le gouverneur mit à nouveau sa main sur son cœur – et sortit de la poche de sa robe de chambre une mince missive pliée et cachetée qu'il agita sous le nez du négociant.

— Comme vous le savez, la VOC a de grandes ambitions... Il y a quelques années, nous avons installé à Batavia une équipe de cartographes, avec pour objectif de relever la géographie de l'Asie au fur et à mesure de nos découvertes. Cornelis, voici l'autorisation exceptionnelle de recopier tous leurs documents en préparation. Sans ce papier signé de ma main, vous ne pourriez même pas y jeter un coup d'œil. Nos cartes sont mieux protégées que les bijoux du stathouder.

— Vous voulez dire que je devrai obligatoirement passer par Batavia avant de me rendre dans le Pacifique ?

— Ou alors patientez vingt ans. Je vous promets qu'un jour, à Amsterdam même, vous bénéficierez grâce à nous de relevés enfin fiables et précis.

— Ne vous moquez pas de moi, Pieter !

L'air excédé, le gouverneur resserra sa robe de chambre autour de lui.

— Ecoutez, Cornelis, je ne peux rien faire de plus pour vous. En signant cette autorisation et en vous offrant le rapport Le Maire, je prends un risque important, car je n'ai pas demandé l'accord de mes pairs. Tout le monde souhaite votre réussite, mais disons... que certains ne sont pas pressés de voir leurs intérêts concurrencés par les richesses du continent inconnu. Bon, j'ai froid, je rentre au chaud chez moi.

Le négociant se hâta de remercier le gouverneur et de saisir la lettre cachetée. Sur le seuil de sa demeure, Van Haarlem se retourna pour le contempler une dernière fois.

— N'oubliez pas que l'autorisation est délivrée en votre nom propre, Cornelis. Si, par un hasard funeste, vous disparaissiez pendant le voyage, vos compagnons ne pourraient pas l'utiliser.

Le négociant grommela quelque chose d'inaudible. Peut-être se fichait-il de ce que deviendrait son équipage s'il lui arrivait malheur avant d'atteindre Batavia...

De retour chez lui, incapable de dormir avant d'avoir examiné sous toutes ses coutures le rapport Le Maire, Cornelis usa quantité de chandelles et remit plusieurs bûches dans la cheminée avant de repousser avec rage les relevés du malheureux Jakob. Quoique exceptionnelles, les informations dont il disposait étaient bien trop parcellaires et sujettes à caution. Impossible de s'en contenter ! Il devait trouver d'autres cartes sur le sud du Pacifique.

Mais où ? Où trouver du nouveau sur cette partie du globe que, à sa connaissance, seulement trois explorateurs avaient traversée depuis l'invention des caravelles ?

Il ramena vers lui les livres offerts par la VOC, et qui racontaient les aventures d'Olivier Van Noort, son compatriote, de Magellan le Portugais, et de Francis Drake l'Anglais... Seuls les deux premiers avaient rendu public le récit de leurs voyages. Pourtant, le troisième avait forcément rapporté de son tour du monde des relevés et toutes sortes d'observations...

Sans doute les avait-il offerts à sa souveraine, la reine Elisabeth Ire, qui l'avait anobli... Et depuis, ces précieuses informations étaient conservées à l'abri dans les archives confidentielles de la cour d'Angleterre... De même que la VOC, la couronne anglaise devait considérer ses cartes du Pacifique comme des secrets d'Etat...

Il laissa retomber les livres sur la table.

... La couronne espagnole également ! Depuis qu'elle dirigeait aussi le Portugal, elle bénéficiait des comptes rendus des navigateurs portugais, particulièrement actifs dans l'océan Indien. Peut-être certains avaient-ils navigué sur le Pacifique sans que personne le sache ! Même la France, active dans la découverte des océans, pouvait y avoir missionné des marins dans le plus grand anonymat...

Soudain ragaillardi, Cornelis poussa un bref cri de triomphe. Les informations supplémentaires dont il avait besoin, il irait les chercher là où elles se trouvaient : dans les archives secrètes des cartographes royaux.

Se levant d'un bond, il repoussa les volets épais qui protégeaient les deux fenêtres de la pièce. Dehors, une aube glaciale effleurait la brume.

Pour répondre au défi insensé que lui lançait la VOC, il allait rassembler sur son navire une équipe très spéciale... une équipe d'espions étrangers.

2

Cap sur la liberté

Mon enfant bientôt à naître, c'est pour toi que je prends la plume. Quoi qu'il m'arrive au moment de ta naissance, je veux que tu connaisses l'histoire de ton père, de ta mère, de l'homme qui t'élèvera et de leurs compagnons. Entre nous, les liens d'amitié et d'amour ont été les plus forts qui soient. Ensemble, nous avons vécu une aventure tout à fait extraordinaire. A moi, elle a apporté la liberté, et à toi, la vie...

*

... Nous étions dans les premiers jours d'août 1628. Tandis que les voiles s'emplissaient de vent, mon cœur se gonflait de rêves et de désirs. Et s'il existait, sur cette Terre, un lieu où règne la justice ? Un lieu où les procès ne seraient plus gagnés par les sans-scrupule, les beaux parleurs aux effets de manche, les pleins-aux-as qui peuvent soudoyer les juges, les puissants qui ont l'oreille des princes ou de l'Eglise ? Mais au contraire par les pauvres gens, les femmes, les enfants, tous ceux qui, dans n'importe quel pays, racontent leur malheur d'une voix faible, le corps encore vibrant de la violence subie, sous le regard indifférent ou goguenard des juges ?... Et qui, là-bas, au bout du monde, entendus, consolés, réhabilités, protégés, redresseraient la tête, pouvant enfin choisir leur vie...

Devant moi, le monumental bâtiment de la Compagnie des Indes orientales reculait, ainsi que l'enfilade à perte de vue des entrepôts surmontés de poulies. Tiré par des chaloupes à rames, le navire *De Hoop*, c'est-à-dire *L'Espérance*, s'arrachait du quai. De mes mains raidies et maladroites, je m'agrippais au parapet de bois.

A la proue, surveillant la sortie délicate du port, se tenait l'homme le plus attirant que j'avais jamais rencontré, notre jeune capitaine hollandais, Hans Michielszoon. Bien planté sur ses jambes, les bras ouverts comme pour prendre possession de l'océan à venir, il se concentrait sans dissimuler sa satisfaction. C'était son premier voyage en tant que capitaine.

Près de lui, l'officier en second, Vasco Tartaruga, transmettait ses ordres aux quelques matelots déjà embarqués. Le soleil des mers du Sud avait brûlé le visage et blanchi les cheveux de ce Portugais à l'allure de Viking.

Tandis que je le contemplais, le vent s'engouffra dans mon capuchon, dénudant le sommet nu de mon crâne. La rafale dégagea l'oreille gauche de Vasco, que dissimulaient d'habitude ses cheveux mi-longs. L'oreille était ornée d'une entaille assez large pour voir le paysage au travers.

— Salut à toi, frère Paolo !

Un nain en costume de soie élimé et troué s'avançait vers moi d'un pas énergique. Il tenait à la main une vihuela, un petit instrument à cordes dont la caisse était légèrement resserrée au centre, ce qui lui donnait la forme d'un corps de femme miniature.

Je lui répondis avec enthousiasme :

— Alonso, bonjour ! Belle journée pour un départ, n'est-ce pas ?

— Maussade à souhait ! Adieu, Europe humide et guerrière ! A nous, le franc soleil des mers du Sud !

— A nous l'aventure !

— Mais gare au mal de mer !

Après m'avoir lancé un clin d'œil, il alla s'asseoir un peu plus loin sur le bastingage, se penchant sur son instrument pour l'accorder. Une dernière fois, je contemplai les négociants qui, malgré le crachin, se pressaient dans le port d'Amsterdam. L'un d'eux héla un marin qui descendait d'une passerelle d'un navire battant pavillon anglais.

— Ton roi a-t-il fini de réunir sa flotte pour secourir les huguenots de La Rochelle ?

— Aucune idée ! Je viens de Copenhague.

— Ah ! Alors, peut-être sais-tu où en sont les troupes de l'empereur d'Autriche ? A force de progresser, elles vont bientôt atteindre le Danemark !

Le marin haussa les épaules.

— Elles ont pénétré le Jutland avant-hier.

Le visage du négociant s'illumina. Je le vis qui se précipitait à l'autre bout de la place. J'imaginai qu'il allait acheter le stock de blé français qu'on venait de décharger et de mettre à l'abri dans un entrepôt. Chaque fois que la guerre s'étendait à de nouveaux territoires, des récoltes étaient saccagées et le prix des céréales bondissait.

Quelqu'un s'écria :

— Le convoi de Batavia !

Je tournai la tête vers le chenal qui reliait Amsterdam à la mer. Guidés par des embarcations légères, de puissants vaisseaux à la coque ronde s'avançaient majestueusement l'un derrière l'autre vers le port, comme un lent troupeau d'éléphants.

— Sept navires chargés d'épices ! hurla un autre.

— Et de porcelaines chinoises !

La rumeur enfla. En quelques minutes, les négociants se massèrent au bord du quai. Ils se bousculaient au risque de tomber à l'eau, sautaient à pieds joints comme des enfants, ou grimpaient sur une caisse pour apercevoir les voiles qui approchaient. Chacun voulait être le premier à acheter une part de la précieuse cargaison, afin de la revendre dans quelques jours à un prix plus élevé.

On reconnaissait les Turcs à leurs tuniques bigarrées, longues jusqu'aux pieds, et à leurs cheveux entortillés dans des foulards de couleur ; les Hollandais à leurs costumes austères et à leurs grands chapeaux noirs. Les autres commerçants, vêtus à la mode européenne de culottes bouffantes, de pourpoints colorés, de grands hauts-de-chausses et d'amples cols de dentelle, venaient de Novgorod, Turku, Lübeck, Hambourg, Anvers, Plymouth, Portsmouth, Londres, Nantes, La Rochelle, Lisbonne, Cadix, Séville, Gênes... Derrière eux, çà et là, on entrevoyait la figure exotique de quelque esclave du bout du monde, africain, indien ou malais, qui suivait son maître en portant la dernière trouvaille ramenée d'Extrême-Orient : une large ombrelle pour mauvais temps, appelée parapluie.

Dissimulées sous les longues manches de ma tunique, mes phalanges meurtries me démangeaient. J'aurais tant aimé fixer sur un tableau ces visages affairés, frappés de stupeur, ou au contraire en proie à la plus délirante des joies ! Hélas, comment aurais-je pu saisir un pinceau ? La douleur avait figé mes mains dans une position inhumaine, arrondie, crochue, qui les faisait rassembler à deux serres d'oiseau...

Notre navire vira de bord et s'éloigna des quais. Les conversations fébriles des négociants furent remplacées par le claquement incessant des drisses sur le bois du gréement, et les cris des matelots. Ceux-ci redoublèrent lorsque nous croisâmes le lent convoi de Batavia. D'un bord à l'autre, les marins se saluèrent.

— OHÉ ! BONNE ROUTE !

— BON VENT !

— BON RETOUR, VEINARDS !

— COMMENT C'EST, BATAVIA ?

Les questions se perdaient sans réponses, et les visages brunis conservaient leur mystère... Pendant ce temps, derrière nous, s'effaçaient les hautes maisons de brique ; les clochers s'embrumaient. Pour rejoindre la mer du Nord, nous serpentions à petite vitesse entre les polders, accompagnés par les moulins dont les ailes tournaient sans relâche. Des vaches levaient la tête à notre passage, derniers êtres vivants que nous aurions laissés derrière nous en cas de naufrage en pleine mer...

Voilà une pensée qu'aurait rejetée avec mépris Cornelis Van Vliet, le chef de notre expédition...

Depuis le château arrière du navire, le négociant et sa fille, l'obèse Saskia vêtue de velours pourpre, contemplaient les rives, assis dans des fauteuils d'osier garnis de coussins et de fourrures, et protégés du crachin par un auvent de toile.

Nous fîmes halte à l'entrée de la mer du Nord, dans la rade de Texel. Conduit par la route, le reste de l'équipage embarquait ici, ainsi que les bagages et les provisions. Des chaloupes firent de nombreux allers et retours entre la rive et *L'Espérance*. Solides ou chétifs, jeunes ou déjà marqués par une vie rude, des hommes par dizaines sautèrent par-dessus le bastingage. Certains portaient l'uniforme bleu des soldats de la VOC. Les autres, les matelots, étaient vêtus de chemises crasseuses et de larges pantalons rapiécés, retenus à la taille par une ceinture ou une simple ficelle à laquelle ils avaient accroché un couteau et parfois une pipe ; nombre de souliers étaient troués ; ceux qui ne possédaient pas de chapeau avaient noué sur leur front un carré de tissu.

Les marins portèrent à bord des centaines de caisses, de tonneaux et de barriques, qui furent arrimés dans la cale – et les provisions dans une réserve fermée à clef. Le chargement fini, les chaloupes s'éloignèrent vers la rive. Le timonier saisit le gouvernail, tandis que le capitaine lançait ses ordres :

— Hissez la misaine !

— LA MISAINE !

— Hissez le clinfoc !

— LE CLINFOC !

Pendant que soldats et matelots qui n'étaient pas de quart s'égaillaient entre le pont et la cale, les marins expérimentés guidaient par leurs cris les nouveaux venus qui, accrochés aux agrès, dénouaient les cordages. Giflant le ciel, de grands pans de toiles épaisses s'ouvraient au vent. La mer nous accueillit avec le grondement des rouleaux et le sifflement du vent. Notre navire se lança à l'assaut d'une barrière d'eau salée... et la franchit.

Bousculé par la houle, je me retins comme je pus au parapet. Venant au secours de mes mains, mes pieds nus se contractèrent comme pour accrocher le pont.

Dans les hurlements des goélands, nous tournâmes et prîmes notre cap : sud-ouest. Le vent du nord nous était favorable, nous portant à bonne vitesse sur la crête des vagues. Sans nous mettre en danger, la mer nous secouait et mon estomac commençait à se plaindre.

— Hissez la hune !

— LA HUNE !

— Hissez le perroquet !

— LE PERROQUET !

— Hissez le grand foc !

— LE GRAND FOC !

Et voilà ! Notre voyage commençait ! Une expédition aussi hardie que la première traversée de l'océan Indien par Marco Polo... Aussi périlleuse que le tour du monde de Magellan... Et, si elle réussissait, tout aussi merveilleuse que la découverte de l'Amérique par Christophe Colomb !

Les hommes d'équipage avaient été prévenus que nous partions vers les Indes : s'ils avaient connu notre véritable destination, ils auraient déserté en masse dès notre première escale. Pour manœuvrer le navire, le maintenir en bon état, assurer notre vie à bord et notre protection, nous avions besoin de chacun d'eux : le charpentier, le tonnelier, le voilier, l'armurier, le cuisinier-boulanger, les cinq mousses, les quarante matelots et les trente soldats.

Notre armateur croyait dur comme fer à la réalisation de son projet. Et le capitaine ? A l'énoncé de notre but, son visage était resté impassible. Mais nous, ses officiers, avions tellement envie d'y croire ! Comme moi, chacun de mes compagnons avait une excellente raison de fuir à l'autre bout du monde... Etait-ce pour cela que notre équipe était la plus hétéroclite qui soit ?

A la poupe du navire, non loin du gouvernail, se trouvaient les deux gentilshommes anglais, l'un tout de noir vêtu, Francis Glittery, et l'autre coloré comme un perroquet, William Greyhound. Ils se passaient successivement un petit tube de métal intrigant qu'ils collaient à leur œil pour observer la mer. Venus de Cambridge, ils avaient reçu une excellente éducation en lettres latines et en sciences. Hans Michielszoon avait déjà annoncé que, en cas d'attaque pirate, il compterait sur leurs talents de chirurgiens ; ils étaient devenus tout pâles... Pourvu que nous n'ayons jamais besoin de ce genre de services ! Hors ces terribles péripéties qui nous attendaient peut-être, ils aideraient le capitaine à faire le point et à tracer notre route, mission qu'ils avaient accueillie avec une ardeur proportionnelle à leur inquiétude précédente.

Plus loin, devant un parterre de soldats, Alonso jouait à la vihuela une gigue pleine d'entrain. Comme le capitaine avait douté à voix haute de son utilité, le nain espagnol avait juré qu'il connaissait autant de contes fabuleux que d'airs musicaux, et que nous les apprécierions lorsque notre navire serait immobilisé par un calme plat prolongé. Dans les yeux de Hans Michielszoon, j'avais lu que l'argument était de poids. Si bien que je n'osais imaginer à quoi ressemblait un navire immobile sous le soleil des tropiques, lorsque les vivres se raréfiaient...

Devant moi passaient et repassaient à grandes enjambées Etienne et Paul Moulinet, les frères français encore adolescents. Ils se ressemblaient tant avec leurs silhouettes fluettes, leurs cheveux blonds et leurs yeux noisette ! De petite taille et sans poils au menton, ils avaient l'allure de mousses plus que d'officiers. Heureusement que M. Van Vliet avait troqué leurs pantalons et leurs chemises usées contre des vêtements neufs, et leurs bonnets de laine contre des tricornes noirs de lieutenants. Etienne, l'aîné, avait le goût de l'action. Il fallait voir comme il se précipitait d'une extrémité à l'autre du navire pour observer les gestes des marins. Son envie d'apprendre était si évidente que je ne doutais pas qu'il acquière assez vite de l'autorité. Je n'en aurais pas dit autant de son cadet, qui se contentait de le suivre comme son ombre.

Enfin, dos à la rambarde et visage levé vers le ciel, un gaillard à la barbe rousse et en pourpoint de cuir suivait avec intérêt le ballet des marins et des voiles. Jacob Jungmuller était un ancien sergent originaire d'Allemagne. Bien qu'âgé seulement de vingt-cinq ans, il était le plus vieux d'entre nous, à l'exception du négociant. Au moins, lui, avait l'expérience du commandement.

Quant à moi qui te raconte nos aventures, mon

enfant bientôt à naître, j'observais alors mes compagnons, le visage à demi protégé par un capuchon, le corps flottant dans le froc trop large d'un moine capucin, les cicatrices profondes de mes mains dissimulées au fond de mes manches, mais le cœur gonflé d'une immense espérance. J'avais grandi à Rome, où mon destin semblait tout tracé...

*

Jusqu'à ce printemps funeste de 1628, je m'estimais, moi, Apollonia Orazeschi, la jeune fille la plus chanceuse de Rome, d'Europe, et peut-être du monde entier ! Je n'étais pas un garçon, et pourtant j'avais une activité qui me passionnait et dans laquelle j'excellais : la peinture.

J'avais appris mon art tout naturellement, en grandissant dans l'atelier de mon père. Broyer des baies, des insectes, des graines, afin d'en retirer les pigments, ressemblait à un jeu d'enfant. Les délayer très doucement dans la craie, l'œuf ou l'huile de lin demandait une concentration qui me plaisait beaucoup. Et comme j'étais fière de fabriquer mes premiers pinceaux en soies de porc ou en queues d'hermine ! De longues heures durant, mon père et ses apprentis oubliaient ma présence. J'observais avec une vive curiosité les esquisses préparatoires au crayon, le choix d'une composition, puis la manière dont les couleurs éveillaient sur la toile une vie incroyable. Un jour où il n'avait que moi sous la main, mon père me demanda une retouche secondaire. Mon travail lui plut. Ensuite, il ne cessa de me tester en élargissant mon domaine d'intervention.

Il ne me complimentait presque jamais, sensible qu'il était à ne pas vexer ses fils qui lui succéderaient, Angelo et Michele. Ils auraient pris ombrage de mes talents et l'ambiance de l'atelier en aurait pâti. Mais j'avais bien remarqué que c'était à moi que, peu à peu, il confiait les tâches les plus délicates : ajouter au col et aux poignets d'un chevalier une dentelle légère, esquisser un paysage entrevu par une fenêtre, suggérer un sourire chez une dame au maintien distingué...

En secret, je savourais la confiance de cet homme fluet au beau visage, peintre romain réputé, spécialiste en scènes religieuses : Michelangelo Orazeschi. Sous sa tutelle, je voyais s'ouvrir devant moi une exceptionnelle vie de création.

A huit ou neuf ans, j'avais naïvement demandé :

— Père, je comprends mal les lois de la perspective. Est-ce que je pourrais suivre un cours là-dessus ?

D'un ton cassant, il avait répondu :

— Voyons, Apollonia ! Les femmes n'ont pas le droit de fréquenter les écoles de peinture.

— Quel dommage ! On ne pourrait pas faire une petite exception pour moi ? Je serai très discrète...

— N'insiste pas ! C'est absolument impossible.

— Mais pourquoi ?

— Les peintres doivent très bien connaître l'anatomie humaine, afin que les personnages des tableaux aient des positions naturelles. Les étudiants s'entraînent donc à dessiner des modèles vivants. Des nus, quoi ! Des hommes et des femmes. Ce spectacle n'est pas pour toi, ni pour aucune fille.

Et pourquoi ce « spectacle » serait-il moins choquant pour les garçons comme Angelo et Michele ?

Cette différence de traitement entre nous était vraiment injuste. Mais malgré mon jeune âge, j'avais senti que ce sentiment-là, je n'avais pas le droit de l'exprimer. La société trouvait normales les innombrables injustices qui séparaient la vie des femmes de celle des hommes. Il y avait sûrement quelque part une raison logique que j'ignorais. Et en comparaison avec celle des autres filles, mon existence était déjà tellement privilégiée !

— Mais alors, père, comment apprendrai-je la perspective, moi ?

— Ne t'inquiète pas pour ça, Apollonia. Contente-toi de m'aider comme je te le demande.

— Mais quand je serai adulte, est-ce que cela m'arrivera de peindre un tableau entièrement seule ?

— Oui, peut-être, si tu travailles beaucoup et longtemps. Tu pourras te spécialiser dans le portrait. Contrairement aux grands tableaux mythologiques ou bibliques, c'est un genre qui ne requiert pas l'étude des nus.

A l'époque, je fus très déçue. J'étais fascinée par ce qu'inventait mon père : des scènes spectaculaires pleines de personnages dramatiques qui s'agitaient dans tous les sens : des Judas enthousiastes à embrasser le Christ, des soldats qui suaient en accrochant Jésus sur la croix, des Madeleine horrifiées par sa mort et qui levaient les bras au ciel...

Moi aussi, je voulais représenter les grands drames de la vie et, d'abord, celui qui avait bouleversé notre famille. En cachette, je dessinais sur une feuille le lit de ma mère, d'où n'émergeait que son visage aux yeux clos. Agenouillé, Angelo, cinq ans, pleurait la tête dans les draps. Michele, trois ans, tentait d'escalader le lit pour retrouver celle qu'il aimait, furieux que je le retienne avec toute la force de mes six ans. De l'autre côté du lit, mon père contemplait avec stupeur et révolte, dans ses bras, le bébé livide et immobile qui avait entraîné sa femme dans l'au-delà, comme un ange de la mort. Il savait bien que les naissances étaient des événements périlleux. Les mères succombaient une fois sur quatre, les enfants ne survivaient pas une fois sur deux. Mais il n'existait aucun moyen d'échapper à la succession des grossesses. Alors il avait prié chaque jour pour que Dieu épargne sa famille heureuse.

Une fois achevé ce dessin de notre malheur, je retrouvais sous les traits de mon crayon le visage de ma mère, son visage d'avant : son front dégagé, ses yeux noirs espiègles, son sourire généreux. Le contempler me donnait la force et l'amour dont j'avais besoin.

Beaucoup plus tard, l'année de mes quinze ans, mon père m'emmena avec lui dans le palais d'un cardinal. L'homme d'Eglise nous avait commandé une Cène, et il voulait être représenté sous les traits de l'apôtre Jean, à droite de Jésus. Or, il était chauve, couvert de rides, et doté du nez bulbeux de ceux qui aiment trop le vin... Tandis que, d'après les Evangiles, on reconnaissait l'apôtre préféré de Jésus à sa jeunesse et à ses traits gracieux ! Le cardinal était-il conscient de sa laideur ? Ou bien, dans son miroir, ne voyait-il plus que l'éclat de ses fourrures et de ses bijoux ?

Discrètement, mon père me souffla :

— A toi de réaliser les esquisses préparatoires, Apollonia. Mais aie la main la plus légère possible !

Mon père expliqua au cardinal sa vision du dernier

repas du Christ, tandis que je dessinai d'un trait fantomatique les trois cheveux que les courants d'air dressaient à la verticale, les petits yeux engoncés dans leur enveloppe de chair plissée, le nez pareil à une pomme piquée de vers. Curieux, l'homme d'Eglise se pencha en avant.

— Mademoiselle, montrez-moi votre travail.

En riant, mon père intervint :

— Monseigneur, ma fille n'est qu'une apprentie ! A l'atelier, elle prépare les pigments et fabrique les pinceaux.

— Je veux voir ce qu'elle dessine !

Je ne pus faire autrement que de lui tendre ma feuille. Il la tourna dans un sens, sourcils froncés, puis dans l'autre. Enfin, il me la rendit, sans autre commentaire qu'un haussement d'épaules. Incapable de mettre la feuille à l'endroit, il avait une vue très basse !

De retour à l'atelier, je fis remarquer à mon père que, de toute façon, cet homme ne verrait presque rien du portrait que nous allions réaliser.

— Mais ses courtisans le lui commenteront abondamment. Et une réputation peut si vite basculer... Prépare-moi du vermillon, je vais bientôt en manquer.

Délicatement, j'écrasai des grains de cinabre à l'aide d'un fin mortier.

— Au fond, demanda mon père, qu'avait-il de sympathique, ce cardinal ?

— Euh... Rien !

— Si, forcément. Et nous devons trouver quoi. Sinon, nous ne parviendrons pas à émouvoir les gens.

Dubitative, je contemplai mes esquisses.

— Ses cheveux qui s'envolent ? Son regard de myope qui lui donne l'air perdu ?

Quelques mois plus tard, à la droite de Jésus, apparut un apôtre qui pressentait de manière évidente la fin prochaine du Christ ; dans la lumière éblouissante qui tombait des cieux, sa chevelure ébouriffée, son front plissé et son regard inquiet lui donnaient une vulnérabilité qui le rendait attachant. Par contraste, le reste de son visage restait dans la pénombre. Il fallait s'approcher de près pour remarquer le nez bourgeonnant.

Oui, maintenant, je pouvais m'imaginer en portraitiste. J'étais captivée par les techniques du clair-obscur, et j'aimais rechercher ce qui caractérisait une personne.

Un soir dans l'atelier, alors qu'on me croyait remontée dans ma chambre, je surpris une discussion entre mon père et l'un de ses collègues plus âgé, Francisco Pacheco, un peintre espagnol en visite à Rome.

— Quelle chance vous avez, Michelangelo, d'avoir une fille à la main si sûre pour les traits du visage ! Savez-vous que certains de nos confrères, malgré tout leur talent, préfèrent les confier à d'autres parce qu'ils ne parviennent jamais à acquérir cette maîtrise ?

— Oui, j'en ai entendu parler.

— Quel dommage qu'Apollonia soit une fille... J'aurais volontiers complété sa formation dans mon école de Séville.

— Ne remuez pas le couteau dans la plaie, Francisco ! Ma fille est douée et elle adore peindre. Mais, pour continuer à travailler avec moi, il lui faudra ne jamais attirer l'attention. Cette activité est si inconvenante pour une femme !

— Aux yeux de nos contemporains, elle le paraît en effet. Peut-être un jour viendra où ce sera différent.

— Quel rêveur vous faites, Francisco !

— Je suis un vieil homme, Michelangelo. Et j'ai eu la chance de pouvoir consacrer du temps à la lecture des Anciens. Beaucoup de choses qui nous paraissent normales auraient été étranges pour eux, et vice versa...

Sûre de mon talent, j'en concluais que ma carrière se ferait dans l'ombre de mon père et de mes frères. Mais peu m'importait, puisqu'elle serait passionnante. Il me suffisait d'éviter toute fantaisie qui pourrait donner prise à la médisance. Dans la vie exaltante qui m'attendait ne se trouvait nulle place pour un mari qui pourrait m'interdire de peindre, et encore moins pour un amoureux ; je l'acceptais. Je me concentrais sur mon travail et il suffisait à me rendre heureuse...

Jusqu'à ces jours de mars... Pour la première fois après l'hiver, les fenêtres de l'atelier étaient grandes ouvertes sur le soleil doré. Dans le jardinet, les bourgeons s'ouvraient sur de petites feuilles céladon, d'adorables pétales safran et carmin. Des mésanges fendaient l'air. De la rue provenaient des chansons, des rires, des interpellations joyeuses...

Cinq mois après, je me révolte encore contre le hasard funeste qui m'a conduite à me trouver seule dans l'atelier lorsque Marco, élève de mon père, y est entré. L'horreur de ce qu'il m'a fait subir a fini par effacer les détails de sa violence. Aujourd'hui, je ne revois que ses doigts épais et sales qu'il a levés vers ma gorge en s'approchant de moi.

Le lendemain, je fus poussée par mon père au milieu des robes noires et des cheveux blancs des juges. L'air très intéressé, ils m'ont demandé de décrire mon malheur avec beaucoup de précisions ; à chaque information croustillante, je voyais leurs yeux étinceler. Une vieille femme m'a conduite dans une pièce voisine et, soulevant mes jupes, a vérifié que je n'étais plus vierge.

Cette confirmation de mes dires n'a pas suffi aux vieillards en robes noires. Convoqué, Marco s'est lancé dans une plaidoirie que beaucoup trouvèrent magnifique :

— Messieurs, vous savez comment sont les demoiselles ! Elles disent non avec la bouche, mais oui avec les yeux ! Oui avec leurs hanches qui se balancent ! Oui avec leurs décolletés ! Oui avec leur bouche rouge faite pour les baisers !

Les rires étaient de son côté. Recroquevillée sur mon banc, je respirais difficilement. Je ne sais ce qui m'atteignait le plus : le rire de Marco, celui des juges, ou les regards furibonds que me lançait mon père. De victime, j'étais devenue fautive. D'être une femme. D'être attirante pour les hommes. Sans avoir rien fait pour provoquer Marco, au contraire. Hier, dans l'atelier, par-dessus mes vêtements habituels, j'étais vêtue de ma blouse de peintre, qui dissimulait aussi bien mes hanches que mes épaules et la naissance de mes seins ; travaillant sur une toile, je n'avais même pas relevé la tête lorsqu'il était entré.

Le jeune homme eut un sourire apitoyé.

— Bien sûr, elle était consentante. Mais, de toute façon, quand je l'ai prise, cette fille n'était pas vierge.

Mon pauvre maître est veuf depuis tant d'années... Et il a sous son toit une belle jeune femme... Il est normal que celle-ci ne soit pas restée longtemps demoiselle...

Accusé d'inceste, mon père se récria. Mais c'était sa parole contre celle de Marco.

— Apollonia Orazesci ! hurla soudain le doyen des juges. Maintenez-vous votre accusation ?

J'acquiesçai.

— Qu'on la soumette à la question !

Deux gens d'armes me saisirent les mains. Autour de chacun de mes doigts, ils placèrent des lacets de cuir. Puis ils tirèrent. Le cuir s'enfonça dans mes pauvres doigts, mes doigts chéris qui servaient si bien mon art. La douleur fusa dans mes mains, mes bras, jusqu'à ma poitrine. Le sang commença à perler.

— Vous rétractez-vous, Apollonia Orazesci ? hurla le doyen.

— Non !

Les gens d'armes tirèrent sur les lacets.

— Etiez-vous consentante ?

— Non !

— Vous a-t-on violée ?

— Oui !

— Qui vous a violée ?

J'eus encore la force de prononcer ce nom haï :

— Marco !

Et puis je m'évanouis.

3

Frère Paolo

A mon réveil, dans ma chambre où mon père m'avait emportée, j'appris que Marco avait été reconnu coupable. Mes doigts me lançaient atrocement. Mais mon courage avait triomphé de ses mensonges.

— A quoi a-t-il été condamné, père ?

Le fameux peintre Michelangelo Orazeschi détourna le regard.

— A t'épouser, Apollonia. Dès demain. Ensuite, il t'emmènera à Venise, où il compte s'installer. Là-bas, personne n'a entendu parler de cette affaire.

Je retins le cri qui avait failli m'échapper. Lier ma vie pour toujours à cet homme odieux ? Non ! Jamais ! Je préférais mourir !

La main sur la poignée de la porte, mon père ajouta, toujours sans me regarder :

— C'est le mieux qui puisse t'arriver. De toute façon, ton honneur est perdu. Ta carrière de peintre est finie.

Lorsqu'il eut refermé la porte derrière lui, je sanglotai de longues minutes. Quelle injustice terrible, complète, profonde ! Chaque fois que je revoyais les mains sales de Marco, chaque fois que je réentendais le rire des juges, mon estomac se révulsait.

Mes sanglots me déchargèrent d'un trop-plein de violence et d'humiliation. Mais, si je continuais à pleurer, je risquais de trop m'affaiblir. Et je n'avais que très peu de temps pour tenter de sauver ma vie.

Je voulus bouger mes pauvres doigts gonflés et sanglants. Chaque minuscule mouvement m'arracha des gémissements. Il me faudrait donc fuir sans pouvoir utiliser mes mains...

A travers la cloison me parvinrent les ronflements de mon père. Le destin brisé de sa fille ne l'empêchait pas de dormir... Malgré ma détresse, je montais à pas feutrés jusqu'à la chambre de notre jeune servante.

— Giulitta ! Giulitta ! Réveille-toi !

— Quoi ? Qu'y a-t-il ?

— J'ai besoin de toi, Giulitta.

— Ah, c'est vous, ma pauvre demoiselle Apollonia...

— Suis-moi. Nous allons à l'atelier. Mais surtout, ne fais aucun bruit !

Elle saisit son bougeoir et nous descendîmes dans la grande pièce du rez-de-chaussée, où était en chantier une gigantesque Nativité. L'un de mes frères achèverait à ma place l'âne que j'avais esquissé avec tant d'amusement. Je détournai le regard. Je contemplai la collection d'objets insolites que mon père mettait de côté pour ses tableaux : poignards orientaux, coquillages, bustes antiques, armures anciennes, maquettes de caravelles et de galions, costumes de chevaliers, de bourgeois, d'ecclésiastiques... Plus loin, accrochés à une patère, se trouvaient les vêtements que nous enfilions pour peindre.

— Aide-moi à me déshabiller, Giulitta.

Sans une question, elle déboutonna mon bustier de velours. Je regardai ses doigts courir sur les minuscules boutons de nacre, me demandant si un jour les miens retrouveraient cette agilité. Elle m'aida à retirer mon bustier, ainsi que ma chemise de soie bordée de dentelles, ma jupe épaisse et mes deux jupons. A la place, j'enfilai la tenue de peintre de Michele, une culotte longue et une blouse imbibées de taches de pigments. Puis, dans la collection de mon père, je choisis le froc d'un moine capucin, une sorte de longue tunique grise informe, tissée de laine grossière, accompagnée d'un manteau avec un capuchon pointu. Une corde faisait office de ceinture, et un chapelet y était accroché.

La jeune servante me contemplait, bouche bée.

— Ne fais pas cette tête, Giulitta ! Allez, aide-moi à enfiler ça.

— Mais, mademoiselle Apollonia...

— En quoi veux-tu que je me déguise ? En peintre masculin ? Mais je suis incapable de tenir un pinceau ! Et n'importe qui me reconnaîtra à mes doigts blessés ! Non, ce costume-là est bien préférable.

J'étais mince et de taille moyenne. Trop longue, la tunique traînait par terre.

— Si je me prends les pieds dedans, je ne pourrai même pas me rattraper. Découpe le tissu qui dépasse, s'il te plaît.

La jeune servante s'exécuta.

— Les manches aussi ? demanda-t-elle.

— Non, surtout pas ! J'y cacherai mes mains.

Elle fit passer la corde autour de ma taille et, sans serrer, fit un nœud. Puis je retirai mes confortables chaussures doublées de fourrure.

— Mademoiselle Apollonia, dit-elle d'une voix inquiète, qu'allez-vous donc porter aux pieds ?

— Mais rien, Giulitta. Tu n'as jamais remarqué que les capucins marchaient pieds nus ?

— Vous allez vous blesser !

— Et comment font-ils, eux ? S'ils y arrivent, j'y arriverai.

Sans attendre sa réponse, j'examinai mon reflet dans un miroir.

— Maintenant, tu dois me débarrasser de ça.

Je lui désignai mes longs cheveux châtain foncé.

— Oh ! non, gémit la servante. Pas vos jolis cheveux...

— Tu as déjà vu un moine avec une tignasse pareille ?

Elle secoua la tête. Je haussai les épaules.

— Tu vois bien. Coupe-les-moi très court. Puis rase-moi le sommet de la tête.

Serrant les poings, les yeux secs, je regardai tomber les unes après les autres les mèches souples. Je laissai échapper entre mes dents :

— Jamais je ne redeviendrai une femme ! Jamais ! Le monde est trop injuste pour nous !

Lorsqu'il ne me resta qu'une maigre couronne châtain, je scrutai avec intensité mon nouveau visage. Sans chevelure pour l'adoucir, il paraissait plus déterminé, plus fort. On notait tout de suite le menton volontaire. Mes yeux noirs perçants étaient les mêmes que ceux de ma mère. Puisque je ne pouvais emporter le portrait que j'avais réalisé d'elle, ils me rappelleraient seuls mon ancienne existence, lorsque je les apercevrais dans le reflet d'une fontaine.

Gorge serrée, je saluai le moine maigrichon qui me faisait face dans le miroir :

— Salut, frère... frère Paolo !... Ce serait mieux que tu aies une barbe, mais tant pis ! Que Dieu te protège !

J'embrassai les joues humides de Giulitta.

— Si tu as peur du courroux de mon père, fais comme si tu ne savais rien de mon départ.

Elle essuya sur sa manche ses yeux pleins de larmes. Puis elle tira les lourds verrous de la porte d'entrée. Je rabattis le capuchon sur mon visage. Franchissant le seuil, je m'enfonçai dans les ruelles obscures, seule, les mains blessées, les pieds nus, sans rien emporter, le cœur aussi lourd qu'une pierre.

*

Sous la lueur diffuse des astres, la plante de mes pieds tressaillit au contact humide de la terre battue, jonchée d'immondices. A un moment, mon pied gauche s'égara dans du crottin de cheval encore frais. Je le secouai sans grand résultat. Plus loin, sur un parvis d'église, je sursautai en m'avançant sur du marbre glacial. Puis une dalle disjointe m'accrocha un orteil. Malgré ces désagréments, je trouvai mon chemin entre les églises en construction, le Tibre en crue, les escaliers obscurs, les arcades aux ombres inquiétantes et les fontaines dont le chant liquide pouvait dissimuler l'approche d'un agresseur.

Lorsque le soleil se leva, j'avais échappé à tous les dangers de la ville, réels ou imaginés. Et j'avais enfin quitté Rome, où je risquais d'être reconnue. Chancelante de faim et de fatigue, j'atteignis un village qui s'éveillait sous le parfum délectable d'un fournil. Un homme enfariné des pieds à la tête s'avança vers moi. Je reculai d'un pas, prête à prendre la fuite. Il m'interpella.

— Hé, n'aie pas peur ! Quand j'vois passer l'carrosse du pape, qu'est tout en or, j'crache sous les roues. Mais les frères de saint François, y sont aussi pauvres que le Christ. Et toi, tu tombes bien, j'ai juste fini ma fournée. Allez, viens déj'ner avec moi.

Partagée entre l'inquiétude et la reconnaissance, j'acceptai sa proposition. Nous nous assîmes sur un banc au soleil, devant sa petite maison de pierre sèche. Sa femme et ses enfants nous apportèrent une carafe d'eau, du pain tiède et une soupe au lard. Je dus retirer mon capuchon. Et je ne pus saisir l'écuelle en bois qu'avec mes paumes. Mais je mangeai et bus, ravie de ces délices, tandis que mon hôte me dévisageait avec curiosité.

— T'es bien jeune. T'as prononcé tes vœux ? C'ton premier voyage ?

Par chance, j'avais une voix d'alto et non de soprano. Je n'avais pas besoin de beaucoup forcer vers les graves pour acquérir le timbre d'un adolescent. Le ventre plein, je lui répondis avec autant d'assurance que possible :

— Notre supérieur m'a confié un message à transmettre à un monastère plus au nord.

— Ah ! San Lorenzo, j'parie !

— C'est ça.

— Oh, t'y seras pour les vêpres. T'as qu'cinq heures à marcher.

Malgré son regard curieux, il n'avait pas compris qu'il avait affaire à une femme. Je fus rassurée. Je pris la direction qu'il m'indiquait et marchai tout le jour. Au monastère de San Lorenzo, les moines m'offrirent un dîner et un lit pour la nuit.

Selon la règle de cet ordre, nous mangeâmes en silence, pendant qu'un moine nous lisait un extrait de la Bible. Plongée dans de noires pensées, je l'écoutais d'une oreille distraite. Soudain, je sursautai.

— « Heureux ceux qui ont faim et soif de justice, lisait le moine, ils seront rassasiés. »

Je ne pus me retenir de grimacer. En accompagnant mon père chez ses mécènes, j'avais fréquenté des cardinaux orgueilleux, un pape amateur de luxe, et toutes sortes de dignitaires de l'Eglise indifférents aux malheurs du monde. Pour apaiser ma soif légitime de justice, Dieu était la dernière personne sur laquelle je comptais.

Le lendemain matin, j'expliquai de nouveau que j'avais un message à transmettre dans un monastère plus au nord.

J'avançais ainsi en marchant plusieurs heures chaque jour, plus ou moins nourrie par les villageois, logeant parfois dans des couvents de capucins, de dominicains, de bénédictins, et même, en ville, dans des écoles de jésuites. J'avais compris pourquoi saint François d'Assise, qui avait inspiré les capucins, avait choisi pour ses compagnons et lui ce froc dépouillé, tissé d'une laine grossière, retenu à la taille par une simple corde. Qui pourrait craindre un homme visiblement sans arme ? Qui voudrait agresser quelqu'un qui ne possédait rien ? A ma vue, chacun se sentait un peu moins pauvre, encouragé à partager un repas dans l'espoir de gagner une place au paradis.

Pourtant, il m'arriva souvent de marcher le ventre creux. Et certaines nuits d'orage de me recroqueviller sous un buisson, mêlant mes larmes aux averses. Ma chère mère était morte depuis tant d'années que, dans mon souvenir, son visage avait pris les traits de mon dessin d'enfant. Et la personne que j'avais jusque-là le plus aimée et admirée, mon père, n'avait pas eu un mot de compassion pour moi, violée, humiliée, et dont l'avenir était détruit. Pourquoi la justice s'était-elle ainsi acharnée sur moi, la victime, sans réellement punir le bourreau ? Avais-je commis une faute sans en avoir conscience ?

Je me sentais absolument seule... Abandonnée de tous...

La force de repartir, je la puisais dans la rage qui m'habitait.

*

Je m'éloignais de Rome. J'avais souvent entendu dire qu'une seule contrée était capable de rivaliser avec l'Italie en matière de peinture : la Hollande, très loin d'ici, à une autre extrémité de l'Europe...

Le printemps commença par remonter avec moi vers le nord, puis me doubla à un rythme effréné, suivi de l'été. Sur ma route, je rencontrai une multitude de paysans, de nombreux marchands, beaucoup de soldats, et même quelques chevaliers. Ceux dont je comprenais la langue me donnaient des nouvelles des quatre coins du continent et, peu à peu, je m'enhardissais à les interroger. Partout, des rois guerroyaient afin d'étendre leurs territoires ; partout, des peuples s'entretuaient au nom de Dieu. Les juifs et les musulmans étaient chassés d'Espagne ; le roi de France faisait le siège de La Rochelle protestante ; la nouvelle Eglise anglicane marquait au fer rouge les presbytériens ; l'Allemagne était ravagée par le terrible conflit entre les Habsbourg d'Autriche catholiques et les princes luthériens ; et les Pays-Bas se révoltaient contre la tutelle espagnole. Tous ceux qui avaient du pouvoir, et qui auraient pu s'en contenter, semblaient en profiter pour en exiger plus !

Partout, j'évitais les lieux où se déroulaient les combats. Après avoir quitté les florissants Etats pontificaux, je traversai la paisible Toscane, l'actif port de Gênes, le montagneux duché de Savoie, l'immense et si varié royaume de France, les plaines humides des Pays-Bas espagnols... J'appris à me débrouiller en français et en flamand, et à dire, dans une dizaine de dialectes locaux : « Bonjour », « Merci », « Vers le nord » et « Dieu vous bénisse ».

Un soir de juillet que, glacée jusqu'aux os par une averse brutale, j'errais dans une petite ville des Flandres, mon regard croisa celui d'un homme jeune, vêtu de noir, aux longs cheveux bruns détrempés. Il posa sa main sur mon épaule.

— Mon frère, veux-tu partager avec moi un repas chaud dans une auberge ?

Dans mes yeux, il dut lire de la méfiance, car il ajouta :

— En échange, je te demande simplement de pouvoir discuter avec toi.

— Je n'aime pas parler de moi, dis-je d'un ton provocateur.

— Parfait. De toute façon, ton opinion ne m'intéresse en rien. Je veux juste que tu m'écoutes. Avoir un être humain en face de moi m'aide à formuler ma pensée. Je suis philosophe.

Alléchée par la perspective d'une soupe bien chaude, je le suivis à l'intérieur de l'auberge. Dans l'âtre brûlait une magnifique flambée. Pendant que, de mes doigts raides, je trempais avec avidité mon pain dans le breuvage brûlant, il se lança dans un discours enthousiaste et d'une complexité incroyable, mêlant l'optique, l'anatomie humaine, la musique, les rêves, les mathématiques, et même le fondement de toutes les sciences. Il parlait très vite, avalant les mots secondaires et oubliant de manger. Lorsqu'il reprenait son souffle, je hochais la tête, ce qui semblait le satisfaire... et lui donnait aussitôt l'envie de poursuivre avec ses théories.

Lorsque j'eus fini mon repas, il se tut, le temps d'avaler à toute allure sa soupe refroidie et une miche entière de pain. Intriguée par ce personnage, j'en profitai pour l'interroger :

— Où vous rendez-vous, monsieur ? A une réunion de philosophes ?

— Pas du tout ! Je déteste ces hommes verbeux, qui cachent leur ignorance sous de belles formules !

Je ris avec un peu d'insolence :

— Mais vous-même...

— Je revendique en effet ce beau titre de philosophe. Hélas, parmi mes contemporains, je suis le seul à le mériter. Aucun de mes soi-disant collègues n'est capable d'apporter le moindre argument intéressant auquel je n'aie déjà pensé. Voilà pourquoi j'en suis réduit à discuter avec moi-même.

Il fronça ses épais sourcils noirs.

— Je crains les jaloux autant que les idiots. Afin de poursuivre mes réflexions en paix, je pars vivre dans la seule ville du monde où l'on ne me cherchera pas noise.

— Laquelle ?

Devant mon ignorance, il fit la moue.

— Amsterdam, évidemment ! Les Hollandais sont des gens remarquables.

Il se lança dans des explications techniques sur les polders qui me passèrent largement au-dessus de la tête. Puis il leva son verre de vin rouge et fit tinter le mien.

— Mon jeune ami, trinquons à la détermination des Hollandais. Leur petit territoire est dépourvu de facilités naturelles. Qu'à cela ne tienne ! Ils ont décidé de s'enrichir en commerçant avec le monde entier. Chez eux, les fidèles de toutes les religions ont le droit de vivre en paix, y compris ceux qui ne croient en aucun Dieu. Ces gens remarquables ont réalisé que la tolérance était mère de la paix, elle-même mère de l'abondance. Et pour les diriger, point de roi tyrannique, mais des collèges de bourgeois qui doivent s'entendre pour prendre leurs décisions. Crois-moi, cela change beaucoup de choses à l'ambiance de la ville !

Il m'apprit qu'Amsterdam faisait partie des Provinces-Unies, une fédération qui avait séparé les pouvoirs civils et militaires. Dans chaque ville, les habitants les plus riches élisaient un représentant, appelé Pensionnaire. L'assemblée des Pensionnaires de la fédération gérait les affaires civiles, tandis que les questions militaires étaient confiées à un stathouder. A ce double pouvoir s'ajoutait en outre celui d'une extraordinaire entreprise commerciale, sans aucun équivalent ailleurs en Europe par sa puissance et son autonomie : la Compagnie hollandaise des Indes orientales.

Tout à coup, poussant le banc de ses genoux, mon interlocuteur se leva et me salua.

— Jeune homme, qui que tu sois, car j'ai deviné que tu cachais ta véritable identité, merci pour ta compagnie. Tu pourras dire que tu as eu le privilège de converser avec René Descartes. Maintenant, adieu, je suis pressé.

Il mit dans la main de l'aubergiste une somme en argent calculée avec précision, puis il sortit d'un pas précipité. Je m'attardai près de la cheminée, un peu inquiète qu'il m'ait percée à jour, mais savourant la chaleur du feu, souriant de l'orgueil de cet homme dont l'intelligence m'avait pourtant éblouie, et me remémorant quelques-unes de ses paroles.

*

Une semaine plus tard, cinq mois après ma fuite de Rome, j'aperçus dans la brume ensoleillée d'un matin d'été un horizon de moulins, de clochers et de mâts.

Franchissant un pont de pierre, je pénétrai dans une rue pavée, bordée de hautes maisons de brique ornées de stuc, très animée malgré l'heure matinale. Le long d'un canal, des négociants de toutes nationalités discutaient avec passion des cours de la Bourse, des navires qu'on attendait, de leur cargaison, des pirates, des typhons, et de la valeur des capitaines. Pas de doute : j'étais parvenue à Amsterdam, enfin !

Prise de vertige, je m'accoudais à une rambarde. J'avais atteint mon but. Oui, et alors ? Que faire maintenant ?

Mettre un pas devant l'autre m'avait aidée à survivre. Touchée au cœur par le sourire et le pain des pauvres gens, j'avais puisé mon courage dans leur compagnie éphémère. Mais leur compassion s'adressait à frère Paolo, le moine capucin itinérant, et non à Apollonia Orazeschi, la prometteuse jeune fille peintre au destin brisé !

Mes doigts avaient échappé à l'infection ; leurs plaies s'étaient cicatrisées. Hélas, contrairement à ce que j'avais espéré, je n'avais récupéré ni leur agilité ni leur sensibilité. A la place de mes mains, j'étais maintenant dotée de serres d'oiseau. Bien que j'eusse réussi, pieds nus, à atteindre l'autre pays de la peinture, il m'était impossible de me remettre à peindre !

De plus, en chemin, j'avais perdu ma véritable identité. Mon cœur rejetait avec dégoût l'affection que j'avais cru trouver en mon père. Mon art, qui avait été le pivot de mon existence, m'était interdit. Sa disparition laissait en moi un vide immense.

Si par miracle, malgré mon absence d'argent et de relations, je parvenais dans cette ville inconnue à me reconstruire une existence, qui sait si une nouvelle injustice n'allait pas à nouveau fondre sur moi ? Et, cette fois, m'anéantir ?... Moi qui avais eu tant d'assurance autrefois, je me sentais maintenant aussi fragile qu'un motif de givre sur une fenêtre, juste avant le premier soleil de l'aube...

Une feuille de papier se plaqua brusquement contre mes jambes. Je me concentrai et réussis à l'attraper en la coinçant entre mes paumes. Une gazette !... J'avais entendu parler de cette nouveauté qu'on trouvait dans quelques grandes villes, une page recto verso qui donnait les nouvelles de la semaine.

Un article évoquait la guerre qui opposait les Pays-Bas à l'Espagne, et un autre celle qui se déroulait en Allemagne entre protestants et catholiques. La ville où je me trouvais, Amsterdam, déjà bloquée au nord et à l'est par la mer, était donc cernée au sud et à l'est par les conflits armés. Cependant, l'article central en gros caractères était consacré à l'arrivée prochaine de sept navires en provenance de Batavia. Cette ville, récemment construite par les Hollandais dans l'archipel indonésien, à l'autre bout du monde, était devenue la plaque tournante du commerce entre les Indes et l'Europe. Le journaliste indiquait que le convoi transportait du poivre, des épices et de la porcelaine chinoise, marchandises d'une très grande valeur. Malgré la précarité de leur situation militaire, les Amstellodamois continuaient à s'adonner avec passion au commerce.

Tout en bas à l'arrière de la feuille, je faillis ne pas remarquer la petite annonce encadrée d'un trait noir :

POUR MISSION DÉLICATE POUVANT RAPPORTER GLOIRE ET FORTUNE, recherche jeunes gens en quête d'aventures, n'ayant pas froid aux yeux, et déterminés.

Vous savez lire et écrire ? Vous savez manier la rapière ou le mousquet ? Vous parlez une ou plusieurs langues étrangères ? Venez nous rejoindre !

Etre bien introduit dans une Cour européenne serait un plus apprécié.

S'adresser au 7, rue Nieuwe-Grimburgwal, sonnette de service, sur le portail à droite, le 3 août à 10 heures.

Nous étions bien le 3 août, me confirma un passant. Le soleil émergeait à peine au-dessus des toits. Après tout, je n'avais rien de mieux à faire... Intriguée par l'annonce, je décidai d'aller faire un tour du côté de Nieuwe-Grimburgwal. Indécise, déprimée, je flânais, étonnée par cette ville qui respirait la richesse, avec ses rues toutes pavées sans exception, ses canaux bien alignés, ses maisons bourgeoises, ses immenses entrepôts, apprenant à reconnaître les bourgeois d'Amsterdam à leurs grands chapeaux noirs, les autres Européens à leurs couvre-chefs à plumes et les Turcs à leurs turbans.

Croisant une jeune servante en bras de chemise, je m'adressai à elle.

— Bonjour, sais-tu où se trouve la rue Nieuwe-Grimburgwal ?

Elle me contempla d'un air ahuri.

— Cette rue a-t-elle quelque chose de particulier ? demandai-je.

— Non, non, mon frère ! C'est juste que j'imaginais pas un frère de saint François cherchant gloire et fortune.

— Tu es au courant pour la petite annonce ?

— Oh, oui ! Comme tout le monde !

— Cette gazette est-elle très populaire ?

— C'est plutôt le chômage qui est important, mon frère ! Notre ville accueille des réfugiés de partout. Alors, quand il y a une petite annonce, tout le monde va tenter sa chance.

— Ah ?... Merci de l'information, et que Dieu te bénisse.

Ma curiosité éveillée, je pressai le pas. Quelques rues plus loin, il me suffit de suivre le flot des hommes qui allaient tous dans la même direction : gueux, bourgeois en faillite, étrangers en fuite, ils marchaient le front plissé, les épaules basses et les mains dans les poches. Mais au fur et à mesure qu'ils prenaient conscience du nombre grossissant de candidats, ils relevaient la tête en se lançant des regards paniqués.

Dans la rue Nieuwe-Grimburgwal, la queue était si monstrueuse que, en piétinant, je pus observer à loisir la superbe maison bourgeoise située au numéro sept : la façade théâtrale dessinée par les lignes de pierre dans la brique rouge, les hautes fenêtres à petits carreaux ouvragés, et la sculpture en encorbellement qui représentait Adam, Eve, la pomme maudite et le serpent tentateur.

Peu motivée, j'aurais sûrement fini par renoncer si, soudain, au milieu de la foule, un jeune homme à la barbe aussi rousse qu'un coucher de soleil ne m'avait pas justement tendu une pomme ! Je me rapprochai de lui en rétrogradant de quelques rangs dans la queue. Mon habit de moine guida alors mon destin.

— D'où viens-tu, frère... ?

— Frère Paolo. D'Italie... De Rome.

— Pas possible ! Comment peut-on quitter ces belles terres ensoleillées quand on a la chance d'y naître ?

J'eus la vision de l'atelier de mon père, baigné par la tendre lumière blanche d'une orientation au nord ; mon cœur se serra. Je frottai la pomme contre le tissu de ma tunique. Elle prit une couleur écarlate et je mordis dedans avec gourmandise. Par chance, mon interlocuteur semblait trop occupé à lancer autour de lui des regards inquiets pour remarquer la maladresse de mes gestes.

— Je m'appelle Jacob Jungmuller, dit-il. Je n'aime pas l'Eglise catholique, mais j'aime les gens de paix comme toi.

Je remarquai alors son épais pourpoint de cuir. Puis la rapière qu'il portait au côté. Et enfin qu'il se tenait en permanence très droit, comme si un marionnettiste invisible tirait sur le sommet de son crâne à l'aide d'un fil.

— Pardonne-moi si je suis indiscret, Jacob. Mais tu ressembles à un soldat.

— Hélas, frère Paolo...

Il cessa de tourner la tête et se plongea dans la contemplation de ses pieds.

— Je viens des environs de Wimpfen, dans le Bas-Palatinat. J'étais agriculteur, comme tous les hommes de ma famille. Le jour de mon mariage, un régiment protestant est entré dans notre village. Les soldats ont encerclé le banquet où l'on célébrait mes noces. Sous la menace des armes, tous les hommes jeunes ont été forcés de boire quantité de vin. Puis on nous a fait signer un engagement. Les soldats nous ont emportés, ivres morts, entassés dans des charrettes, vers notre première bataille contre les armées de la Ligue catholique.

— Quelle histoire épouvantable !

— Je connaissais ma fiancée depuis toute petite car elle vivait dans la maison voisine. Pour notre mariage, elle avait noué ses nattes blondes avec des rubans blancs. Elle s'appelait Kerstin.

Qu'était devenue la jeune fille ? Je n'osai pas le lui demander.

— Cela s'est passé il y a six ans, poursuivit-il. Depuis, j'ai suivi les armées protestantes jusqu'aux portes du Danemark. J'avais de l'énergie et je suis devenu sergent. Mais qu'est-ce qu'un soldat ? Avant tout un pillard. Il ne touche aucun salaire. Alors, il survit en volant les réserves des paysans, de pauvres gens qui ressemblent à ce que j'étais. Et après notre passage, la plupart de ces gens meurent de faim, ou bien des maladies qui accompagnent la famine.

— C'est terrible !

— Crois-moi, frère Paolo, la guerre fait plus de morts dans les campagnes traversées que sur les champs de bataille. J'étais plein de dégoût.

— Pourquoi n'as-tu pas déserté ?

— Je n'aurais pas su où aller.

— Tu ne voulais pas retourner dans ton village ?

— J'avais trop peur de ce que j'y aurais trouvé. Moi aussi, après notre départ de Wimpfen, j'ai participé à des enrôlements de force. Je sais ce qu'on fait aux femmes, après avoir soûlé les hommes.

Je frissonnai, imaginant très bien ce qu'il voulait dire.

— C'est seulement quand mon régiment s'est approché d'ici... J'avais entendu parler des villes libres des Provinces-Unies, qui commercent avec les Indes lointaines. Alors, j'ai décidé de tenter ma chance.

Il sortit de sa poche un exemplaire de la gazette que j'avais lue.

— Frère Paolo, je n'ai rien à faire de la gloire et de la fortune. Je n'aspire qu'à vivre une vie honnête et simple, selon les principes des Evangiles. Mais je suis prêt à parier que cette annonce vise à embaucher des explorateurs pour les mers encore inconnues. Et moi, justement, je veux partir à l'autre bout de la Terre, loin de l'Europe, loin de ses guerres absurdes et meurtrières... loin de mes souvenirs...

J'étais stupéfaite. Le malheur avait fondu sur le sergent Jacob comme il l'avait fait pour moi, sans prévenir, anéantissant son bonheur et son avenir. Son désespoir devait être aussi lourd que le mien.

Comme j'aurais aimé lui dire à quel point je le comprenais ! Quel soulagement cela aurait été de répondre à ses confidences par les miennes, en partageant avec lui mon propre malheur !

Mais, bien sûr, c'était impossible. Pour survivre, je n'avais que l'identité fragile de frère Paolo.

4

D'étranges compagnons

Solitaire, affamée, désespérée par ma situation de peintre incapable de peindre, j'étais sans le savoir une proie facile pour toutes les aventures, y compris les plus dangereuses.

Pendant que j'avalais toute la pomme, mon compagnon ramassait au fond de sa poche quelques piécettes qu'il promit à un jeune garçon en haillons si celui-ci nous rapportait un carafon de vin. Nous bûmes l'un après l'autre au goulot, moi quelques gorgées, et lui tout le reste.

— A la tienne, frère Paolo !

— A la tienne, sergent Jacob !

— Et à notre embauche prochaine !

Mais nous n'étions pas les seuls à rêver, à partir de quelques lignes imprimées, d'îles lointaines et d'une vie moins cruelle. Je contemplais la foule d'hommes qui nous entourait, mélange de têtes nues, de bonnets de laine et de chapeaux à plumes. Parmi tous ces gens, qu'est-ce qui nous distinguerait aux yeux du mystérieux rédacteur de la petite annonce ? S'intéresserait-il à un moine errant et à un sergent déserteur ?

Nous parvînmes devant l'entrée alors que le soleil atteignait son zénith. A notre tour, nous franchîmes le portail si convoité. Tout de suite en entrant dans la cour pavée – qui séparait la maison d'un entrepôt –, nous fûmes dirigés vers un auvent. Sur une table étaient posés deux livres ouverts, dont les couvertures avaient été dissimulées dans du papier. Afin de ne pas trop défavoriser les étrangers, nous avions le choix entre deux textes : l'un en néerlandais, l'autre en latin, la langue universelle des lettrés d'Europe.

Les hommes qui me précédaient n'étaient sûrement pas des lettrés. Ils froncèrent les sourcils, rougirent, bégayèrent, tentèrent de poser des questions l'air de rien, dans l'espoir d'en deviner le contenu.

— Il s'agit d'un règlement, non ?

— Vous êtes intéressé par l'astrologie ?

— Ah, ah ! Voilà qui ne ressemble pas à un livre de comptes !

L'examinateur, un homme jeune, restait de marbre. Dès que le candidat avait massacré un ou deux mots, il le congédiait d'un signe de la main. Deux serviteurs vigoureux encadraient le malheureux et, sans écouter ses protestations, le faisaient sortir par une porte au fond de la cour. Vu la longueur de la queue, celui-ci renonçait à tenter sa chance une seconde fois.

D'un geste de la tête, l'examinateur me demanda de m'asseoir face aux livres. Je choisis celui en latin et souris en découvrant le texte, car il s'agissait d'un des plus connus qui soient. Je lus à voix haute :

— « Ensuite le Seigneur Dieu planta un jardin au

pays d'Eden, là-bas vers l'est, pour y mettre l'être humain qu'il avait façonné. Il fit pousser du sol toutes sortes d'arbres à l'aspect agréable et aux fruits délicieux... »

L'homme m'interrompit et, pour la première fois, je remarquai ses yeux gris-bleu sous des cils d'ébène. Bien que ses traits aient entre eux une proportion parfaite, il se conduisait avec une simplicité directe et droite, à l'inverse de ceux qui ne pensent qu'à charmer. Voilà quelqu'un dont Apollonia Orazeschi aurait aimé faire le portrait.

— C'est bon, mon frère, me dit-il. Tu lis parfaitement. Je t'avoue que je suis surpris de la qualité de formation des moines catholiques. De quel pays viens-tu ?

— D'Italie. De Rome.

— La vie itinérante t'a mené bien loin de chez toi... Et pourtant, tu parais tout jeune...

J'acquiesçai, cachant mon embarras sous un air modeste.

— Bon, ajouta-t-il. Tu peux tenter l'épreuve suivante.

Il se mit à rire, je ne sus pourquoi. Sur le moment, je fus surtout rassurée qu'il ne me demande pas d'écrire : mes pauvres mains en auraient été incapables. Je le remerciai et me levai, avançant de quelques pas en direction de la salle qu'il m'indiquait.

La queue avait considérablement fondu, car moins d'une personne sur cinquante était capable de lire. Avec soulagement, je retrouvai le sympathique sergent roux, qui me précédait d'une place.

— Ainsi tu sais lire, Jacob ?

— Bien sûr ! Pour nous, luthériens, cet apprentissage est indispensable. Nous voulons découvrir la parole de Dieu dans la Bible. Contrairement aux catholiques, nous refusons les intermédiaires comme les prêtres. Nous considérons que tous les hommes se valent dans la compréhension du message divin. Ne le prends pas mal, frère Paolo !

— Mais non, ne t'inquiète pas. Je ne suis d'ailleurs pas loin de penser comme toi.

En tant que moine catholique, je ne pouvais dévoiler plus avant mes pensées sur le sujet.

Jacob venait d'être conduit dans la salle suivante, lorsque je sentis qu'on tirait ma manche. Personne n'étant collé à moi, je cherchai quel enfant malicieux voulait m'adresser la parole. Je sursautai. A la hauteur de mon coude se trouvait le visage bien viril d'un nain.

Un nain !... C'était le premier que je rencontrais, même si j'en avais vu quelques-uns de représentés sur des tableaux que le roi d'Espagne avait offerts au pape. Celui-là était un jeune adulte avec un menton mal rasé, des sourcils broussailleux, un front plissé, et le corps frêle d'un enfant de huit ans. Il portait sur le dos un instrument à cordes. Dès que je croisai son regard suppliant, il mit un doigt sur ses lèvres.

— Mon frère, chuchota-t-il, tu es un homme de Dieu, alors, viens à mon secours !

— Euh... Que puis-je pour toi ?

— En me donnant ce petit corps malade, Dieu m'a puni d'une faute que j'ignore. Et pourtant, comme le pauvre Job de la Bible, que Notre-Seigneur a accablé de maux, je ne Lui en veux pas. Je continue de Le bénir en attendant qu'Il me prenne en pitié.

Mal à l'aise, je m'impatientai :

— Parle ! Comment veux-tu que je t'aide ?

Je dus me pencher pour l'entendre.

— Dis-moi juste quelles sont les premières phrases du texte à lire. Si je ne suis pas embauché, je vais mourir !

— Vraiment ! Et pourquoi ça ?

— Le stathouder Frédéric-Henri d'Orange-Nassau a promis une grosse récompense à qui lui ramènerait mon cadavre. Le temps que la nouvelle arrive jusqu'à Amsterdam, et je suis cuit ! Ce sera la fin de la courte et triste vie d'Alonso Toboso...

— Hum... Qu'as-tu fait pour qu'un prince en personne s'intéresse à toi ?

Il gémit, essuyant son grand front avec ses menottes d'enfant.

— J'ai juste osé le taquiner, mon frère. Il affirmait que, si nous tombions raides morts côte à côte, il paraîtrait encore plus immense mort que vif. Je lui ai répondu que la poussière de son cadavre ne pèserait guère plus lourd que la mienne.

— Eh bien, Alonso, tu es culotté !

— C'est dans mon rôle de bouffon, mon frère. D'habitude, les grands seigneurs s'en amusent. Mais, ce jour-là, le stathouder était de méchante humeur car il a le vin triste. Il a appelé ses gardes en disant qu'il allait tout de suite me transformer en cadavre. J'ai sauté par la fenêtre ! Heureusement, nous étions au rez-de-chaussée et ma vihuela n'a pas souffert. J'ai entendu le prince promettre une récompense à qui me ramènerait mort. Mais je me suis caché dans le coffre vide d'un négociant qui venait de vendre ses étoffes à la princesse Amélia. Par miracle, dès que j'ai refermé le coffre sur ma tête, la voiture à cheval s'est ébranlée. Et je suis arrivé tout benoîtement à Amsterdam, ce matin.

— Hum...

De bonne confection, sa culotte bouffante et son pourpoint avaient été taillés dans un tissu de soie où couraient quelques fils d'or. Mais au niveau des coudes et du col, le costume était si élimé qu'on y voyait au travers. Il était difficile de croire qu'Alonso venait de quitter la compagnie d'un prince. Vu son état, j'aurais plutôt parié qu'il vivait dans la rue depuis plusieurs mois. Peut-être, auparavant, avait-il vraiment été le serviteur de quelque grand seigneur ?

— Tu as eu de la chance de pouvoir t'échapper comme ça !

— Oui. J'ai sûrement été protégé par la providence divine. Tu es d'accord avec moi, mon frère ?

— Euh... Sans doute, oui.

— Alors, tu vas seconder Dieu dans sa démarche secourable envers moi. De quoi parle le texte qu'il faut lire ?

Comment ne pas avoir pitié d'un homme si maltraité par le destin. Je me décidai :

— Il s'agit d'un extrait de la Genèse, le récit qui, dans la Bible, raconte la création du monde. « Ensuite le Seigneur Dieu planta un jardin au pays d'Eden, là-bas vers l'est, pour y mettre l'être humain qu'il avait façonné. Il fit pousser du sol toutes sortes d'arbres à l'aspect agréable et aux fruits délicieux... » Voilà tout ce dont je me souviens. Lis lentement. Avec un peu de chance, cela suffira à l'examinateur.

— Oh, mille mercis, mon frère ! Dieu te le rendra ! Ou bien Alonso lui-même...

Il rit, grattant ses joues à rebrousse-poil.

— Frère comment, au fait ?

— Paolo.

— Je m'en souviendrai. A plus tard !

Et, après un dernier clin d'œil, il courut sur ses petites jambes reprendre sa place dans la queue de la première épreuve.

Pendant ce temps, le sergent roux s'était brillamment acquitté de la deuxième. Il sortit de la salle, me fit un signe de la main et, selon les indications d'un serviteur, entra plus loin. Un officier blond longiligne, au visage brûlé par le soleil, me héla :

— Au suivant ! Ton nom ?

— Frère Paolo.

— Moi, c'est Vasco Tartaruga.

A l'intérieur d'une large salle carrée m'attendaient, posés sur une table, un mousquet et plusieurs rapières. A l'autre extrémité de la pièce trônait un mannequin de paille, recouvert d'une veste rouge avec un long col de dentelles.

— Si tu choisis l'arme à feu, m'expliqua l'officier, tu tires sur le mannequin. Si tu préfères la rapière, je serai ton adversaire. Avec quoi veux-tu te battre ?

Mon costume de moine mendiant ne semblait le perturber en rien. Interloquée, je tentai un timide :

— Vous savez, je suis un frère de saint François... un homme de paix comme lui...

Mais ses yeux bleus perçants me fixèrent, et un rictus déforma sa joue.

— Tu veux participer à notre expédition ?

— Eventuellement... lorsque je saurai de quoi il est question...

Il haussa les épaules avec mépris.

— Ecoute-moi bien, frère Paolo ! Soit tu choisis ton arme immédiatement, soit tu retournes à la rue.

Je réfléchis à toute allure. Depuis le début de cette mystérieuse succession d'épreuves, j'avais moins pensé que d'habitude à mes doigts blessés... Et j'avais rencontré Jacob. Il m'inspirait une profonde sympathie, de celles qui réunissent au-delà des mots des personnes aux destins similaires. Sans but et seule au monde, je me raccrochai d'instinct à sa compagnie.

Mais ce mousquet et ces rapières m'étaient tellement étrangers... Il est vrai que parfois, dans l'atelier de mon père, lorsque celui-ci cherchait la bonne position d'un groupe de guerriers, mes frères et moi imitions des combats à l'épée, au rythme ralenti d'une comédie théâtrale...

— Allez, moinillon !

Je tendis une main vers les rapières, qui différaient par leur garde, plus ou moins ouvragée. L'extrémité de leur longue lame fine avait été entourée de laine, afin d'éviter toute blessure pendant l'épreuve. Je choisis une garde en cloche, prévue pour protéger l'ensemble de la main. Même si j'avais perdu la capacité de peindre, je continuais à considérer mes doigts comme la partie la plus précieuse de mon corps.

Malheureusement, ceux-ci refusèrent de se rapprocher les uns des autres et je fus incapable de saisir la poignée. La gorge trop serrée pour parler, je relevai mes manches et présentai à Vasco mes deux mains-serres d'oiseau. Il les contempla avec stupéfaction.

— Que t'est-il arrivé ? On dirait que tu as été soumis à la question !

— J'ai... rencontré des brigands... sur mon chemin de Rome à Amsterdam...

— Torturer un moine errant ! s'indigna-t-il. On aura tout vu... Tiens, laisse la rapière espagnole. Essaie celle-ci, en provenance d'Italie.

Il m'en tendit une autre, dont la garde légère était constituée d'anneaux.

— Enfile-la de manière à ce qu'elle s'emboîte toute seule entre tes doigts... Alors, qu'en penses-tu ?

Incroyable ! La garde m'enveloppait la main de telle façon qu'elle en semblait le prolongement.

— Avec ça, frère Paolo, ta raideur va devenir un avantage. Les débutants ont tendance à bouger leurs doigts, alors que c'est le poignet qui doit être souple. J'imagine que tu es débutant ?

Je hochai la tête.

— Fais un essai, pour voir...

Me tournant sur le côté, je fendis l'air de droite à gauche, de haut en bas, je dessinai des cercles et des volutes...

— Parfait. Alors, en garde, moinillon !

A peine m'étais-je tournée vers lui que l'officier se jeta sur moi. L'éclat de son œil me rappela celui de Marco, l'homme qui m'avait violée. Et bien qu'ils ne se ressemblent en aucune façon – Marco était aussi brun et râblé que Vasco était blond et longiligne –, je me battis avec l'énergie, et peut-être le génie, du désespoir qui m'habitait.

En quelques passes, cependant, l'officier m'accula dans un angle de la pièce.

— Parfait ! Tu manques d'expérience, ce qui me rassure sur la nature pacifique des moines. Mais tu possèdes le plus important : l'instinct vital. Si tu es retenu, je t'entraînerai moi-même.

Chancelante, tremblante, bouleversée d'avoir cru revoir Marco, je m'appuyai un moment contre le mur. Pendant que je reprenais mon souffle, Vasco fit entrer le candidat suivant, ou plutôt les candidats : des frères français adolescents qui se ressemblaient comme deux gouttes d'eau et refusaient de se séparer, ne fût-ce qu'un instant.

— Votre nom ?

— Moi, c'est Etienne Moulinet. Et mon petit frère s'appelle Paul.

— On m'envoie des gamins, maintenant !

— Nous avons prouvé que nous savions lire, monsieur. Et nous pouvons aussi nous battre.

— Voyons ça ! Qui commence ?

— Toi le premier, Paul ?

Le cadet hocha la tête en silence. Posément, il choisit le mousquet. Il posa le canon sur sa fourche et se concentra...

Pan !

Sur la veste rouge du mannequin, le col de dentelles qui descendait bas sur la poitrine tressaillit. L'officier traversa la pièce à grandes enjambées. Il ne dit rien. Mais, lorsqu'il revint vers nous, je croisai son regard

– sidéré. Je devinai que le gamin avait atteint la cible en plein cœur.

— A toi, maintenant, dit Vasco à l'aîné des deux adolescents. Tu tentes ta chance au mousquet, comme ton frère ?

— Ah non, monsieur. Chacun sa spécialité. Lui, c'est la précision, moi, le mouvement.

En moins de temps qu'il ne le faut pour le dire, Etienne avait attrapé l'épée et tourbillonnait autour de l'officier. Assez vite cependant, Vasco fit voltiger son épée dans les airs.

— Pas mal, petit. Où as-tu appris à te battre ?

— Sur la plage avec des amis, monsieur. Nous avions fabriqué des épées en bois.

— Pas possible ! Et toi, Paul, c'était la première fois que tu tirais avec un mousquet ?

— Non, monsieur. La deuxième.

— Sacrebleu ! Si tous mes hommes étaient comme vous, nous ne craindrions plus les pirates !

Etienne bomba le torse. Les yeux de Paul s'humidifièrent ; je tentai de lui sourire mais il fuit mon regard. Malgré leur ressemblance physique, les deux frères semblaient avoir des caractères très différents. Pourquoi avaient-ils répondu à la petite annonce ? Recherchaient-ils gloire et fortune ? Ou bien étaient-ils orphelins et n'avaient-ils rien à perdre, comme Jacob et moi ?

— Eh bien, Etienne, conclut Vasco, j'espère que tu seras sélectionné. Dans ce cas, tu auras droit à mes leçons personnelles, de même que frère Paolo.

Il me désigna du menton et partit d'un gros rire. Les deux jeunes Français me contemplèrent, l'air stupéfait. J'étais sans doute le premier moine qu'ils rencontraient qui devait prendre des leçons d'escrime !

*

Toujours portée par un mouvement qui me dépassait et m'intriguait à la fois, je fus introduite dans la salle suivante par une petite femme au teint ocre. Son nez était minuscule, ses yeux étroits comme des encoches sur un tronc d'arbre. Elle m'ouvrit la porte, m'accompagna jusqu'à un fauteuil et me fit signe de m'asseoir devant une table couverte d'un épais tapis d'Orient. Y étaient disposés un pain d'épice encore tiède, une coupe de fruits mûrs à point, et des carafes d'eau et de vin. Quelle promesse de festin pour un estomac qui n'avait eu droit qu'à une pomme depuis le matin !

La servante suivit mon regard et acquiesça à ma demande muette : bien sûr, je pouvais me servir. Ma main droite saisit avec avidité une tranche de pain d'épice, tandis que la gauche me versait une généreuse rasade de vin et que mon cerveau, sensible aux messages reconnaissants de mon estomac, cessait momentanément de se demander ce que je faisais là.

— Frère Paolo, dit la servante, tu vas rencontrer M. Cornelis Van Vliet, l'organisateur de l'expédition. Et sa fille unique, Saskia.

Et puis elle disparut. Entrèrent alors deux personnages extraordinaires, qui s'installèrent de l'autre côté de la table, face à moi. Le premier portait sur les cheveux une extravagante galette de velours rouge, trois fois plus longue que sa tête, et ornée d'une énorme touffe de plumes blanches. La galette était assortie à une robe du même velours, monumentale par sa largeur, avec des manches courtes sur une chemise de soie, et un décolleté plongeant d'où s'échappaient des déluges de perles chargées de couvrir la naissance des seins. Au milieu de ces ornements, on finissait par découvrir un visage jeune, aux joues gonflées par d'innombrables gourmandises, avec des yeux qui exprimaient toute la tristesse du monde.

Le second était vêtu à la mode d'Amsterdam : un pourpoint noir, des hauts-de-chausses noirs, des bas noirs et des souliers noirs, mais il avait pour originalité de s'envelopper en plus dans une immense cape noire, comme s'il avait froid malgré la tiédeur de l'été. Un chapeau à large rebord – noir, bien sûr – ombrait la partie supérieure de son visage, tandis qu'un grand col blanc, fin comme un voile, mettait en lumière ses joues grises, ses lèvres marbrées de profondes gerçures et ses petits yeux pleins de détermination.

Je me dépêchai de finir mon verre et le posai devant moi.

— Frère Paolo, m'a-t-on dit ? demanda le négociant.

— Oui, monsieur.

— Capucin, à ce que je vois.

— Oui, monsieur.

— Hum... Et tu recherches... « gloire et fortune » ? Que va penser François d'Assise depuis le paradis ?

Sa voix était sèche et tranchante. Mais tout le vin que j'avais bu depuis le matin m'inspirait et me déliait la langue.

— Je ne cherche pas vraiment gloire et fortune,

monsieur. J'ai plutôt pensé que les jeunes gens aventureux avaient besoin, comme tout le monde, d'un confesseur. J'aimerais beaucoup les accompagner et les guider sur le chemin du Seigneur, à travers les épreuves qu'ils vont sûrement rencontrer... Sans rien faire moi-même qui soit contraire à l'esprit de charité de notre ordre, évidemment.

Le négociant éclata d'un rire plus bienveillant que je ne l'aurais imaginé. Sa fille sursauta et se frotta les yeux, comme si on venait de la réveiller.

— Ah, ah, ah ! Frère Paolo, tu veux le beurre et l'argent du beurre ! L'aventure et la sécurité ! La reconnaissance divine et une vie terrestre passionnante !

Consciente de son regard qui cherchait à lire au plus profond de mon âme, je me servis un nouveau verre de vin et me remis à boire en feignant une grande assurance. Il tapa du poing sur la table. Je posai mon verre.

— Vois-tu, frère Paolo, toi et moi sommes aux deux antipodes de la société. Conformément aux préceptes de ton ordre, tu ne possèdes rien. Moi, il y a peu, dans un coffre secret, je détenais des reconnaissances de dettes du roi d'Angleterre et de l'empereur d'Autriche. Grâce à moi, ces messieurs se sont acheté autant de mercenaires qu'ils le désiraient pour se faire la guerre.

Je le regardai, ahurie.

— Les reconnaissances de dettes sont passées en d'autres mains et ma maison est vendue. Mais, si tout se passe bien, je vais devenir encore plus riche qu'avant. Or, plus l'argent m'entoure de sollicitudes, plus il me sépare de mes semblables. Je ne peux me passer du confort qu'il procure, et pourtant je constate qu'on me ménage, qu'on me flatte, qu'on me ment... à longueur de journée.

D'un ton qui n'admettait aucune réplique, il conclut :

— Reste franc avec moi, frère Paolo, et tu seras le confesseur de notre expédition.

J'inclinai la tête.

— Mais commence à me mentir, ajouta-t-il d'une voix sinistre, et je t'abandonne sur une île déserte !

Péniblement, j'avalai ma salive. Le négociant se leva, saisit avec rudesse le bras de sa fille et s'éloigna vers la porte. Juste avant de sortir, il se retourna une dernière fois, impérieux :

— Tu verras les détails de ton embauche avec le capitaine Hans Michielszoon.

Seule dans la pièce, je massai mon front que tout l'alcool ingurgité commençait à alourdir, puis tentai de me rafraîchir les idées avec de longues lampées d'eau limpide. La menace de M. Van Vliet m'avait fait l'effet d'une douche glacée. Pas plus moine que lui et, en outre, femme déguisée en homme, est-ce que je n'incarnais pas le mensonge en personne ?...

La porte s'ouvrit à nouveau et le beau capitaine aux yeux gris-bleu s'installa en face de moi, un papier et une plume à la main.

— Frère Paolo, j'ai le plaisir de te confirmer que tu es embauché sur le navire *De Hoop*, c'est-à-dire *L'Espérance*... en tant que confesseur. Tu devras écouter avec bienveillance et bénir tous ceux qui en expri-meront le désir, qu'il s'agisse de catholiques, bien sûr, mais aussi de luthériens, de calvinistes, de presbytériens, d'anglicans, d'anabaptistes, d'orthodoxes, de juifs, de musulmans, ou même d'athées.

Je tentai de rassembler mes idées. Voyons... A travers moi, se moquait-on de l'Eglise catholique ?... Hans Michielszoon perçut ma surprise et, se penchant vers moi par-dessus la table, poursuivit à voix basse :

— Tu dois bien comprendre que tu seras le seul religieux de l'expédition. Grâce à l'engagement de pauvreté des capucins, connu et respecté, ta présence sera tolérée par tous. Notre projet est périlleux et nous aurons sûrement besoin de toi. Si le mourant est un catholique ou un orthodoxe, tu pourras pratiquer l'onction des malades. S'il s'agit d'un juif, tu réciteras un psaume ; d'un musulman ou d'un protestant, une prière funéraire. A cet instant crucial de son existence, personne ne sera regardant sur tes manières de l'envoyer au paradis.

— Ah... Euh... Du moment que l'on accepte mes services...

Il plongea ses yeux dans les miens.

— Frère Paolo, j'accepte ta présence à bord uniquement parce que je crois que tu n'es pas un dogmatique.

— Effectivement, je...

— Pas question que j'embarque sur mon navire une guerre de religion, comme celles qui ensanglantent l'Europe.

— Bien sûr.

— A la moindre discussion théologique, je te donne en pâture aux requins !

— Ah ? Euh, d'accord.

— Sur mon navire, je ne t'autorise qu'une seule conviction : Dieu aime tous les hommes et veut leur salut.

— J'ai compris, monsieur, inutile d'insister comme ça !

Il recula ses épaules dans son fauteuil.

— Très bien. Alors, un conseil, frère Paolo. Si tu souhaites qu'on te prenne pour un capucin, souris un peu plus.

— Mais, monsieur, je vous assure que...

— Oui ?

— Que j'ai professé mes vœux il y a six mois environ...

— Vraiment ! Et ton supérieur a oublié de te parler de ton devoir d'être joyeux ? Hum... Ecoute-moi avec attention, frère Paolo. Quels que soient ses malheurs, chaque capucin est habité par la joie, parce que la certitude d'être aimé de Dieu suffit à le rendre heureux.

Il lança un regard vers la carafe qui ne contenait plus qu'un fond de vin.

— Pour se sentir guilleret, il n'a pas besoin de ce vin de Bordeaux que tu sembles avoir beaucoup apprécié. Et sa joie doit être visible de l'extérieur, car elle protège du démon.

Qu'est-ce que tout cela signifiait ? Le capitaine avait-il compris que je n'étais pas un vrai capucin, tout en voulant m'aider à le paraître ? Mais pourquoi ?...

Avait-il deviné que j'étais une femme ?...

Sûrement pas ! Aucun capitaine n'accepterait sur son navire, parmi une centaine de marins, tous des hommes, une femme seule et dénuée de protection.

Malgré les perles de sueur qui s'accumulaient maintenant sur mon front, je fis l'immense effort de sourire. Il me tapa sur l'épaule avec jovialité.

— Ah !... Voilà qui est mieux, frère Paolo !

J'essuyai mon front avec ma manche, complètement désorientée. Et pour ne rien arranger, cet homme dégageait une solidité qui était très attirante pour moi, alors que j'étais plongée dans le plus noir du désespoir et de la fragilité. Comme j'aurais aimé redevenir un enfant et courir me réfugier dans la forteresse de ses bras !

— Etes-vous catholique, monsieur ?

— Ma mère l'était.

Il enchaîna, comme s'il voulait éviter de s'étendre sur le sujet.

— Quelles langues parles-tu ?

— L'italien, bien sûr, ainsi que le castillan, qui est très pratiqué à Rome. Je me débrouille également en flamand et en français, que j'ai appris au cours de mon voyage.

— Parfait. As-tu fréquenté l'une ou l'autre des cours d'Europe ?

J'hésitai. En accompagnant mon père auprès de ses mécènes, j'avais croisé plusieurs cardinaux et le pape lui-même. Mais c'était dans une autre vie, celle de l'heureuse Apollonia Orazeschi.

— Non.

— Bénéficies-tu de protections particulières, de la part de grands seigneurs anglais, français, espagnols ou autres... ?

Je secouai la tête.

— Tant pis. De toute façon, tu as plu à M. Van Vliet.

Alors, surtout, écoute-le, approuve-le, mais garde pour toi tes opinions personnelles.

— Bien, monsieur.

— Ah, oui, encore une question secondaire à régler... Souhaites-tu une cabine personnelle ? Ou bien acceptes-tu de la partager avec d'autres officiers ?

— Euh, j'accepte une cabine personnelle, même la plus minuscule que vous ayez. Je ne voudrais pas perturber les autres avec... mes prières au milieu de la nuit.

Il sourit.

— Très juste. Si tu acceptes ces conditions, signe en bas de ce document.

La feuille qu'il me tendait indiquait que j'entrais aujourd'hui au service de M. Cornelis Van Vliet, en tant qu'officier sur le navire *L'Espérance...* Aucune précision n'était apportée sur l'objectif de notre expédition. A cet instant, peu m'importait, rien ne m'importait, j'étais comme une poussière de pollen qui se laisse emporter par un vent capricieux.

Poussant la plume d'oie, je réussis à en coincer le tuyau entre l'index et le majeur de ma main droite. Au prix de plusieurs taches d'encre, je traçai un gribouillis dans lequel il était possible de reconnaître le F et le P de *Frère Paolo.*

— Qu'est-il arrivé à tes doigts ?

Je relevai la tête. Me saisissant la main avec délicatesse, Hans Michielszoon effleura la cicatrice brune qui entourait mes premières phalanges. Je tressaillis violemment et faillis hurler.

— Des... des brigands !

— Ils t'ont torturé ?

Son regard gris-bleu s'était empli d'une douceur paternelle. Je hochai la tête. Il respecta mon silence, ce dont je lui fus très reconnaissante. Mais il ne lâchait pas ma main, examinant mes phalanges avec attention. Mes yeux finirent par se remplir de larmes et je sentis la nécessité d'un mensonge crédible :

— Mes doigts étaient... mes outils de travail... autant que de prière. A Rome, dans le monastère d'où je viens, je pratiquais... l'enluminure.

Il me regarda avec étonnement, comme s'il envisageait enfin l'hypothèse que je puisse être un véritable moine.

— Tu sais donc dessiner ?

— Enfin... je savais... Je ne peux plus...

— Quel dommage ! Ta science aurait pu nous être très utile ! Tu aurais fait des croquis de toutes les péripéties de notre voyage...

Doucement, il reposa ma main sur la table.

— Hélas... J'ai une longue expérience des blessures. Et pour tes doigts, il est trop tard. Il aurait fallu que tu t'obliges à les bouger chaque jour malgré la douleur.

Il se leva.

— Frère Paolo, ce soir, tu connaîtras tous les détails de notre voyage. Pouteh, la servante asiatique, ne va pas tarder à venir te chercher. A propos, n'oublie jamais d'être aimable avec elle. C'est bien plus qu'une simple employée ; elle est l'oreille de Cornelis Van Vliet.

Ses dernières paroles, je ne les entendis qu'à peine, sous le choc de cette condamnation définitive de ce que j'avais de plus précieux.

5

La mission de *L'Espérance*

Pouteh, la petite servante aux yeux fendus, revint me chercher. D'un œil sévère, elle regarda mes pieds nus recouverts d'une carapace de boue et de poussière.

— Ne bouge pas d'ici ! m'ordonna-t-elle.

Quelques minutes plus tard, elle m'apportait des chaussons de paille tressée.

— Mais je suis moine capucin, madame. Et les capucins vont pieds nus.

— Quand tu te seras lavé !

Me souvenant des recommandations de Hans Michielszoon, je cessai de protester. Nous traversâmes de longs corridors carrelés qui luisaient doucement sous les fenêtres. Je n'avais jamais vu une propreté pareille, y compris chez les riches cardinaux romains.

Cette surprise n'était rien en comparaison du choc qui m'attendait au premier étage.

Sur les murs du couloir étaient accrochés plusieurs tableaux, les premiers que j'apercevais depuis ma fuite de Rome. Ils étaient de belle facture, tout en mettant en scène une femme qui balayait un sol aussi impeccable que celui sur lequel nous marchions, une autre qui épluchait des navets, la troisième qui encourageait avec douceur un petit enfant à faire ses premiers pas. Dans ces scènes, point de héros vengeur, ni de Christ en croix, ni de Vierge éplorée, comme en peignaient tous les peintres que je connaissais. Simplement la tendresse et l'harmonie d'un quotidien heureux…

Je frissonnai violemment, comme ramenée tout à coup à ma véritable identité.

— De qui sont ces œuvres étonnantes ? demandai-je.

— Oh… De peintres de Hollande, répondit Pouteh en haussant les épaules.

Fascinée, je serais restée longtemps à contempler les tableaux si elle ne m'avait fermement attrapée par le bras et entraînée dans une pièce où crépitait un grand feu. Une jeune servante en sortait, portant un broc vide, croisée par une autre qui y entrait, soutenant à deux mains, à l'aide de linges, un broc empli jusqu'en haut d'eau bouillante. Au centre trônait une baignoire de bois, toute fumante de vapeur, que les servantes étaient en train de remplir.

Les mains sur les hanches, Pouteh me dévisagea comme si j'étais un enfant qui vient de faire une grosse bêtise.

— Frère Paolo, tu vas prendre un bain et nettoyer ta tunique. Sur ce meuble, tu trouveras des serviettes, une bassine, des savons, des huiles, des onguents pour tes pieds et un matériel de rasage… Et, dans ce coffre, un grand choix de vêtements neufs.

— Vous avez pensé à tout.

— Quelqu'un peut rester pour t'aider à te laver.

— Euh…

— A moins que tu ne préfères te débrouiller ?

— Oui, je préfère, merci !

— Très bien. Tu as trois heures. Ensuite, tous les officiers de *L'Espérance* sont conviés à dîner par M. Van Vliet.

Les servantes s'éclipsèrent. Quel soulagement de me retrouver enfin seule !… Tout me donnait le vertige… Les tableaux extraordinaires qui m'accueillaient dans cette demeure… La condamnation définitive de mes doigts… Notre embarquement prochain pour une destination inconnue… L'attirant capitaine Hans Michielszoon… Son désagréable second, Vasco… Jacob, le sympathique sergent roux… Le nain Alonso qui se prétendait bouffon de prince… Etienne et Paul, les mystérieux adolescents…

Titubant jusqu'à la fenêtre, je contemplai distraitement la vue sur les maisons hautes et étroites d'Amsterdam, les canaux environnés de verdure, les mâts des navires regroupés dans les bassins du port… Contrairement à mon pays où le soleil des après-midi d'été contraignait tout le monde à chercher l'ombre, ici il invitait à sortir. Partout régnait une intense activité.

Me penchant par la fenêtre, j'attrapai les lourds volets rouge foncé que je tirai pour ne laisser passer qu'un filet de jour. Avec une chaise, je bloquai la poignée de la porte. Il ne manquerait plus qu'on me surprenne au bain, en tenue d'Eve et non d'Adam !… Je retirai ma tunique de moine que j'avais portée jour et nuit depuis six mois, tunique lourde de boue et parsemée des taches les plus diverses : vestiges de repas, sang de blessures sans gravité, traces de baies sauvages, traînées de sueur et de morve… Une fois enlevées également la culotte longue et la blouse de peinture de Michele, et chacun de mes vêtements frotté au savon et mis à tremper, enfin, tout doucement, j'entrai dans la barrique fumante.

L'eau chaude fit tressaillir chaque parcelle de ma peau. Ah ! Quel délice… Dans la vapeur et l'obscurité de la pièce, je m'abandonnai à ce bien-être oublié, ne pensant plus à mes tourments passés et au tourbillon mystérieux d'événements qui semblait m'emporter…

Après avoir flotté un bon moment, j'éternuai. L'eau s'était refroidie. Sortie de ma délicieuse torpeur, j'entrepris de me laver de fond en comble. Les serviettes avec lesquelles je me séchai étaient merveilleusement chaudes ; leur pile avait été déposée sur une chaufferette remplie de braises.

Toute cette détente apportée à mon corps m'avait emplie d'une profonde nostalgie. Qu'étaient devenus mon père et mes frères ? Comment avaient-ils vécu ma disparition ? Est-ce que je leur manquais ? Est-ce que mon père regrettait son peu d'attention à mes malheurs ?

Je secouai la tête ; y penser ne servait à rien. Enveloppée dans les serviettes tièdes, je soulevai le couvercle du coffre. Culottes bouffantes, hauts-de-chausses, bas épais, pantalons droits, chemises moulantes ou garnies de dentelles, pourpoints de soie, vestes, souliers… Il ne manquait rien de ce que j'aurais pu souhaiter. Je caressai les bas de soie si doux et les souliers de cuir souple, auxquels, en tant que frère Paolo, j'étais bien forcée de renoncer. J'optai pour une longue chemise de chevalier, dont l'abondante garniture de dentelles camouflerait mes seins et la finesse de ma taille. Je la porterai sous la blouse de Michele.

Je finis de laver la tunique. Puis la blouse et la culotte longue retrouvèrent tout l'éclat de leurs taches de peinture – et je fus heureuse que rien ne puisse jamais effacer les pigments, mes seuls souvenirs d'un passé heureux. Vêtue de ma longue chemise de chevalier, je rouvris les volets et suspendis mes vêtements au soleil, à la poulie de bois.

Dans le miroir à main, je contemplai avec surprise mon visage. Comme le grand air l'avait bruni ! Et comme mes traits s'étaient durcis ! En cinq mois, mes cheveux avaient repoussé de la longueur d'une main, en fines mèches hirsutes. Ceci ne faisait pourtant pas de moi un moine si étrange. J'en avais croisé de plus chevelus encore ; la vie itinérante prônée par François d'Assise ne favorisait pas le rasage régulier du sommet du crâne.

Sans hésiter, pourtant, après avoir raccourci mes cheveux, je saisis le rasoir. J'avais le sentiment qu'une tonsure dissimulait mieux ma féminité. Ensuite, le temps que mes autres vêtements sèchent, je coinçai entre mes paumes une bible, seul livre présent dans la pièce, et je commençai à lire…

*

Des parfums de viande grillée me réveillèrent en sursaut ; je m'étais assoupie sur mon livre. Le soleil avait tourné et commençait à se dissoudre dans les nuages mauves et orangés. Après avoir enfilé en hâte ma tunique de moine presque sèche, je me précipitai sur le palier.

J'y trouvai deux inconnus, vêtus de pourpoints lustrés par l'usure, de dentelles trouées, de bottes à revers avachies, et de grands chapeaux à plumes en partie dégarnis. Bien qu'ils manquassent visiblement de fortune, ils portaient une épée au côté, ce qui indiquait leur appartenance à la noblesse. L'un des gentilshommes, aux vêtements amarante et safran, essuyait les verres de son pince-nez. L'autre, tout de noir vêtu, vidait sa pipe dans un pot de tulipes avant de descendre. En m'apercevant, l'homme en noir rougit et son compagnon coloré s'esclaffa, parlant flamand avec un fort accent britannique :

— Voilà un moine ! Vous allez pouvoir vous confesser, Francis, de ce que vous faites subir à ces pauvres tulipes !

Francis pinça les lèvres et me toisa de toute sa hauteur, rehaussée par des talons substantiels.

— En tant que presbytérien, je suis hostile à la confession !

Puisque j'étais maintenant au service de M. Van Vliet, j'étais décidée à appliquer les conseils de Hans Michielszoon : un capucin doit se montrer joyeux. Je lançai avec entrain :

— Qui sait si le tabac brûlé n'est pas un bon engrais ?

— Exactement ! Vous n'aviez pas pensé à ça, William, n'est-ce pas ? En réalité, j'expérimente l'effet du tabac brûlé sur la croissance des plantes. Pour le bénéfice de la Science et de l'Humanité.

William rit de plus belle et Francis daigna sourire.

Le premier me salua en balayant le sol de son chapeau rouge vif :

— Je suis William Greyhound.

— Et moi frère Paolo.

— Enchanté. Mon ami s'appelle Francis Glittery. Nous avons fait nos études ensemble à Cambridge.

Des gentilshommes à la mode anglaise, désargentés et savants à la fois... De mon regard de portraitiste, je notai le menton épais et le nez en trompette de William – curieux mélange qu'illuminait un sourire charmant. Francis était beaucoup plus gâté par la nature avec ses traits fins et sa splendide chevelure aux boucles épaisses. Il aurait même pu être beau s'il avait eu un air aimable.

Pendant que nous descendions l'escalier, je m'empressai de préciser, avec bonne humeur :

— Je crois en l'amour de Dieu pour tous les hommes, quelle que soit leur religion.

— Vraiment, frère Paolo ? s'étonna William. Moi qui étais en train de penser que mon ami et toi pourriez avoir d'intéressantes conversations sur les défauts du catholicisme... Francis est un excellent connaisseur de la Bible.

Je remarquai alors le livre noir que Francis tenait à la main.

— Je suis désolé, William. Votre ami devra débattre avec d'autres que moi. Je ne m'y connais pas du tout en théologie.

— Ah, zut, alors ! De quoi parlerons-nous pendant le long voyage qui nous attend ?

Francis repoussa en arrière ses cheveux mi-longs.

— Vous pourrez toujours donner à frère Paolo quelques notions scientifiques, dit-il à son ami.

— Je vous écouterai avec plaisir, répondis-je. Je n'ai pas eu le bonheur d'étudier, mais je m'intéresse à tout. En dehors de la théologie, je veux dire.

— Pour un moine, c'est vraiment très curieux !

Je chuchotai :

— En signant mon engagement, j'ai dû promettre au capitaine Hans Michielszoon de refuser toute discussion de ce type. Il trouve qu'il y a assez de guerres de religion comme ça, et il n'en veut pas à bord de *L'Espérance*.

— Notre capitaine a du bon sens ! s'exclama William, les yeux pétillants.

Au pied de l'escalier, la servante asiatique nous attendait, l'air réprobateur. Nous pressâmes le pas et elle nous introduisit dans une salle à manger de belle taille. Je me laissai placer à droite de Cornelis Van Vliet, et à gauche du capitaine, avant de réaliser, étonnée, qu'il s'agissait de la place d'honneur.

En bout de table, Jacob, le sergent roux, me fit un signe de la main. Près de lui, sa vihuela sur le dos, je reconnus le nain Alonso que j'avais aidé à tricher à l'épreuve de lecture. Etienne et Paul, les adolescents blonds, étaient assis à l'autre extrémité. Face à moi, à côté de Vasco, s'installèrent les gentilshommes de Cambridge. Francis posa devant lui sa bible et, pardessus, sa pipe, dont je remarquai le beau fourreau d'argent.

Encore une fois, malgré l'assurance que je manifestais en apparence, je me demandai ce que je faisais là, parmi ces inconnus qui allaient embarquer ensemble pour un mystérieux voyage. Mais n'était-ce pas mon destin, dorénavant, de me poser cette question ? Combien de temps faudrait-il pour que j'aie enfin le sentiment d'être frère Paolo, moine explorateur ?

Devant nous étaient disposés des plats d'huîtres, d'anguilles, de viandes grillées, d'artichauts, et toutes sortes de légumes et de fruits, frais ou cuits, sans compter les vins rouges ou blancs, secs ou pétillants. On nous offrait un véritable festin ! D'ailleurs, l'opulente Saskia mangeait déjà, l'air lugubre mais avec une efficacité surprenante. Mes narines se mirent à palpiter de plaisir...

... Et la stupéfaction me figea. En écho à ces agapes se trouvaient accrochés aux murs de la pièce une nouvelle série de tableaux. Sur le plus proche, un hareng en rondelles gisait entre une coupe renversée et un citron épluché. Son voisin mettait en scène un couteau posé en équilibre entre une tourte à la confiture et une cruche ; mon père n'aurait pas composé avec plus de soin un Christ portant sa croix entre Jean et Marie !... Quel art saugrenu !... Les peintres de Hollande choisissaient pour sujet ce qui, chez nous, aurait été relégué dans le coin d'un décor... J'aurais eu envie de rire si, tout de suite, je n'avais été fascinée par le mat des étains, les verreries translucides, l'ellipse parfaite de l'écorce déroulée...

— Messieurs, prenez des forces, dit Cornelis en désignant les plats, nous aurons bientôt besoin de vos services.

— Hum... Je crois que je vais commencer par étudier la texture de ces huîtres..., dit William en se servant. Sont-elles aussi remarquables qu'elles en ont l'air ?

— Je veux bien en débattre avec vous, s'empressa de répondre Hans Michielszoon.

A regret, je quittai des yeux les tableaux pour leurs modèles comestibles. Je fus tentée par un artichaut, légume rare dont je trouvais la forme merveilleuse ; mais il me fut impossible de l'effeuiller avec mes mains-serres d'oiseau. Par contre, je réussis à attraper une première huître. Tout en la savourant, je ne cessai de m'ébahir intérieurement de ces œuvres étonnantes mais superbes qui nous entouraient. Malgré mon infirmité, leur présence m'apportait un réconfort inattendu. Si l'occasion se présentait de lier à nouveau ma vie à la peinture, d'une manière que pour l'instant je ne pouvais imaginer, je ne la laisserais pas passer !

— Alors, frère Paolo ! Ton bain t'a-t-il fait du bien ?

Je sursautai. C'était Alonso, qui m'interpellait à travers la table. Je me revis en tenue d'Eve et rougis malgré moi comme si chacun pouvait lire dans mes pensées et comprendre que j'étais une femme. Mais j'étais bien décidée à conserver ma pseudo-gaieté de capucin, qui me protégeait.

— Beaucoup... après six mois de marche, pieds nus dans la boue des chemins ! Et toi, Alonso ?

— Oh, moi, j'ai failli me noyer. Heureusement que j'ai pu me raccrocher au savon qui flottait !

Francis leva les yeux au ciel et William sourit. Etienne et Paul ne pipèrent mot ; l'aîné mangeait avec diligence, tandis que le cadet fixait longuement un plat avant d'oser se servir.

Mes propres gestes étaient d'une lenteur désespérante. Heureusement pour mon estomac, le négociant et le capitaine nous laissèrent nous rassasier et nous désaltérer en abondance avant d'aborder les affaires sérieuses. Quand les domestiques eurent débarrassé les victuailles salées et apporté les desserts, Cornelis redressa son dos voûté, tapa sur la table pour obtenir notre attention, et prit la parole :

— Messieurs, demain matin, vous ferez la connaissance de *L'Espérance*, un joli trois-mâts armé d'une rangée de canons. Je l'ai choisi petit et fin, car nous aurons besoin d'une grande liberté de manœuvre pour explorer les côtes. Sa capacité à filer comme le vent nous aidera à échapper aux pirates. Mais il reste d'une taille suffisante pour cinquante hommes d'équipage et trente soldats.

Un murmure accueillit sa remarque. Avec le vin que nous avions bu, chacun avait tendance à s'exprimer sans fard.

— Mais où allons-nous, monsieur Cornelis ?

— Quel est notre objectif, monsieur ?

— Aurons-nous dans nos cales une marchandise très rare et très précieuse que nous serons chargés d'apporter pour vous quelque part ?

Il frappa dans ses mains comme un maître d'école face à des élèves turbulents.

— Non, non ! Je suis du voyage.

Nous échangeâmes des regards surpris. En général, les négociants se gardaient bien de partager la vie aventureuse de leurs équipages, préférant attendre chez eux que leurs navires reviennent à bon port. Pourtant, la présence de Cornelis à bord était de bon augure. Tant que nous partagerions sa table, la nourriture ne nous serait pas comptée trop chichement.

— Ne craignez-vous pas les pirates et les requins, monsieur Van Vliet ? Etes-vous sûr de revenir vivant ?

— Je ne compte pas revenir. Cette maison est déjà vendue, et le personnel repris. Le nouveau propriétaire s'installe demain.

Laisserait-il derrière lui ses tableaux ? Je poussai un cri qui se perdit dans les exclamations de mes compagnons.

— Et nous, alors..., dit Paul qui semblait au bord de l'évanouissement.

— Moi, j'ai bien l'intention de revenir un jour, protesta William. Dans quelques années, d'accord, mais pas jamais !

— Pour moi, dit Alonso, tout dépendra de...

— Taisez-vous ! rugit le négociant, furieux de ce tapage. Une fois notre objectif atteint, chacun poursuivra sa destinée à sa convenance !

Le silence se fit aussitôt. Il secoua son col large et fin, pour que tombent les miettes qui y étaient accrochées. Nous avions tous les yeux fixés sur lui. Il posa l'une sur l'autre ses mains décharnées et nous contempla, l'air sévère.

— Moi, Cornelis Van Vliet, commença-t-il, je suis né dans l'arrière-cour d'une taverne mal fréquentée. Ça ne se voit pas, hein ? Ma mère était fille de salle. Eh oui, messieurs ! A peine sortie de l'adolescence, elle mourut en me mettant au monde. Elle emporta dans sa tombe le nom de mon père... si elle l'avait jamais connu. Sans doute un pauvre hère venu se payer une pinte de bière, et qui avait coincé la première fille venue dans un coin sombre. J'ai grandi dans cette taverne parce que personne n'a eu l'idée de me porter jusqu'au seuil d'une église pour m'y abandonner. Comment ai-je pu survivre à mes premières années ? Par négligence du patron ? Une servante m'a-t-elle pris en pitié ?... En tout cas, en grandissant, je me suis nourri de ce que les clients laissaient dans leurs assiettes et dans leurs verres : la plupart du temps, c'était du pain rassis trempé dans de la bière. Pour dormir, je me réfugiais entre les pattes d'un gros chien velu qui avait sa place près de l'âtre. Lorsque j'eus environ huit ans, le patron remarqua soudain ma présence. Il n'y eut ni une ni deux ; il me jeta à la rue.

Cornelis se tut. Le silence attentif fut troublé par les bruits de mastication de Saskia.

— Un autre jour, reprit-il, je vous raconterai comment je suis devenu l'un des meilleurs négociants d'Amsterdam. Et donc du monde entier. L'essentiel, pour aujourd'hui, c'est qu'avec ma fortune j'avais enfin vaincu...

Brusquement, son dos se voûta. La voix de Cornelis se voila. Le discours orgueilleux se transforma en plainte.

— ... la faim et la soif. J'avais vaincu ma terreur des nuits dans la rue... du froid glaçant... et des coups qui pleuvent sans qu'on les ait entendus s'approcher.

Je lançai un coup d'œil rapide en direction de sa fille. Mais elle continuait d'avaler de la nourriture, sans se laisser déconcentrer.

— J'ai acheté cette belle demeure. Ma défunte épouse l'a meublée de coussins dans les sièges où je m'assois, de draps de soie dans le lit où je dors, et d'épais tapis où je pose le pied... un luxe inimaginable pour mes riches amis qui décorent les tables de ces mêmes tapis. Mes deux cuisinières veillent à remplir le garde-manger des mets les plus subtils qui peuvent éveiller mon appétit... Je suis entouré de serviteurs et de gardes du corps dévoués...

Comme Cornelis, j'avais eu froid, faim, peur, et je ne savais laquelle de ces sensations était la plus terrible. Je comprenais le commerçant richissime qu'il était devenu, bâtissant sa fortune comme une forteresse contre la dureté du monde.

— Après le décès de mon épouse, j'ai même acheté les bras d'une femme aimante, ajouta le négociant.

Il eut un sourire triste et charmeur à la fois, avant de taper du poing sur la table.

— Mais ça, ça ne vous regarde pas. Ce que vous devez savoir, c'est que, l'année dernière, j'ai investi les neuf dixièmes de mes richesses dans une flotte de la VOC à destination de Batavia : cinq navires dont les cales chargées d'épices auraient dû assurer ma fortune jusqu'à la fin de mes jours... Et j'ai perdu !... Pirates ? Mutinerie ? Cyclones ? Nul ne sait ce que la flotte rencontra sur sa route. En tout cas, sur le chemin du retour, elle a disparu, corps et biens, sans laisser de traces.

Avec peine, il ajouta :

— Mon fils unique se trouvait à bord.

Dans un silence de mort, il se racla la gorge puis enchaîna :

— Mon fils ne reviendra pas. Mais au moins puis-je éviter de retomber dans la misère.

— J'imagine, monsieur, intervint William, qu'avec

vos compétences et vos relations, vous avez plus d'un tour dans votre sac !

L'armateur tapa du poing sur la table.

— Justement... Jeunes gens, voilà pour vous une occasion exceptionnelle d'exercer vos talents !

Alonso fit retentir les cordes de son instrument en un accord bref et triomphal.

— La Compagnie des Indes orientales nous confie, à nous, messieurs, l'exploration du sud du Pacifique. Notre mission est de localiser le continent qui s'y cache. Nous serons les premiers Européens à y mettre le pied ! En échange des nouvelles richesses que notre découverte lui permettra d'exploiter, la VOC fait de nous ses représentants. Là-bas, tous ensemble, nous récolterons gloire et fortune !

Paul poussa un cri, Jacob s'étouffa avec son vin, la main d'Alonso dérailla sur ses cordes.

Dans le regard de William et Francis, les plus savants d'entre nous, je vis qu'ils évaluaient nos chances de succès face aux dangers de l'entreprise, et que la balance ne penchait pas du bon côté. Comme les autres navires, *L'Espérance* allait être exposé aux terribles aléas des éléments. Mais en plus, isolé, il serait une proie de prédilection pour les pirates qui sillonnaient les océans. Enfin, si ce nouveau continent existait bel et bien, comment les populations indigènes accueilleraient-elles un gouverneur venu du bout du monde ?

Aucun de nous n'osa émettre de réserves. Mais nos sourcils froncés, nos regards fuyants, notre silence prolongé montrèrent notre scepticisme. La voix du négociant tonna soudain :

— Autant être clair avec vous, messieurs : nous allons réussir ! A partir de maintenant, considérons ce fait comme acquis. Je ne tolérerai plus aucune discussion sur ce sujet, même en mon absence.

Je crus alors que certains de mes compagnons allaient se lever et quitter la maison. Je scrutai chacun : le nain musicien Alonso, le sergent Jacob, les adolescents Etienne et Paul, les gentilshommes William et Francis... Mais personne ne bougea ni ne protesta.

Jacob m'avait confié que c'était par désespoir qu'il voulait s'embarquer et j'eus une illumination : si aucun de mes compagnons ne renonçait à cette expédition hasardeuse, c'est que chacun d'entre eux voulait fuir l'Europe. A tout prix ! Qu'importe pour eux la destination de notre navire, qu'importent les rêves fous de Cornelis et de la VOC, du moment que *L'Espérance* nous emmenait à l'autre bout du monde !

Pourquoi ? Quels événements dramatiques avaient-ils donc tous vécus pour risquer leur vie sur des océans inconnus ?

La situation était différente pour le capitaine et son second : leur métier consistait à naviguer pour une paie correcte, quelle que fût la mission qu'on leur assignait. Leurs états d'âme n'avaient aucune importance.

Quant à moi, je ne sais si ce fut l'injustice que j'avais subie, la présence des tableaux qui avivait un terrible sentiment de gâchis de mes talents, ou bien l'instinct de survie... En tout cas, bouleversée, je dus fermer les yeux. Après tout, nous ne savions rien de ce continent lointain... Serait-il possible qu'il abrite une société où régneraient la liberté et la justice, la tolérance et la paix ?... Que des humains, quelque part à l'autre bout du monde, vivent différemment d'ici ? Que, là-bas, les hommes reconnaissent les femmes comme leurs égales, et qu'ils les laissent choisir leur vie ?

Et s'il suffisait de traverser le Pacifique pour les rencontrer et trouver ma place parmi eux ?

Sans réfléchir, je me tournai vers le négociant et déclarai d'une voix vibrante :

— Oh, oui, monsieur Van Vliet ! Cap sur le continent caché du Pacifique !

Sur son visage fatigué s'épanouit un large sourire. Venant d'un moine, il perçut mon enthousiasme comme si Dieu en personne était descendu du ciel pour bénir son aventure. J'aurais dû m'en inquiéter...

6

Monnaies d'échange

Plus tard, au cours de notre long périple, M. Van Vliet me raconta en détail comment, par un hasard bienheureux dont il avait su tirer tout le profit possible, son histoire était étroitement imbriquée dans celle de la Compagnie des Indes orientales.

Lorsqu'il avait été chassé de la taverne misérable où il avait grandi, le jeune Cornelis avait écarté l'option à laquelle se résolvaient habituellement les orphelins : s'embarquer comme mousse sur l'un des navires portugais, anglais, flamands ou danois qui venaient commercer à Amsterdam. Le spectacle régulier des marins qui dépensaient leur paie d'un an en une semaine de beuveries lui suggérait une existence rude et misérable qu'ils cherchaient à oublier à tout prix ; leurs récits d'ivrognes remplis de camarades décimés par les maladies, de punitions brutales, de traversées transformées en calvaire par le soleil et le manque d'eau potable, lui avaient confirmé que la vie à terre était difficile mais moins suicidaire que l'appel de la mer.

Alors, comment gagner sa pitance ? Dressant un bilan personnel de ses capacités, le garçon en conclut qu'il savait avant tout se faufiler au milieu de la foule en tenant un plateau chargé de pintes de bière. Fouiller dans la poche d'un bourgeois distrait était un autre de ses talents, mais il ne pouvait guère s'en vanter. Il aurait pu alors se contenter de chercher un emploi dans l'une ou l'autre des tavernes misérables qui entouraient celle où il était né. Mais c'est là que son ambition se révéla.

Après un premier petit boulot dans un bouge fréquenté par des marins ivres, il réussit à se faire embaucher dans une auberge où venaient déjeuner des ouvriers, puis dans une autre où les artisans aisés aimaient se retrouver le dimanche et, enfin, l'année de ses quatorze ans, dans un bar à vins cossu, situé au cœur de la ville, dans le quartier des affaires où se concentraient pouvoir et richesse.

Par un doux après-midi d'avril, déposant sur une table bien cirée neuf verres de vin du Rhin, il entendit une phrase qui l'incita à ne pas s'éloigner : « Nous pourrions faire fortune en moins de deux ans ! » disait un homme déjà vêtu de soie et de fourrures.

Cornelis essuya avec soin les tables les plus proches, puis balaya le plancher tout autour, ce qui lui permit de saisir l'essentiel de la conversation – par chance, l'heure était l'une des plus calmes de la journée. Les neuf marchands rassemblés ici ne supportaient plus le monopole des Portugais sur le commerce des épices avec l'Asie. Ils s'exaspéraient de dépendre de la politique d'un roi étranger pour se fournir en biens dont le prix atteignait en Europe des sommes fabuleuses.

Mais pouvaient-ils s'affranchir de la domination portugaise sur la route maritime des Indes ?

— J'en mets ma main à couper, affirma l'un des marchands. Je connais deux officiers qui, pendant plusieurs années, ont navigué sur des navires portugais. Ils savent de mémoire comment suivre leur route autour de l'Afrique et à travers l'océan Indien, tout en évitant leurs forteresses. L'un d'entre eux a même écrit un récit de ses voyages.

— Formidable ! Et s'il reste des lacunes, je peux solliciter un certain pirate de ma connaissance. Il se fera un plaisir d'aborder un navire portugais afin de s'en approprier les cartes.

— Moi, pendant ce temps, je me charge de constituer une flotte légère – trois ou quatre navires, pas plus –, mais armée jusqu'aux dents.

— Attendez ! Avec quel argent ?

— Le nôtre, bien sûr ! Associons-nous !

— Ça ne suffira pas ! Tu sais combien ça coûte de faire construire un navire et de constituer un équipage ?

— Alors, proposons à tous ceux qui le voudront de participer ! Si notre entreprise réussit, ils toucheront une partie des bénéfices, en proportion du capital qu'ils y auront investi.

Tandis que le groupe s'enthousiasmait pour cette idée tout à fait nouvelle, le jeune Cornelis tira de sa poche ses économies, dont il ne se séparait jamais : quatre florins. Sans craindre le ridicule, il s'approcha du groupe et, profitant d'un silence, fit résonner les pièces sur le bois de la table.

— Messieurs, vous pouvez compter sur moi !

L'un des marchands s'esclaffa, mais son voisin lui lança un regard noir avant de féliciter Cornelis.

— Bravo pour ton esprit d'entreprise, jeune homme. Et bienvenu comme actionnaire de notre nouvelle compagnie, la... la...

— La Compagnie des Pays lointains ? suggéra un autre marchand.

Réclamant une feuille, une plume d'oie et de l'encre, il prépara aussitôt une reconnaissance écrite de la participation financière de Cornelis Van Vliet à la création de la Compagnie des Pays lointains, pour une somme totale de quatre florins.

Un an plus tard, soutenue par des négociants de toutes les Provinces-Unies et par son stathouder – qui avait offert les canons –, une flotte composée de trois galions et d'un petit voilier appelé yacht quittèrent Amsterdam pour l'archipel indonésien.

Le voyage fut éprouvant. Capitaines et marchands qui se partageaient le commandement des navires se querellèrent à chaque décision ; le scorbut décima les équipages ; les survivants se heurtèrent à des Javanais hostiles qui les empêchèrent d'accoster ; un navire fut perdu ; le poivre et la cannelle achetés aux îles Moluques et rapportés à Amsterdam ne suffirent pas à couvrir toutes les dépenses. Les nombreux actionnaires n'eurent aucun bénéfice à se partager, mais ils considérèrent l'expédition comme une réussite : elle avait montré qu'il était possible de briser le monopole portugais. Sans se décourager, Cornelis décida d'investir ses nouvelles économies – deux florins – dans la prochaine expédition.

Durant les années qui suivirent, plusieurs compagnies éphémères transformèrent le succès théorique en succès financier. Les équipages furent mieux soignés, la vie à bord codifiée, le commandement précisé, et un comptoir bien contrôlé fut installé à Batavia, où les négociants de toute l'Asie vinrent vendre leurs épices aux Hollandais. Enfin, pour surmonter la concurrence qui s'avivait entre différentes sociétés rivales, fut créée la Compagnie des Indes orientales, la VOC. Sa direction était assurée par dix-sept éminents gouverneurs qui obéissaient à un règlement rigoureux.

Fort de ses réinvestissements successifs dans chacune des expéditions, Cornelis avait cessé de porter des verres de vin, de balayer le plancher et de cirer les tables. Négociant pour son propre compte, il avait placé ses bénéfices dans un commerce moins prestigieux, moins rentable mais plus sûr, à l'intérieur même de l'Europe, en important du bois et des céréales, et en exportant les produits de luxe ramenés d'Asie. Guidé par son intuition, que venaient épauler une recherche inlassable d'informations et une énergie peu commune, il n'avait cessé de doubler ses gains.

Encore jeune et en bonne santé, M. Van Vliet vivait maintenant dans une demeure cossue, mangeait à une excellente table et – ce dont il s'extasiait en secret chaque matin – partageait son lit avec une très jolie jeune femme de la haute bourgeoisie d'Amsterdam qui, après avoir pris soin de lui donner deux enfants – un garçon, Dirk, puis une fille, Saskia – et de survivre à ses accouchements, répartit son temps entre le maternage de son mari, l'éducation de sa progéniture et une fantaisie tolérable : la constitution d'une collection de tableaux bon marché.

Lorsque Dirk atteignit ses vingt ans et Saskia ses dix-huit, Cornelis eut deux informations de taille à transmettre à son épouse. Le garçon allait entrer dans les affaires à l'occasion d'un voyage à Batavia qu'il effectuerait en tant que « marchand junior » aux côtés d'un marchand expérimenté. La fille allait se fiancer avec le plus beau parti qui soit : le fils aîné de Pieter Van Haarlem, l'un des dix-sept gouverneurs de la VOC. L'aller-retour d'Amsterdam à Batavia prenant environ dix-huit mois, le mariage était prévu pour dans deux ans. Cornelis comptait sur la longue traversée pour enseigner les dures réalités du monde au jeune homme trop couvé par sa mère, et sur les bénéfices substantiels pour offrir à la jeune fille une dot digne de son rang.

Et le vent tourna.

Malgré son ardeur au travail, l'excellence de ses réseaux d'informateurs et son flair légendaire, Cornelis ne pouvait prévoir le naufrage des cinq navires sur lesquels il avait tout misé. Quelque part au milieu de l'océan Indien sombrèrent l'essentiel de sa fortune ainsi que son fils unique. Aussitôt, le fiancé de Saskia cessa sa cour auprès de cette dernière. Quant à l'épouse modèle de Cornelis, désespérée par la perte de Dirk, elle mourut d'une maladie aussi obscure que foudroyante.

Le mois suivant, il fut convoqué dans les bureaux de la VOC.

*

Dans un salon où palpitaient les lueurs fantasques d'un feu de cheminée, les adolescents Etienne et Paul et les scientifiques Francis et William se plongèrent dans l'étude détaillée des cartes de la VOC et du « Rapport Le Maire ». Pauvre famille, brisée elle aussi par l'injustice... Mais dans son cas, au moins, le père n'avait eu de cesse de réhabiliter son fils...

Le capitaine Hans Michielszoon se taisait, attendant que le négociant prenne la parole. Celui-ci nous lançait de brefs coups d'œil inquisiteurs, comme s'il continuait à nous étudier et à vérifier la pertinence de son choix... Mon ami le sergent Jacob s'était emparé de la mappemonde. L'air rêveur, il évaluait la largeur du Pacifique.

— Frère Paolo, murmura-t-il, ça me donne le tournis...

Il m'aida à tenir le globe à l'horizontale, la main gauche posée sur l'Afrique et la main droite sur l'Amérique. En faisant abstraction des motifs décoratifs, j'avais face à moi quasiment la moitié de la Terre : un espace vide sans rien de connu.

— Oh ! là, là !... Il y a de quoi, Jacob !

Nous reposâmes la mappemonde sur une table et je saisis un chandelier. Vasco, qui ne cessait de bâiller, prit congé pour monter se coucher. Malgré ma fatigue, pour rien au monde je ne l'aurais imité. Le salon était orné de nombreux tableaux, que j'étais trop heureuse de pouvoir enfin contempler à mon aise.

Ce fut un nouveau choc. Sur la première toile, aucun premier plan, mais de nombreux personnages minuscules : une femme qui retroussait ses jupes pour glisser sur la glace avec des patins... un homme qui vendait de la soupe fumante apportée dans une brouette... un autre qui agitait une sorte de canne avec laquelle il frappait une petite balle ronde... C'était tout un quartier qui s'agitait sur un canal gelé, mêlant avec le plus grand naturel gens du peuple et bourgeois aisés. A l'intention de Jacob, je chuchotai avec enthousiasme :

— Décidemment, les peintres de Hollande n'ont pas du tout les mêmes centres d'intérêt que ceux d'Italie !

S'y intéressant à son tour, le sergent s'esclaffa :

— Oh, frère Paolo ! Tu as vu ce pauvre hère, là, qui se gratte les fesses ! Et cet enfant qui a sans doute voulu patiner trop vite et se retrouve les quatre fers en l'air !

A sa réaction, je me rappelai les paroles du philosophe Descartes. Le curieux mode de gouvernement des Provinces-Unies avait créé une atmosphère tout à fait nouvelle, bien différente de celle des pays dirigés par des rois...

Après deux scènes hivernales, nous admirâmes un banquet de noces, la place d'un marché et une vue du port d'Amsterdam, tous grouillant de vie. Je pus déchiffrer certaines signatures : Avercamp, Willaerts, Bruegel.

Cependant, même dans une ville où le pouvoir était partagé, il semblait difficile de renoncer au plaisir de montrer qu'on était un personnage important. Moi qui, dans l'atelier de mon père, avais accepté d'avance l'anonymat de mon travail en échange de la liberté de peindre, je contemplais avec étonnement les perles, les soies miroitantes, les fourrures et les dentelles des tableaux suivants, quatre portraits – deux féminins, deux masculins – qui n'auraient pas déparé dans la galerie d'un grand seigneur...

En m'approchant, je compris qui ils représentaient :

la famille Van Vliet à son apogée. Cornelis respirait l'assurance et la force de l'âge. Son épouse Johanna avait de grands yeux doux et un sourire placide. Malgré son air falot, leur fils Dirk semblait promis à un brillant avenir, ne fût-ce que grâce aux bijoux en or qui ornaient ses mains. Quant à Saskia, elle n'était pas encore obèse, seulement plantureuse. Chacun d'eux était peint avec une finesse et une puissance renversantes par le même peintre, un certain Antoine Van Dyck.

Oubliant le reste du monde, mes malheurs et mes rêves, j'allais discrètement revoir les autres tableaux de la maison : les étranges natures mortes de la salle à manger et les tendres scènes domestiques du couloir. A la lumière des chandelles, je recherchai les signatures. Les natures mortes étaient de deux peintres, sans doute de la même famille : Claesz et Claesz. Heda. Les auteurs des scènes intérieures avaient signé : Leyster, R.H. L., et un autre nom encore moins lisible. La nouveauté de l'ensemble m'éblouissait et me touchait au plus profond du cœur. Hélas, devant des œuvres aussi créatives, mes doigts aussi me démangeaient...

Des éclats de voix finirent par me ramener au salon.

— Tout reste à découvrir !

— Nous ne sommes sûrs de rien !

— Jakob Le Maire a traversé le Pacifique bien trop au nord pour nous !

— N'exagérez pas, Francis, disait William. Grâce à lui, nous savons que le continent inconnu se trouve au sud de l'équateur, puisqu'il a mis le cap a l'ouest après l'avoir franchi. Ce n'est pas rien, tout de même !

— Oui, enfin... s'il ne s'est pas trompé dans ses relevés, rétorqua la voix sarcastique de l'autre gentilhomme.

L'épais recueil de parchemins gisait sur la table, ouvert, mais seuls William et Hans Michielszoon restaient penchés au-dessus de lui. Debout près d'eux, Francis tirait avec nervosité sur sa pipe ; Alonso, Etienne et Paul allaient et venaient ; et Jacob grattait sa barbe, l'air embarrassé. Tourné vers l'âtre, Cornelis se frottait les mains sans relâche à la chaleur d'un feu déclinant.

Soudain, il fit volte-face. Bien que son visage se trouvât alors dans l'ombre, nous sentîmes sa détermination.

— Eh bien, messieurs... Je rends hommage à votre lucidité. Ce rapport et ces cartes nous seront de peu d'utilité pour définir l'emplacement du continent inconnu. Afin d'assurer notre réussite, il nous est indispensable de récupérer d'autres informations.

Stupéfaits et dubitatifs, mes compagnons s'exclamèrent :

— Mais où les trouver, monsieur Van Vliet ? demanda Etienne. Existe-t-il vraiment d'autres cartes quelque part ?

— Certainement... hors des Provinces-Unies. Dans les archives royales de Charles Ier d'Angleterre, de Louis XIII de France et de Philippe IV d'Espagne qui, par chance pour nous, dirige actuellement le Portugal. Lors de notre périple pour quitter l'Europe, nous ferons halte dans chacun de ces trois pays.

Le brouhaha augmenta.

— Mais, partout, ces cartes sont gardées comme des secrets d'Etat, n'est-ce pas ?

— Tout à fait.

— Au Portugal, lorsqu'un capitaine embarque pour un voyage lointain, on ne lui confie que les cartes dont il a besoin, expliqua Hans Michielszoon. S'il ne les restitue pas à son retour, il est passible de la peine de mort.

Le silence se fit soudain. Un frisson parcourut l'assemblée.

— En Espagne, poursuivit-il, les cartes nécessaires au voyage sont enfermées dans un coffre à double serrure. Il faut deux clefs pour l'ouvrir : l'une est détenue par le pilote, l'autre par le cartographe du bord. Pour notre part, sur les navires de la VOC, nous avons ordre en cas d'abordage de jeter nos cartes à la mer.

— Chaque puissance maritime, reprit Cornelis, considère ses cartes comme des renseignements vitaux qui lui permettront un jour d'étendre ses monopoles commerciaux. En ce qui concerne l'Atlantique et l'océan Indien, les découvertes sont anciennes et chacun a fini par obtenir à peu près les informations qu'il voulait, quitte à les prendre de force sur un navire ennemi. Mais ce n'est pas encore le cas du Pacifique ! Personne ne peut dire combien d'explorateurs ont osé se lancer dessus. Ni bien sûr ce qu'ils y ont trouvé.

— Mais alors... Comment obtenir ces informations secrètes ?

— Messieurs les officiers de *L'Espérance*, tonna soudain le négociant, aucun de vous n'a été embauché par hasard !

Surpris, nous échangeâmes des regards lourds

de questionnements. Je scrutai le costume élimé d'Alonso, les tenues défraîchies de William et Francis et le pourpoint militaire de Jacob... Bien qu'ils aient enfilé des vêtements neufs, je me souvenais des habits modestes que portaient Etienne et Paul lors de leur embauche... Comment croire que l'un de mes nouveaux compagnons ait des relations assez haut placées pour approcher des archives aussi secrètes ?

Alonso pinça ses cordes et quelques notes s'enchaînèrent de manière étrange. Cornelis désigna de la main William Greyhound et Francis Glittery.

— Le capitaine Hans Michielszoon et moi avons tout de suite apprécié à sa juste valeur l'excellence scientifique de nos gentilshommes de Cambridge. Cependant, nous devons reconnaître que l'argument décisif en faveur de leur embauche fut la capacité de William à être introduit à la cour de Charles Ier d'Angleterre. Une terrible adversité le pousse aujourd'hui à s'embarquer pour l'autre bout du monde. Mais rien ne l'empêche de reprendre contact avec ses anciennes relations, le temps d'une escale à Londres.

Comme nos regards interrogateurs allaient du gentilhomme coloré à son ami vêtu de noir, Cornelis précisa :

— Ce n'est pas le cas de Francis qui n'a jamais fréquenté la Cour. De plus, il est contraint par sa religion de se faire le plus discret possible s'il veut échapper à l'échafaud. Mais William nous a fait comprendre qu'il n'embarquerait pas sans son ami.

Le négociant se tourna vers le nain espagnol.

— Avant qu'une succession de malheurs le force à s'exiler chez nous, Alonso Toboso a vécu plusieurs années dans l'entourage de Philippe IV. En tant que bouffon de princes, il a fréquenté les Grands d'Espagne et il connaît les palais royaux comme sa poche.

Cornelis eut un petit rire.

— Son talent de musicien n'est que la cerise sur le gâteau...

Regardant maintenant les deux jeunes Français, il poursuivit :

— Malheureusement, il nous a été impossible, au capitaine et à moi, de dénicher pour la France le candidat idéal. Au moment où les guerres de religion reprennent dans ce pays, les aristocrates qui se réfugient à Amsterdam sont tous d'obédience protestante. Or le roi Louis XIII et sa Cour se sont fixés pour de longs mois devant La Rochelle, ville huguenote dont ils font le siège. Comment des aristocrates protestants pourraient-ils s'en approcher ? Ils seraient aussitôt soupçonnés d'espionner les positions militaires du roi !

Pendant qu'il contemplait Etienne et Paul, un éclair de tendresse passa dans ses yeux. Lui qui avait été un enfant jeté à la rue se reconnaissait en eux.

— Ces jeunes gens que voilà sont d'origine modeste. Mais, avec leurs parents commerçants, ils ont sillonné les environs de La Rochelle. Et je les crois fort débrouillards. Bien que leur mission soit particulièrement périlleuse, je compte sur eux.

Le négociant porta ensuite son attention sur moi.

— Que vient faire un moine dans cette aventure ? me demanderez-vous. Notre capitaine soutient qu'un religieux d'un ordre mendiant est toujours le bienvenu sur un navire, à condition qu'il soit généreux et ouvert aux croyants de toutes les religions. Sa présence rassurera l'équipage et nous aidera à la réconforter en cas de coups durs... Ces arguments n'auraient pas suffi à me convaincre si je n'avais été au courant d'une particularité très intéressante pour nous. La robe de bure que porte frère Paolo est l'une des rares qui soient acceptées aussi bien dans l'entourage de Charles Ier que de Philippe IV et de Louis XIII... Il pourra donc seconder William, Alonso, Etienne et Paul.

C'était donc ça ! Stupéfaite, je ne remarquai pas tout de suite que tout le monde était à présent tourné vers Jacob. Cornelis eut un bref sourire narquois.

— Maintenir un gouvernail dans la bonne direction est parfois moins difficile que de diriger l'équipage. Le capitaine et moi avons jugé utile l'expérience du commandement du sergent Jacob. Au risque de vous décevoir, celui-ci n'est introduit dans aucune des cours d'Europe. Mais qui sait si vous n'aurez pas besoin, à un moment ou à un autre de vos missions à l'étranger, de sa force physique et de son autorité ?

Brisant un silence qui se prolongeait, Francis vida sa pipe dans le feu, s'énervant avec le dos d'une cuiller contre un reste de tabac collé à l'intérieur.

William intervint avec une excitation soudaine :

— Il n'existe aucun secret qui ne soit monnayable, n'est-ce pas, monsieur Van Vliet ? A nous d'acheter discrètement un accès aux archives des rois d'Europe, afin de recopier, dans la plus grande discrétion, les quelques cartes qui nous intéressent !

— C'est l'idée, en effet. Je dois pourtant reconnaître que je n'ai plus les moyens de payer les services des meilleurs espions. Voilà pourquoi je fais appel à vous, qui n'avez rien à perdre, et tout à gagner à notre réussite.

— Mais si nous parvenons à convaincre quelques archivistes, ils nous demanderont un prix élevé, à la hauteur des risques qu'ils prendront. Comment pourrons-nous les satisfaire ?

— Je pensais y consacrer mes dernières richesses : les perles que porte ma fille.

Je sautai sur l'occasion :

— Monsieur Van Vliet, si je peux me permettre... Savez-vous que vous possédez des tableaux d'une grande valeur ?

Tous les regards convergèrent vers moi. J'avais parlé avec toute la passion qui m'habitait.

— Ceux que ma défunte Johanna a rassemblés sur ces murs ? Tu te trompes, ils n'ont pas coûté cher.

— Votre épouse avait un goût très sûr ! Elle a su reconnaître le talent de jeunes peintres au début de leur carrière. Plusieurs œuvres ont des sujets très originaux, d'autres sont d'une facture extraordinaire. Je suis certain qu'elles intéresseraient des connaisseurs.

— Est-ce que tu t'y connais en peinture, frère Paolo ? demanda Etienne. As-tu souvent confessé des peintres ?

Je pris alors conscience de la mine interloquée de mes compagnons. Sentant le feu me monter aux joues, je m'empressai d'expliquer :

— A Rome, dans le quartier où j'ai grandi, on trouvait des artisans du pinceau à tous les coins de rue. Très peu sont célèbres. Mais, à force de les fréquenter et de les voir travailler, j'ai grappillé quelques rudiments de leur art, et surtout, je sais reconnaître une œuvre de qualité. Voilà pourquoi, au monastère, on m'a d'abord installé dans l'atelier d'enluminure, avant que j'obtienne la permission de partir sur les routes à la manière de saint François.

Hochant la tête, le négociant réfléchit à voix haute :

— La découverte que je possède quelques richesses supplémentaires n'est pas pour me déplaire... Eh bien, puisque cette collection a de la valeur, nous la vendrons.

Je sursautai, comme piquée au cœur.

— Même votre portrait ? Même celui de votre femme et de votre fils décédés ?

— Les regarder ne fait qu'aviver mon chagrin. De toute façon, je comptais laisser tous ces tableaux derrière moi.

— Nous aurons peut-être affaire à des archivistes collectionneurs, suggéra William. Certains pourraient être intéressés d'échanger une ou deux de ces œuvres contre un accès de quelques heures aux cartes.

Cornelis fit la moue.

— Est-il vraiment possible d'échanger des secrets d'Etat contre quelques toiles couvertes de couleurs ? demanda Jacob après s'être raclé la gorge.

Coinçant ses cheveux derrière ses oreilles, Francis mit son visage en avant dans la lumière des chandelles. Il parla avec un enthousiasme inhabituel :

— En ce qui concerne l'Angleterre, nous devrions y parvenir. Le roi Charles Ier et les deux premières familles du royaume, les Buckingham et les Arundel, rivalisent pour se constituer une collection d'art digne de ce nom. Cette mode a des répercussions dans toutes les couches de la noblesse. Personnellement, je n'ai jamais mis les pieds à la Cour. Mais lorsque mon ami William y paraîtra de nouveau, il devrait réussir à savoir si l'un ou l'autre des archivistes du roi cherche à se constituer une collection privée.

— Pour quelqu'un qui n'a jamais mis un pied à la Cour, vous en connaissez des détails sur la vie du roi et de ses proches ! le taquina Alonso.

Francis haussa les épaules.

— Oh, à Cambridge, nous ne manquions pas de fils de princes pour colporter les bonnes histoires !

— Et pour effectuer les copies des cartes, dis-je avec flamme, je connais un procédé rapide et précis. On tend au maximum une soie très fine sur le dessin qu'on veut reproduire. On le voit alors apparaître par transparence, et il suffit d'en repasser les traits avec une mine de plomb.

— Excellent, frère Paolo, dit M. Van Vliet. C'est donc toi qui conduiras l'aspect technique des opérations.

*

Et dès le lendemain matin, malgré une nuit trop courte, notre extraordinaire expédition fut lancée. Après avoir quitté Amsterdam, *L'Espérance* fila à bonne vitesse sur la mer, poussé par le vent du nord.

Le capitaine avait réparti les quarts entre ses officiers mais, en tant que moine, j'en étais exemptée. Tandis que mes compagnons veillaient à la bonne marche du navire, je restais penchée par-dessus la rambarde, laissant mon estomac expulser tout ce qu'il contenait. Mes yeux ne pouvaient se détacher du mouvement des vagues contre la coque. Des bosses et des creux miroitants qui s'entrechoquaient à l'infini... Comme des mirages passés et peut-être à venir... La profession de peintre en laquelle j'avais cru... Et ce nouvel espoir d'une société meilleure, à l'autre bout du monde...

Une main se posa sur mon épaule. Je sursautai et me retournai. Les yeux gris-bleu de Hans Michielszoon se penchaient vers moi.

— Frère Paolo, si tu veux moins souffrir du mal de mer, je te conseille de te placer au centre du navire, tout en restant sur le pont, en plein air. Suis-moi.

Mes jambes flageolaient ; le capitaine me prit le bras. Il me fit traverser une partie du pont au milieu des soldats désœuvrés, et m'assit à côté d'Alonso, sur un bastingage bien arrimé. A notre approche, le nain redoubla d'énergie sur sa vihuela.

— Va jouer plus loin, lui ordonna le capitaine. Le calme est essentiel à la guérison du mal de mer.

Le musicien sauta du coffre, vexé. Suivi d'une partie de son auditoire de soldats, il s'éloigna vers le château arrière, où trônaient Cornelis et Saskia sous l'auvent de toile, dans leurs fauteuils garnis de fourrures et de coussins.

— Attends-moi ici, me dit Hans Michielszoon.

Il grimpa quatre à quatre l'escalier qui nous séparait du château arrière. Je le vis qui s'adressait au négociant. Celui-ci acquiesça, d'un air de martyr. Le capitaine ramassa l'un des coussins qui était tombé au sol et revint vers moi.

— Tiens, frère Paolo. Allonge-toi, cale ça sous ta tête et essaie de dormir. Cela aidera ton mal de mer à passer.

Je le remerciai et lui obéis, malgré la bruine légère qui baignait mon visage. Je fermai les yeux. Depuis la mort de ma mère, c'était la première fois que quelqu'un me manifestait autant d'attention. J'entendis ses pas qui s'éloignaient, et puis je sombrai dans un sommeil traversé de rêves.

Je me trouvais au sommet d'une vague confortable comme un bain chaud, et soudain je tombai dans les profondeurs d'un tourbillon de boue. Je nageai avec énergie en direction d'une île, mais celle-ci reculait vers l'horizon plus vite que je n'avançais. Mes compagnons avaient pourtant déjà tous réussi à l'atteindre.

Perché tout en haut du grand mât de *L'Espérance*, un vieux juge grimaçant et ricanant criait que seules les femmes aux cheveux longs étaient capables de nager correctement. Et tout le monde semblait le croire ! Révoltée par cette affirmation stupide, je luttais contre la boue qui tentait de m'emporter vers ses profondeurs.

Alors, surgit un dauphin gris-bleu semblable aux motifs figurant sur le globe terrestre de Cornelis. Autour de lui, l'océan redevint limpide et tiède. L'animal marin me contempla d'un regard plein de bienveillance et m'emporta vers le paradis...

7

Baptême du feu

A mon réveil, je réalisai que j'avais dormi paisiblement plusieurs heures. Le crachin tiède avait fait place à des lambeaux de brouillard qui filaient autour de nous et laissaient parfois entrevoir un ciel bleu très pur. Le vent nous portait à vivre allure.

Je me levai et fis quelques pas sur le pont. Bien que le roulis continuât de balancer le navire, mes nausées avaient disparu. Ouf !... Je remarquai que, pendant mon sommeil, Cornelis et Saskia avaient déplacé leurs fauteuils hors de l'auvent. Le premier s'était endormi et ronflait, bouche ouverte. Les yeux dans le vague, la seconde écoutait Alonso qui, à ses pieds, semblait lancé dans un récit échevelé, ponctué de courts mais puissants accents de vihuela. Vasco avait remplacé le timonier à la barre. Il me fit un signe.

— Hé, frère Paolo ! Je t'ai laissé dormir, mais je n'oublie pas ton entraînement !

Cette perspective de m'enseigner l'escrime semblait beaucoup l'amuser. Moi, nettement moins. Je commençais à peine à m'habituer aux mouvements du navire.

Soudain, je me demandai à quoi ressemblait mon espace privé, et rien ne me parut plus urgent que de le découvrir. Guidée par un mousse qui passait par là, je descendis l'escalier qui menait au logement des officiers. La plupart possédaient deux couchettes superposées. Heureusement, le capitaine avait entendu ma requête, et j'héritais d'une cabine minuscule mais individuelle. L'intimité serait relative puisqu'elle n'était séparée de ses voisines que par des rideaux épais, mais j'espérais que cela suffirait à cacher ma féminité.

Coincée sous la proue, ma cabine était agréablement dotée d'une petite ouverture qui pouvait se fermer avec un volet. Sous le lit, je trouvai un pot de chambre. Je pourrais me soulager en toute discrétion, contrairement aux malheureux marins que l'on obligeait à se suspendre à la proue pour vider leurs intestins au-dessus de la mer.

Plutôt rassurée, je remontai sur le pont. Postés à quelques pas du gouvernail, les gentilshommes de Cambridge contemplaient les vagues et prenaient des notes dans un grand cahier couvert de cuir, l'un réajustant sans cesse son pince-nez et l'autre tirant sur sa pipe. William me salua aimablement :

— Alors, frère Paolo ! Te sens-tu mieux ?

— Beaucoup mieux, merci. Quant à vous deux, vous semblez avoir le pied marin.

— Heureusement ! Tant de découvertes passionnantes nous attendent ! J'ai hâte de pénétrer dans les mers du Sud. Et puis, le capitaine nous a confié la tenue du livre de bord. Nous devons tout noter : les vents, les courants, la couleur de la mer, le passage des oiseaux, le bois qui flotte, la position du soleil à midi, la direction du navire et la distance que nous estimons avoir parcourue.

— Le capitaine a-t-il vraiment besoin de tous ces éléments ?

— Absolument. Connais-tu le grand problème des navigateurs, frère Paolo ?

— Euh... Je ne le pense pas...

— Tu sais que deux points suffisent à définir notre position sur la Terre : la latitude, c'est-à-dire la distance entre là où l'on se trouve et l'équateur, et la longitude, la distance entre là où l'on se trouve et un méridien de référence. Eh bien, contrairement à la latitude qui est très facile à calculer – il suffit de noter la hauteur du soleil à midi –, personne n'a encore trouvé le moyen de connaître avec certitude la longitude ! Il faudrait pouvoir comparer notre heure au soleil avec celle du méridien de référence. Ce serait facile, si seulement on pouvait emporter une horloge réglée à l'heure de ce méridien. Mais, sur un navire, les horloges se détraquent tout de suite, parce que les balanciers sont perturbés par le roulis et le tangage. Alors, à défaut, on estime la vitesse du navire et sa direction, et on en déduit la longitude. Et régulièrement, de minuscules imprécisions entraînent de grosses erreurs de calcul... Voilà pourquoi Francis et moi avons tant d'éléments à noter. Il y aurait de quoi nous occuper à plein temps, si nous n'étions deux à nous relayer !... Heureusement, pour nous faciliter la tâche...

De son haut-de-chausses safran, William tira le petit

tube de métal et de bois qui m'avait déjà intriguée. Il me le présenta avec fierté :

— Tiens. Admire ce que je me suis procuré à Amsterdam, auprès de son inventeur en personne, un opticien hollandais.

Avec malice, Francis précisa :

— Ce cher William a laissé à ce boutiquier la dernière de ses bagues.

— C'est vrai. Mais je ne regrette rien, cher Francis. Sa trouvaille sort vraiment de l'ordinaire !

— N'empêche que tu n'étais que son deuxième client de l'année, juste après un certain Descartes.

— C'est une référence, dis-je.

— La nouveauté réclame des esprits audacieux, s'exclama William. Frère Paolo, fais-tu partie de ces derniers ?

— Bien sûr.

Selon ses indications, je collai mon œil à une extrémité du tube.

— Tourne-toi vers le grand mât, me dit-il. Le brouillard n'est pas un objet d'étude très intéressant !

Au bout de la lunette, je distinguai une forme brune verticale, irisée d'une lumière colorée. Je déplaçai légèrement l'appareil et aperçus le pied d'un mousse debout dans les cordages. Celui-ci se chargea également de lumière.

— L'image est floue et il y a comme une sorte de minuscule arc-en-ciel le long des objets. C'est normal ?

Francis ricana ; William rit de bon cœur.

— Hélas, oui ! L'appareil n'est peut-être pas encore

tout à fait au point. Mais l'image est grossie trente fois ! N'est-ce pas incroyable, frère Paolo ?

— Fabuleux !

Je m'amusai à tourner sur moi-même et à essayer de capter plein d'images différentes, y compris quelques lambeaux de brouillard. Soudain, au bout de la lunette, en direction de la mer, apparut un fin morceau de mât. Je poussai une exclamation et le suivis de haut en bas, découvrant un tissu noir flottant, orné d'un dessin grossier... Deux tibias entrecroisés... et une tête de mort !

— Pas possible ! Des pirates !

— Quoi ! s'écrièrent Francis et William.

— Par là ! Quelque part dans le brouillard ! J'ai vu un drapeau pirate !

Posant sa pipe, le presbytérien m'arracha la lunette des mains. Il scruta avec angoisse les nuées blanches qui couraient autour du navire.

— Tu es sûr de toi, frère Paolo ? me demanda William.

— Certain !

— Alors, vite ! Prévenons le capitaine !

Il se précipita vers les cabines des officiers. Je m'adressai à Francis, le ventre noué.

— Il y a des pirates, dans ce coin-là ? J'ai entendu parler des Barbaresques de la Méditerranée, ainsi que des corsaires des Antilles, mais...

Il m'interrompit de sa voix sarcastique :

— Mais pas des pirates de Dunkerque ? Ils sont pourtant fameux, de nos jours ! Ils écument toute la Manche et une partie de la mer du Nord. La prospérité du commerce maritime attire les brigands comme un festin les mouches.

Allions-nous devoir nous battre, après seulement quelques heures de voyage ? Jambes tremblantes, je me rattrapai à la rambarde.

Hans Michielszoon ayant repris la barre, Vasco dégringola l'échelle de la proue et traversa le pont à grandes enjambées, lançant ses ordres :

— Toi, ramasse ça ! Je ne veux rien voir traîner ! Hé, toi ! Debout ! Toi, là-haut ! Toi, aux canons ! Qu'Alonso cesse sa musique !... Que le cuisinier arrête sa vaisselle ! Et qu'on réveille le négociant. Je ne veux plus l'entendre ronfler !

A quelques pas derrière lui, Etienne, suivi de près par son frère Paul, buvait ses paroles et les répercutait. Les soldats se précipitèrent dans la cale pour rouler les boulets devant les canons. Envoyés dans les cordages en grand nombre, les matelots ouvrirent les dernières voiles, jusque-là maintenues fermées à cause d'un vent puissant. Notre navire bondit en avant et plusieurs marins se raccrochèrent de justesse aux agrès. Le roulis s'accentua. Tout objet abandonné se mit en branle et frotta le pont de bâbord à tribord. Effrayés, le négociant et sa fille préférèrent se réfugier dans la salle à manger.

Quelques instants plus tard, Vasco, Etienne et Paul repassèrent en sens inverse devant nous. D'une voix ferme mais étouffée, le second ordonnait :

— A partir de maintenant, je veux un silence absolu ! Il n'est pas sûr que les pirates nous aient aperçus. Qu'on circule à pas de loup ! Qu'on parle à voix basse ! Compris, Etienne ?

— Compris, monsieur ! Je vais prévenir tout le monde.

— Demande à Jacob de t'aider. Et ensuite, tous les deux, descendez à la cale et dirigez la manipulation des canons.

Les autres officiers, y compris moi, furent postés à l'abri de la rambarde, du côté où j'avais aperçu le drapeau noir. Autour de nous, les marins avaient saisi leurs couteaux ; l'idée du combat à venir rendait certains hagards, d'autres surexcités. Le nain Alonso s'était séparé de sa vihuela, mise à l'abri dans sa couchette. Les gentilshommes de Cambridge avaient le visage impassible de ceux qui savent se battre – bien que Francis ne cessât à voix basse de réciter des prières.

Vasco distribua des armes à ceux qui n'en avaient pas. A défaut de savoir me servir d'une épée, je choisis un mousquet.

— Regarde bien, frère Paolo, chuchota-t-il. Tu actionnes la pierre, qui allume la mèche, et le coup part. Compris ?

— Compris.

Les deux paumes serrées sur l'arme à feu, je me demandais si mes doigts auraient assez de force pour tirer.

Ensuite, ce fut l'attente, au milieu du brouillard… Attente crispante… Lourde d'angoisse… Où chacun tentait de rester concentré, prêt à réagir au quart de tour, alors que rien ne se passait. Nous ne savions même pas où se trouvait l'ennemi ! Tantôt je nous imaginais sauvés, maintenant très loin du navire pirate. Tantôt je croyais au contraire qu'il nous guettait, silencieux lui aussi, à portée de canons.

Soudain, sous nos yeux, le brouillard se déchira.

A moins d'un mille, posé au centre d'une éclaircie, un navire allait son chemin, parallèle au nôtre. A son bord s'agitaient des hommes vêtus de haillons, portant des foulards de couleur sur la tête. Visiblement stupéfaits de nous découvrir, ils tendirent le bras vers nous, se mirent à courir pour prévenir leur capitaine et pour armer leurs canons. Nous vîmes des mèches s'allumer… Nous entendîmes le coup de tonnerre d'un premier tir, une seconde après la rafale qui secoua notre propre navire…

Fendant l'air, des boulets filèrent droit sur nous ! Accroché à la rambarde près de moi, Alonso se pencha pour suivre leur trajectoire.

— Oh ! là, là ! frère Paolo, voici notre baptême du feu ! Une prière, vite !

Leurs boulets frôlèrent l'arrière de *L'Espérance* lancé à pleine vitesse, sans le toucher, tandis que l'un des nôtres explosait l'avant de leur coque.

Et, aussi vite qu'il s'était déchiré, le brouillard se referma. Quelques cris étouffés nous parvinrent encore, puis disparurent. Nous poursuivîmes notre course folle sur la crête des vagues, tandis que William et Francis scrutaient en alternance avec la lunette l'air épais et cotonneux, aussi opaque qu'un mur de pierre.

Et tout à coup, alors qu'on ne s'y attendait plus, surgirent devant nous, toutes proches, surplombées de ciel bleu, de grandes falaises blanches qui renvoyaient le soleil. Depuis notre départ d'Amsterdam, c'était les premières côtes que nous apercevions. Le navire arborant une tête de mort avait disparu.

— L'Angleterre !

— Sauvés !

— Nous avons échappé aux pirates ! Hourra !

— Hip, hip, hip, hourra !

Quel sentiment de délivrance : nous n'aurions pas besoin de nous battre ! Si j'avais osé, j'aurais hurlé de tout cœur avec les marins. Depuis l'agression que j'avais subie, penser à n'importe quel combat physique me faisait trembler violemment.

Dans ce concert de cris de soulagement s'éleva une voix sarcastique, celle de Francis :

— N'empêche que nous avons raté l'entrée de la Tamise !

Effectivement, le navire vira de bord, se dirigeant vers le nord-ouest. A présent que le danger était écarté, le capitaine fit réduire la voilure. Sous un ciel d'azur immaculé, nous pénétrâmes dans un vaste estuaire. Les falaises avaient laissé place à des reliefs lointains, bas et mous.

William me lança un clin d'œil.

— Bientôt, nous serons à Londres… Alors, frère Paolo, ça te dit, un peu d'espionnage à la cour du roi Charles Ier ?

Lançant un regard autour de moi, je vérifiai que personne ne pouvait nous entendre et murmurai :

— Pensez-vous que nous ayons une chance de réussir ?

— En tout cas, tu peux compter sur moi pour faire le maximum. A vrai dire, cela ne m'enchante pas de retourner à Whitehall… Et j'ai bien l'intention de découvrir au plus vite les mers du Sud…

— Serai-je vraiment le bienvenu en tant que moine ? Dans un pays qui brime les catholiques ?

Retirant les lunettes de son nez, William les essuya aux dentelles de son col.

— Le bienvenu… non. Tu seras toléré. Notre jeune roi Charles Ier vient d'épouser Henriette-Marie, sœur de Louis XIII, le roi français. La nouvelle reine a introduit à la Cour de nombreux religieux catholiques, et en particulier des franciscains.

— C'est parmi eux qu'elle a choisi son confesseur, précisa Francis qui s'était approché sans que je l'aie entendu. Pour une reine, confier ses péchés à quelqu'un d'autre qu'à Dieu est très délicat. Imaginez qu'elle avoue du dégoût vis-à-vis du roi, le mari qu'elle n'a pas choisi. Ou encore son attirance pour un noble de la Cour. Si elles parvenaient aux oreilles du roi, chacune de ces confidences pourrait la mener sous la hache du bourreau ! … Bon, frère Paolo, en ce qui te concerne, sache que les courtisans sont habitués à croiser dans les palais royaux des frocs comme le tien.

— Mais je suis capucin !

— Quelle différence cela fait-il ?

— Eh bien… Les Franciscains ont oublié le message de pauvreté de saint François, et nous, les Capucins, sommes ses véritables héritiers.

— Cette polémique n'intéresse personne. Votre tenue est-elle identique ?

— Mon capuchon est long et pointu, celui des Franciscains plus court et plus rond.

— Peu de gens seront capables de le remarquer.

— Et je ne parle pas un mot d'anglais !

— Ne t'inquiète pas, me dit William. La reine elle-même n'a pas encore daigné apprendre la langue de Shakespeare. Et puis, tu n'iras jamais seul. Un gentilhomme t'accompagnera.

Et de son chapeau à moitié déplumé, il me salua en balayant le plancher du navire.

*

Lentement, nous remontions la Tamise. Sur la berge, un groupe de personnes s'affairait autour d'un grand feu plein de fumée. Ils lançaient dans les flammes des paquets divers, dont certains étaient aussi grands qu'eux. Près de moi, William avait cessé d'écrire dans le livre de bord. D'un coup de poing, il avait enfoncé son chapeau sur ses yeux.

L'Espérance doubla la flambée et s'éloigna. Quelques bancs de sable plus loin, en voilà une deuxième ! Le navire passait trop au large pour que je puisse distinguer les détails de la scène. L'agitation de ces gens m'étonna. Pourquoi semblaient-ils si pressés de nourrir ce feu, alors que les flammes étaient déjà hautes, et la fumée sombre et épaisse comme celle d'un volcan ?

— William, vous me prêtez votre lunette, s'il vous plaît ?

Le gentilhomme hésita, puis me tendit le petit tube métallique que j'attrapai avec mes paumes. Dans le rond de lumière irisée, je distinguai peu à peu des silhouettes courbées, des visages épuisés, et les combustibles : paquets de linge, tabourets, tables...

— Quelle est cette étrange offrande ?

William ne répondit pas. Dans la lunette, je captai une nouvelle image. Des mains pendantes, des épaules décharnées, une tête figée... Un cadavre ! Qui fut jeté dans le feu ! Puis un autre ! Et encore un autre !

— William ! D'où viennent ces morts ? Il n'y a pas la guerre, dans votre pays, n'est-ce pas ?

Sans relever son chapeau, il bougonna.

— Quand un général connaît sa géographie, la guerre peut s'arrêter à une frontière. Jamais la peste.

La peste !... En venant de Rome, j'avais entendu parler de cette maladie épouvantable qui tuait la moitié d'un village en quelques semaines. Mais lorsqu'on me la signalait quelque part, je faisais un détour pour l'éviter et je n'avais jamais vu ses ravages de près.

— Je ne savais pas qu'il y avait la peste à Londres !

— Oui, oui, grogna William. Elle va, elle vient. On croit qu'elle meurt avec l'hiver et, avec le printemps, elle ressuscite.

— Les médecins ne savent pas comment lutter contre elle, n'est-ce pas ?

— Non. On a beau brûler les morts et leurs affaires, isoler les malades chez eux... En dehors des épidémies, elle couve toujours quelque part. Combien de feux as-tu aperçus depuis que nous remontons la Tamise ?

— Deux.

— Ce n'est rien. La période doit être calme.

Tristement, je contemplai la scène qui s'évanouit derrière nous.

— Quand il y a une épidémie, ce doit être terrible...

— C'est ça, l'enfer, frère Paolo. Les cris de souffrance, les corps déformés par la maladie, les flammes... Les miséreux sont les premiers frappés mais bientôt toute la société est touchée, y compris la Cour. La dernière fois que la peste a envahi Londres...

Il hésita, avant de poursuivre :

— ... ma famille a été atteinte. Mes parents et mes trois sœurs sont morts. Cela s'est passé il y a cinq ans. J'en avais quinze.

Stupéfaite, je me tournai vers le chapeau rouge à plumes blanches qui continuait de cacher son visage.

— Quel terrible malheur, William !

— Voilà ce qui m'a rapproché de Francis, à Cambridge. Lui était déjà orphelin ; sa mère est morte à sa naissance et son père un peu plus tard. Chacun de nous avait perdu sa famille entière et pourtant survécu. C'est bête, hein ?

Ce joyeux luron avait vécu un drame ! Et Francis, que je trouvais antipathique avec ses grands airs, méritait mon indulgence. Oubliant mes cicatrices, je sortis mes doigts raides de mes manches pour effleurer la main agrippée au bastingage.

— Je comprends très bien votre souffrance, William. Je me suis fait moine après avoir perdu mon père et mes frères et toute la vie que j'aimais...

D'une pichenette, il souleva le bord de son chapeau. Après m'avoir lancé un regard bref, il se mit à essuyer son pince-nez.

— La guerre, frère Paolo ? La peste aussi ? Une autre maladie ?

— Non. Un... un massacre.

Massacre. Le mot qui m'était venu à l'esprit épousait parfaitement ce que j'avais ressenti. J'avais bien été massacrée, dans mon âme encore plus que dans ma chair.

— Des brigands ? Ceux qui ont torturé tes doigts ?

— Oui, c'est ça.

— Alors, ne laissant aucune famille derrière toi, tu t'es dit : autant partir à l'aventure ?

— Oui. C'est également le cas de Jacob. Et le vôtre aussi, William ?

— Exactement. Rien ne me retient plus en Angleterre et l'aventure convient à mon esprit curieux. Quant à Francis, il a compris que chez nous, il ne faisait pas bon être presbytérien. Persécutés par l'Eglise anglicane et le roi, ils quittent le pays par milliers. Beaucoup partent peupler l'Amérique du Nord ; d'autres se réfugient dans les Provinces-Unies.

Après avoir remis ses lunettes sur son nez, William rouvrit le livre de bord sur la tablette prévue à cet effet.

— Bon, alors, cela fait un bon moment que je n'ai rien observé. Qu'est-ce que je note, frère Paolo, pour la fin de cette journée ?

— Voyons... « Tamise calme, survol de mouettes et ciel limpide » ?

— Impeccable.

*

Ce fut effectivement par une magnifique matinée d'été que nous arrivâmes en vue du pont de Londres. Au-dessus des arches de pierre, des mouettes au bec noir faisaient un sacré remue-ménage d'ailes et de glapissements criards.

— Qu'est-ce qu'elles fabriquent ?

Sans un mot, William me tendit sa lunette. L'œil

bien placé, je poussai un cri d'effroi. Ce qui attirait ainsi les oiseaux, c'étaient les vers qui grouillaient dans ce qui restait de têtes humaines, plantées au bout de piques.

— Les derniers condamnés à mort, expliqua Francis en frissonnant. Un avertissement aux nouveaux venus : ici, vous avez intérêt à obéir aux lois et au souverain.

— Quelle atrocité ! Décidément, cette arrivée sur Londres est sinistre... Vivement les mers du Sud !

Sans répondre, William me serra l'épaule, tandis que notre navire manœuvrait à l'entrée du port, se glissant lentement dans une place vacante le long du quai.

Dès que l'accostage fut achevé, M. Van Vliet dirigea la remontée sur le pont de quelques coffres garnis d'épices. Il avait décidé de commercer avec les marchands de la ville ; notre navire devait avoir une activité afin de ne pas éveiller de soupçons.

Il aurait été inutile que j'accompagne William à la Cour, tant qu'il ne s'était pas mis d'accord avec un archiviste. Pour la première fois, ce matin-là, le gentilhomme amarante et safran franchit donc seul la passerelle de *L'Espérance*.

Le soir suivant, comme je guettais son retour sans pouvoir dormir, le visage tourné vers la fenêtre de ma minuscule cabine, j'aperçus une silhouette vêtue de noir quitter prestement le navire. Qui pouvait bien s'éclipser ainsi ? Mais le temps que je m'assoie et que je me penche à l'extérieur, l'homme avait disparu dans la nuit.

William revint tard et repartit tôt le lendemain matin. Nous sentîmes grandir la nervosité du négociant. Dans le port, tout le monde allait s'étonner que notre halte se prolonge. Afin de devancer la curiosité, le négociant ralentissait ses tractations, exigeant qu'on pèse un à un les shillings afin de vérifier leur valeur monétaire, puis, une fois les épices vendues, voulant observer lui-même chacun des tissus anglais, sans jamais trouver une qualité qui le satisfasse. De leur côté, Hans Michielszoon et Vasco maintenaient une discipline de fer à bord, interdisant à quiconque sauf au cuisinier de quitter *L'Espérance*, et occupant les hommes à divers travaux de nettoyage.

Le premier soir, William était revenu fort soucieux. Il avait sillonné Londres en laissant un mot chez chacune de ses relations, sans obtenir la moindre audience. Le deuxième soir, et bien qu'il ne le montrât pas à Cornelis, il se demandait si tout le monde ne l'avait pas oublié. Il me confia ce qu'il n'avait pas osé raconter au moment de son embauche. Son père, de petite noblesse, avait été l'un des favoris du roi, mais c'était du temps de Jacques Ier, le prédécesseur de Charles Ier. Depuis l'hécatombe de sa famille, William n'avait pas eu les moyens financiers de tenir son rang et de paraître à la Cour. Son héritage s'étant évaporé dans le remboursement des dettes de son père, il ne possédait plus qu'un manoir en ruine, quelques privilèges comme celui de porter une épée, et le noble nom de Greyhound qui lui laissait l'espoir de se marier un jour avec une demoiselle de la bourgeoisie fortunée.

S'il avait réussi à poursuivre ses études à Cambridge, c'était en changeant de statut. De riche « pensionnaire » à qui le diplôme final était garanti, il était devenu « sizar », comme l'était déjà Francis : une sorte d'étudiant-serviteur qui devait cirer les bottes du pensionnaire qu'il servait, faire son lit, le réveiller le matin et répondre à mille autres sollicitations tout en étant d'une grande assiduité au travail s'il voulait réussir ses examens.

Ainsi n'avait-il aujourd'hui que deux types de relations à Londres : les anciens amis de son père, qui ne s'intéressaient plus à sa famille depuis qu'elle avait perdu l'oreille du roi, et le pensionnaire qu'il avait servi à Cambridge, lord d'Aylilay, qui devait être bien trop occupé par les plaisirs et les intrigues de la Cour pour se souvenir de son sizar, malgré les cartes de visite que William déposait chaque matin chez lui.

8

Tempête à Whitehall

Le troisième soir, en revenant sur *L'Espérance*, William sautillait pourtant sur la passerelle en agitant son chapeau déplumé. La situation avait soudain évolué à une vitesse stupéfiante. Lord d'Aylilay l'avait reçu avec d'incroyables égards et, apprenant qu'il souhaitait rencontrer un archiviste du roi amateur d'art, il l'avait aussitôt introduit auprès de la personne adéquate.

— Frère Paolo, conclut William, j'ai mal jugé lord d'Aylilay. Maintenant qu'il est sûr de sa place à la Cour, il s'est beaucoup adouci. Voilà une grande leçon pour moi : ne désespérons jamais de la nature humaine !

Je regardai le gentilhomme avec sympathie. Je devinai que la position de sizar avait été cruelle pour l'enfant de l'ancien conseiller royal, que son pensionnaire s'était sans doute fait un plaisir d'humilier. Il avait fallu à William beaucoup de courage pour retourner le solliciter en ravalant sa fierté.

Par l'intermédiaire de lord d'Aylilay, rendez-vous avait donc été pris pour le lendemain, à bord de

L'Espérance, avec un certain Gordon Bignall, archiviste de Sa Majesté. William réussit à persuader Cornelis de nous laisser lui et moi gérer la transaction, car l'homme exigeait à bon droit de la discrétion.

A l'heure dite, au pied du navire, surgit un homme petit et rond, enveloppé d'une cape et le visage protégé par un grand chapeau. William se précipita pour l'accueillir et le conduisit dans la salle à manger, une pièce étroite située sous la poupe, aux angles arrondis comme elle, et dont les petits carreaux vitrés surplombaient le port.

— Monsieur Bignall, dit avec beaucoup d'amabilité le gentilhomme de Cambridge, permettez-moi de vous présenter frère Paolo, un spécialiste italien de la peinture, envoyé par le pape en personne pour repérer les meilleurs peintres du nord de l'Europe.

William s'était exprimé en latin, la seule langue qui nous soit commune à tous les trois, et je ne pus me retenir de rougir à cet énorme mensonge. Ma jeunesse aurait pu troubler le petit homme placide aux joues roses, mais il me salua sans me prêter beaucoup d'attention. Il alla tout de suite se camper devant les quatre échantillons de notre collection, que j'avais disposés contre les murs : une scène de groupe – les patineurs ; une œuvre intimiste – l'enfant qui faisait ses premiers pas encouragé par sa mère ; une nature morte – le hareng au citron ; un portrait – celui, imposant, de Cornelis revêtu de fourrures.

Sans aucune hésitation, l'archiviste prit dans ses mains cette dernière toile et la pencha vers la lumière du jour.

— Quelle autorité naturelle ! Et comme le regard

fier de cet homme est subtilement rendu... On sent le noble sang qui coule dans ses veines !

Malgré mon envie de rire, je m'empressai de l'approuver.

— Si ce portrait vous plaît, nous possédons son pendant, qui représente son épouse.

— Je veux bien le voir, merci.

J'ouvris le coffre qui contenait la collection et en sortis le beau portrait de Johanna Van Vliet.

— Quel joli regard, s'extasia l'archiviste. D'une parfaite modestie féminine !

— En effet. Cette modestie met en valeur la splendeur des perles et le miroitement de la soie, vous ne trouvez pas ?

— Comment s'appelle son auteur ?

Je m'étais entraînée à déchiffrer les signatures et pus répondre sans hésitation :

— Antoine Van Dyck.

— Ce nom ne m'est pas inconnu... Ce peintre n'est-il pas venu à Londres il y a quelques années, sans parvenir à intéresser le roi ?

J'aurais été bien embarrassée de raconter quoi que ce soit sur Antoine Van Dyck. Je n'étais sûre que d'une chose : son immense talent.

— Peut-être Charles Ier était-il alors trop jeune et moins informé des mérites des grands peintres ? Je suis prêt à parier qu'il changera d'avis et que M. Van Dyck aura une grande carrière. Ces deux tableaux ne peuvent que prendre beaucoup de valeur.

Convaincu, Gordon Bignall trouva rapidement un accord avec William. L'archiviste pouvait repartir avec le portrait de Johanna Van Vliet, que nous lui offrions tout de suite en gage de notre confiance. Ce soir, grâce aux laissez-passer qu'il nous avait apportés, il nous recevrait à son tour à Whitehall, la résidence actuelle de Charles Ier. Discrètement, il nous conduirait aux archives royales et nous aiderait à consulter les cartes sur le Pacifique. Dès que nous aurions fini de les recopier et que nous serions revenus sains et saufs à bord de *L'Espérance*, il reviendrait chercher le portrait de Cornelis.

*

Quelques heures plus tard, à la tombée de la nuit, Alonso sans vihuela, William et moi franchîmes ensemble la passerelle de notre navire. D'esprit curieux, le nain s'était proposé pour nous accompagner et nous avions accepté avec reconnaissance. Habile de ses doigts, il serait chargé de manier la plume d'oie.

Bien que faux capucin, j'avais retrouvé une bonne humeur en partie authentique. Dans l'atelier de mon père, mon bonheur de peindre avait été solitaire. En tant que jeune fille, je ne pouvais me lier d'amitié avec les autres apprentis ; avec mes frères planait toujours la menace de leur jalousie ; et je craignais le regard perspicace de mon père autant que je l'admirais. Au contraire, la vie sur *L'Espérance* m'offrait une camaraderie tout à fait nouvelle et bienfaisante, où chacun avait sa place, et moi autant que les autres...

Quant au danger que nous courions à nous introduire dans les archives du roi d'Angleterre, au fond, il stimulait mon envie de vivre. Dans mon froc, j'avais caché une petite sacoche qui contenait tout le matériel dont nous aurions besoin. Passionnée d'avance par les cartes que nous allions découvrir, et qui nous conduiraient vers le continent inconnu, j'avais cependant un regret : être incapable d'utiliser mes doigts pour les recopier moi-même.

— Le palais de Whitehall n'est pas très loin, nous expliqua William. Le roi utilise souvent la Tamise pour ses déplacements, c'est plus sûr que la route.

Très vite en effet, nous découvrîmes le palais royal au fond d'un parc verdoyant. La grille d'entrée était ouverte et l'allée de terre battue qui menait au château noire de monde. Surpris de ne pas avoir à montrer nos laissez-passer, nous nous mêlâmes à la foule qui se dirigeait vers le palais. William et moi marchions d'un bon pas, et Alonso trottinait sur ses petites jambes pour rester à notre hauteur.

Au bout de l'allée, nous apercevions des façades bordeaux, d'autres grises ; des toits pentus, d'autres plats, d'autres crénelés ; des fenêtres étroites comme des meurtrières, d'autres larges comme des miroirs.

— Etrange architecture ! s'exclama Alonso. Dans mon pays, au moins, on sait fabriquer des palais dignes de ce nom.

Je compris qu'à l'ancienne forteresse médiévale, on avait peu à peu ajouté des ailes Renaissance, ainsi que d'autres bâtiments qui ressemblaient à des maisons bourgeoises. Là-dessus s'étaient greffées des ribambelles de tourelles, plusieurs escaliers extérieurs, et toutes sortes de petites pièces, sûrement indispensables mais peu seyantes à l'ensemble.

— Si vous voyiez l'Alcazar de Madrid ! poursuivait Alonso. Il reste à effectuer quelques petits travaux de finition, mais, bientôt, ce sera le plus beau palais du monde.

— Moi, je trouve que ce bon vieux Whitehall a un charme fou, protesta William. Son architecture est complexe, parce que mon pays a une histoire riche et longue, c'est tout.

Alonso fronça ses sourcils broussailleux :

— Et l'histoire de l'Espagne, alors ? Elle n'est pas riche et longue, peut-être ? Cher William, on voit que vous ne connaissez pas mon superbe pays.

Tandis que mes compagnons débattaient avec passion des mérites respectifs de leurs nations d'origine, je ne pus m'empêcher de penser à mon père. Pour un peintre, quel défi de représenter cet étrange palais d'une manière harmonieuse... Que ferais-je, si j'étais confrontée à une telle demande ? Voyons... Je pourrais toujours placer les bâtiments le plus loin possible sur l'horizon... Puis je les encadrerais d'allées rectilignes, plantées d'arbres, afin de donner à l'ensemble une assise. Allées que j'animerais... grâce au passage d'un carrosse, au premier plan, sur le côté... Et à un ciel agité, peut-être ?...

Je voyais si bien le tableau dans ma tête que j'en souris toute seule. Avant de me souvenir, avec un coup au cœur, que cette composition hardie n'existerait jamais, vu l'état de mes doigts.

— Je ne comprends pas pourquoi il y a tout ce monde, s'exclama soudain William.

— Ce n'est pas tout le temps comme ça ?

— Non, d'habitude, on croise des courtisans, des serviteurs, des commerçants et quelques curieux.

Mais pas tous ces gens de toutes les conditions qui marchent du même pas vers le palais.

En anglais, William se renseigna auprès de ceux qui nous entouraient. Un couple âgé, empestant le poisson et vêtu de toile rapiécée, accepta de lui répondre. Nous vîmes notre compagnon éclater de rire, discuter frénétiquement, s'assombrir, puis prendre dans ses mains celles du couple et les remercier avec chaleur. Enfin, il revint vers nous.

— Ça alors ! Il s'en passe des choses, à la Cour, quand je n'y suis pas.

— Quoi ? Qu'arrive-t-il ?

— Notre jeune roi, Charles Ier, et le Parlement ne sont pas du tout d'accord sur la politique économique. L'un veut augmenter les impôts, l'autre pas.

— J'ai déjà entendu ça quelque part, se moqua Alonso.

— Oui, mais pour nous, la nouveauté, c'est la manière dont le roi justifie son besoin d'argent.

— C'est-à-dire ?

— Son père, Jacques Ier, avait la politique étrangère la plus pacifique qui soit. Mais, depuis qu'il est monté sur le trône, Charles a déclaré la guerre a un grand pays du Sud qu'Alonso tient en grande estime...

— Tu veux dire l'Espagne ?

— C'est ça.

— Quelle outrecuidance !

— Ce n'est qu'un début. Il veut aussi récupérer le Palatinat pour son beau-frère, un prince allemand, et donc se mêler aux combats qui déchirent la moitié de l'Europe. Et, par-dessus le marché, il s'apprête à porter secours aux protestants français de La Rochelle, assiégés par Louis XIII. Inquiets de ces humeurs combatives, les parlementaires exigent la mise à l'écart du favori de Charles, Buckingham, accusé de l'influencer. Le peuple soutient les parlementaires, persuadé que le marquis, duc, amiral et Premier ministre à la fois, est la cause de tous ses malheurs. Mais lorsqu'on n'approuve pas la politique d'un roi, on met toujours ses erreurs sur le compte d'un mauvais conseiller, n'est-ce pas ?

— Tout à fait. Cela dit, Charles va avoir beaucoup d'ennemis d'un seul coup : le roi de France, le roi d'Espagne, l'empereur d'Autriche...

— Et j'en viens au rigolo de l'histoire. Le roi avait prévu d'offrir ce soir à la Cour sa pièce de théâtre préférée : *La Tempête*, de William Shakespeare. Notre grand auteur dramatique, aujourd'hui décédé mais toujours à la mode, y explique qu'il ne faut surtout pas laisser les rênes du gouvernement au peuple, sinon on va droit à la catastrophe. Pour diriger un pays, rien ne vaudrait un roi bon et sage.

— Ah, ah... Certains vont se sentir concernés !

— Justement ! La plupart des parlementaires, qui connaissaient déjà la pièce, ont bien perçu le message. Ils ont refusé d'assister à la représentation. Du coup, furieux, Charles a invité tous ceux qui désiraient venir, quelle que soit leur condition. Voilà où se rendent tous ces gens !

— Au moins, personne ne risque de nous remarquer...

— Mais, dans cette foule, comment allons-nous retrouver l'archiviste ?

— Ne vous inquiétez pas, nous avons rendez-vous

dans un coin du palais un peu plus discret. Mais, pour le rejoindre, attendons que le spectacle ait commencé.

Devant l'entrée, la foule se tassait, de plus en plus bruyante, puis elle piétina dans un long corridor qui menait à la salle des banquets. Plusieurs personnes bousculèrent Alonso sans le voir, à cause de sa petite taille. Le nain commençait à paniquer :

— Si la cohue augmente, je vous préviens, je vous laisse plantés là et je file à bord de *L'Espérance* !

Ni le gentilhomme de Cambridge ni moi n'étions assez costauds pour le prendre sur nos épaules. Afin de protéger notre compagnon, nous le plaçâmes entre nous ; chaque fois que la foule, qui croyait voir un espace vacant et voulait le combler, nous pressait de trop près, William sortait son épée de sa ceinture et la brandissait, provoquant un mouvement de recul.

Enfin, la queue avança. Nous fûmes dirigés vers une salle immense où avait été dressée une scène, cachée par des rideaux. Les gens se tassèrent à ses pieds, debout. De leurs poches, ils sortirent des saucissons, des carafes de vin, du tabac. Ils s'interpellèrent, échangèrent des nouvelles, ou même se dérobèrent discrètement quelques piécettes...

— Je ne vois pas la scène, s'énerva Alonso en sautant sur ses pieds. Ils n'ont pas pensé aux gens comme moi, ici.

— Voilà ce qui arrive lorsqu'on dédaigne les faveurs d'un prince, le taquina William. Si tu étais resté le bouffon du stathouder, tu aurais assisté à des pièces de théâtre depuis les hauteurs réservées aux grands seigneurs. Tu verrais très bien les acteurs et tu pourrais même t'asseoir.

Le nain se renfrogna. Effectivement, les courtisans étaient bien mieux lotis que nous. Nous les voyions circuler dans les galeries ouvertes qui nous surplombaient. Les soies miroitantes de leurs vêtements reproduisaient toutes les couleurs de l'arc-en-ciel. Les femmes glissaient plus qu'elles ne marchaient. Afin de franchir les passages les plus étroits, elles tenaient à deux mains leurs encombrantes robes à cerceaux et leur imprimaient un joli mouvement de balancier. Leur grâce réjouissait mes yeux et attristait mon cœur. Si elles savaient quel bien-être inouï apportait la plus pauvre des robes de moine, en comparaison avec les corsets rigides qui écrasaient les seins et meurtrissaient les hanches !

Brusquement, une houle secoua courtisans et gens du peuple. Tout le monde se retourna vers la loge centrale, où venaient d'apparaître le roi, Charles Ier, et sa femme, Henriette-Marie : jeunes, somptueusement vêtus, mais à part ça très quelconques. Je notai les petits yeux cernés du roi, le nez et le menton trop allongés de la reine. Vu l'ombre au-dessus de sa lèvre, je n'aurais pas été étonnée que cette dernière ait de la moustache… Au contraire, assis à la droite du roi, se tenait un homme d'une grande beauté, subtilement élégant, et dont chaque geste était gracieux.

William me souffla à l'oreille :

— Vois-tu le fameux Buckingham ? Le favori du roi qui fait tourner la tête aux dames... y compris à la reine de France selon une rumeur persistante... mais que le peuple honnit ! Tout le monde dit que c'est lui, le véritable maître de l'Angleterre.

— L'homme avec les épaisses boucles châtains, la moustache fine et la barbichette en pointe ?

— Exactement.

Le contraste entre le roi et son conseiller était si frappant que, d'instinct, je me demandai comment je m'y prendrais pour dresser leurs portraits... Quand, parmi les quelques privilégiés qui partageaient la loge du roi, je remarquai...

Comme frappée par la foudre, je laissai échapper un cri d'effroi. Quelques personnes se tournèrent vers moi. Alonso et William me morigénèrent.

— Qu'est-ce qui te prend, frère Paolo ! Tu vas nous faire remarquer !

— Désolé... Ça m'a échappé... Je... J'ai...

— Tu es pâle comme si tu avais vu un revenant.

— Oui...

— Les moines croient aux fantômes, maintenant !

— Non, non... C'est quelqu'un que j'ai connu à Rome. Il n'a aucune importance pour moi mais je ne m'attendais pas à le croiser à Londres !

Je sentis les regards intrigués de mes compagnons. Par chance, au même moment, le rideau se leva. Tout de suite, l'attention de la salle fut captée par les sifflements d'un vent en colère, les mugissements d'un océan furieux et les cris des passagers. Pour nous qui débarquions d'un vrai navire, les bruitages effectués en coulisse étaient moins effrayants que comiques. Mais la foule des spectateurs fut saisie par l'histoire : le capitaine en prise avec la tempête devait également lutter contre un grand seigneur qui, à défaut de pouvoir commander aux vagues, tentait de lui imposer, à lui, ses quatre volontés. Et tant pis s'il provoquait un naufrage. Dans la salle, rires et huées s'élevèrent.

— Ce grand seigneur a quelques points communs avec un négociant de ma connaissance, s'amusa Alonso.

Sans se laisser prendre par l'intrigue, William nous attrapa l'un et l'autre le bras.

— Venez. Vite ! A nous, l'autre moitié du monde !

A cet instant, l'océan Pacifique avait perdu toute importance pour moi. La personne que j'avais aperçue dans la loge du roi était le célèbre peintre romain Michelangelo Orazeschi. Mon père !... Que faisait-il là, à la cour de Charles Ier d'Angleterre, lui qui, auparavant, n'avait jamais mis les pieds à l'étranger ?

— Allez, me dit le gentilhomme qui perçut ma réticence, si tu aimes Shakespeare, on achètera ses œuvres complètes. Elles viennent d'être publiées.

Ecrasant quelques pieds, nous réussîmes à nous extirper de la salle. Sous le froc de frère Paolo, mon cœur d'Apollonia était secoué par une tempête encore plus puissante que celle qui animait la pièce de Shakespeare. Mon corps entier me brûlait, comme brûlent des membres gelés qui reviennent à la vie. Depuis ma naissance, mon père, cet homme au noble visage, que j'avais passionnément admiré, et dont j'avais cherché en permanence l'approbation, avait été le centre de mon existence, de mon apprentissage et de mes projets. A l'occasion de ma disparition, peut-être avait-il soudain compris combien j'avais été blessée dans mon âme et dans ma chair, et à quel point je comptais pour lui ? N'étais-je pas sa meilleure élève, ainsi que son enfant chérie ?

Et si je courais dans ses bras ?... En me voyant réapparaître comme par miracle, peut-être se jetterait-il à mes genoux pour me demander pardon de ne pas m'avoir manifesté plus de compassion ? Et, forcément, il accepterait de me reprendre dans son atelier, dès que mes doigts auraient retrouvé leur agilité...

Tandis que mon esprit imaginait ces retrouvailles merveilleuses, mes jambes suivaient automatiquement mes compagnons. De retour dans le corridor, j'interrogeai William d'une voix hésitante :

— Le roi d'Angleterre aime-t-il s'entourer de peintres ?

— Ah, ça, oui ! Il y a quelques années, alors qu'il n'était pas encore monté sur le trône d'Angleterre, Charles Ier avait décidé d'épouser l'infante d'Espagne, la jeune sœur du roi Philippe IV. Les négociations autour du mariage traînaient en longueur. Alors, notre prince héritier s'est déguisé en simple bourgeois et, en la compagnie de son grand ami Buckingham, il a chevauché incognito jusqu'à Madrid, dans l'espoir d'apercevoir enfin la fiancée qui hantait ses rêves...

Apparemment, Alonso connaissait déjà cette histoire car, pour une fois, il ne contredit pas le gentilhomme. Je m'exclamai :

— Quelle aventure surprenante pour un prince héritier !

— N'est-ce pas ? Hélas, les négociations sur le mariage ont viré au désastre. Mais, à défaut d'une épouse, Charles et Buckingham sont revenus de Madrid avec une révélation : Philippe IV, de la même génération qu'eux, possédait une magnifique collection de tableaux, qui ajoutait encore à son prestige.

Eh bien, ils allaient en faire autant ! Et voilà comment s'intéresser aux peintres est devenu à Londres le loisir à la mode...

— L'homme que j'ai été surpris de voir... Je crois qu'il s'agit d'un artiste assez réputé, installé à Rome. Un spécialiste des grandes scènes religieuses...

— Alors, pas étonnant que Charles l'ait invité à sa Cour. Aujourd'hui, rares sont les peintres anglais qui valent les italiens et les flamands.

— Et les Espagnols, protesta Alonso, tout essoufflé de trottiner près de nous.

Au bout du corridor, nous fûmes soulagés de reconnaître le petit archiviste aux joues roses. Il tenait à la main un imposant trousseau de clefs, avec lequel il ouvrit une succession de portes. Nous remarquâmes que sa main tremblait.

— Ce spectacle impromptu me rend nerveux, nous avoua-t-il en latin. Même les serviteurs se sont précipités pour assister à *La Tempête*. Dans les salons déserts, il va être plus difficile de passer inaperçu... Pourvu que nous ne croisions personne !

En franchissant chaque porte, oubliant mes doigts blessés, je mourais d'envie de me tourner vers mes compagnons pour leur dire : « Adieu, William ! Adieu, Alonso ! Vous m'êtes très sympathiques mais je ne suis pas le moine capucin frère Paolo. Je m'appelle Apollonia Orazeschi et on me prédit un bel avenir dans le portrait. Ici, nos chemins se séparent. Bonne chance pour votre expédition. » Et puis, je revoyais mon père, pendant et après le procès. L'expression dure sur son visage. Et c'était comme une gifle qui m'arrêtait.

Nous grimpâmes les marches minces et nombreuses d'un escalier de marbre.

— Ah ! oui, je me souviens, murmura William. Ensuite, on tourne à droite. Au fond de ces salons, c'est le cabinet du roi.

— Vous connaissez vraiment bien les lieux, dit Alonso.

Les joues du gentilhomme rosirent.

— Quand j'étais petit, je suis souvent venu ici. Lord Greyhound, mon père, faisait partie du premier cercle de Jacques Ier, et moi, j'ai souvent joué avec ses enfants. Mais, après cette peste qui a emporté les miens, je n'ai plus jamais eu l'occasion de revoir la famille royale.

— Attendez ! s'extasia Alonso. Vous voulez dire, cher William, que vous avez joué avec Charles, le roi actuel ?

— Quelquefois. Aux dames ou au jacquet, Charles préférait affronter ma sœur aînée, qui avait le même âge que lui. Mais il ne se passait pas une rencontre sans que nous organisions tous ensemble de mémorables parties de cache-cache.

A ce bon souvenir, le gentilhomme se mit à rire.

— Nos gouvernantes en étaient désespérées. Puisque le roi Jacques s'amusait de nous voir jouer, elles ne pouvaient rien nous dire. Nous en profitions pour nous cacher le plus loin possible d'elles.

Nous traversâmes une suite de salons placés en enfilade, dont l'archiviste ouvrait chaque porte avant de la refermer à clef avec soin derrière nous.

— Nous allons entrer dans les appartements du Conseil, nous annonça William. Le bureau du roi, la salle du Conseil, la bibliothèque et la salle des cartes.

L'archiviste dit quelques mots pleins d'autorité aux deux gardes qui, eux, n'avaient pas déserté leur poste. Sans difficulté, ils s'écartèrent pour nous laisser entrer.

Tandis que Gordon Bignall cherchait la bonne clef et l'actionnait dans la serrure, William sembla soudain remarquer ma torpeur.

— Mais qu'est-ce qui t'arrive, frère Paolo ? C'est le théâtre de Shakespeare qui t'a marqué à ce point-là ? On dirait que tu es devenu indifférent à tout...

Un long frisson me parcourut la colonne vertébrale. Si je courais me jeter dans les bras de mon père, il n'était pas impossible qu'il m'ordonne de rejoindre l'odieux Marco pour l'épouser ! Tant que je ne n'étais pas certaine de ses remords, je ne pouvais pas prendre le risque de réapparaître. En attendant, je devais me concentrer sur la mission que nous avait confiée Cornelis.

— Mais non, William. Je réfléchis, c'est tout.

Nous entrâmes dans une grande pièce. Au-dessus d'une table et de quelques sièges, des milliers de livres magnifiquement reliés nous entouraient.

Tout à coup, l'archiviste changea de couleur et chuchota à l'intention de William quelques mots anglais pleins de panique. Nous dressâmes l'oreille. Des pas se rapprochaient ! Plusieurs pas, légèrement décalés... De l'autre côté de la porte, quelqu'un agita un trousseau de clefs.

— On vient ! Cachons-nous !

Gordon Bignall souleva le tapis oriental qui protégeait la vaste table du Conseil et qui pendait de chaque côté, presque jusqu'au sol. A quatre pattes, nous nous réfugiâmes en dessous.

Il était temps. Le visage collé au sol, je vis passer des souliers de soie brodée d'or avec de hauts talons, souliers aussi flambants que s'ils étaient sortis à l'instant des mains d'un cordonnier. Puis des bottes sans fioritures, dont je connaissais par cœur les rides profondes du cuir craquelé. Et enfin, des chaussures plates, pas très neuves mais propres, cirées, et ornées d'un gros ruban bien repassé...

Le premier des trois hommes marchait en discutant, le deuxième l'approuvait brièvement, le troisième se contentait de tenir le trousseau de clefs. Je ne comprenais rien à la conversation qui se déroulait en anglais. Mais je sursautais violemment à chaque approbation, exprimée avec un fort accent italien. Mon père se trouvait à moins d'une coudée de moi.

Je fus de nouveau démangée par le désir de me présenter à lui. Imaginer, à portée de main, un retour vers mon passé heureux, était aussi naturel que cruel. Une autre sorte de torture que celle qu'avaient subie mes doigts, mais à peine moins douloureuse...

9

La sentence du peintre

Les pas se figèrent. Le trousseau de clefs cliqueta. Une porte fut ouverte. Lorsque le bruit des pas eut entièrement cessé, nous sortîmes de notre cachette et Gordon Bignall nous fit signe de le suivre. Vite, nous nous faufilâmes à l'intérieur d'une vaste pièce ronde, meublée d'une table et d'une vingtaine de coffres. Il referma à clef la porte derrière nous et William nous traduisit ses explications données en anglais :

— Voici la salle des cartes. Le roi et son visiteur se sont probablement rendus dans le bureau, mais ils pourraient à tout moment faire demi-tour. Alors, surtout, aucun bruit ! Si nous sommes surpris, il n'y a pas d'autre issue.

En effet, la seule porte était celle par laquelle nous étions entrés ; et même Alonso n'aurait pu se faufiler à l'extérieur par les meurtrières médiévales qui faisaient office de fenêtres.

L'archiviste se mit au travail. Il souleva le couvercle de l'un des coffres ; nous y découvrîmes des piles de cylindres qui, chacun, renfermaient plusieurs cartes. Grâce aux étiquettes, Gordon Bignall repérait les cylindres qui étaient susceptibles de contenir des cartes sur le Pacifique. Sur la table, nous déroulions les vélins épais et, s'ils ne nous intéressaient pas, nous les rangions aussitôt.

Un long moment plus tard, lorsque des pas se firent à nouveau entendre dans la salle du Conseil, nous étions toujours bredouilles. La mer du Nord, la Manche et l'océan Atlantique étaient représentés sous plusieurs angles et dans tous leurs détails. Même l'océan Indien faisait l'objet de plusieurs cartes. Mais sur le Pacifique, rien.

— Ah, si seulement nous étions en Espagne ! ne cessait de se plaindre Alonso à voix basse. Je vous parie qu'on trouverait tout ce qu'il nous faut.

— Chut !

Immobiles, nous attendîmes que le roi, mon père et le serviteur aient fini de traverser la pièce voisine. Pourvu qu'ils n'aient pas l'idée saugrenue de venir contempler les cartes du royaume !... Cette fois, c'était mon père qui discourait, et Charles Ier qui l'approuvait. Lorsque leurs pas se furent éteints au loin, William, soulagé, ne put s'empêcher de rire :

— Oh ! là, là, cet Italien ! Il a un de ces accents à couper au couteau !

Malgré les battements fous de mon cœur, je réussis à demander :

— De quoi discutaient-ils avec tant de passion, le roi et lui ?

— C'est toi qui avais raison, frère Paolo. Son interlocuteur est un certain Orazeschi, qu'il a chargé de faire son portrait. Si j'ai bien compris, Charles veut l'impressionner en lui montrant les lieux où sont prises les grandes décisions de son règne.

— C'est-à-dire : haro sur les couronnes d'Europe, et main basse sur leurs peintres ! se moqua Alonso.

— Mais non, William, dis-je, ce n'est pas pour l'impressionner... Le portraitiste a besoin de bien connaître son sujet. Car chaque détail du tableau va nous transmettre un message. Imagine que je fasse le portrait de Cornelis. Je le représenterais debout, afin de mettre en valeur son caractère intrépide. Et il aurait la main dirigée vers un globe terrestre, tourné du côté du Pacifique...

Tout en discutant, nous continuions machinalement à vider les cylindres que nous tendait l'archiviste, à déplier les cartes puis à les rouler de nouveau. Soudain, le visage de Gordon Bignall s'éclaira. Il ouvrit lui-même un cylindre au-dessus de la table, écarta quelques cartes familières de l'Atlantique et de l'océan Indien, puis nous indiqua avec frénésie un long dessin vertical à l'encre noire, constitué de traits minuscules qui semblaient avoir été ajoutés au jour le jour et annotés de la main même de l'observateur. On aurait dit la colonne vertébrale d'un squelette voûté. Sur le côté, étaient inscrits ces mots magiques pour nous : *océan Pacifique.*

— Enfin ! soupira William. Je n'y croyais plus...

— C'est une carte, ce gribouillis ? fit Alonso.

— Cet ensemble de relevés dessine la bordure est du Pacifique, traduisit le gentilhomme d'après les paroles de l'archiviste. C'est-à-dire, la côte ouest des Amériques. Il a été dressé par Francis Drake. Le plus fameux des navigateurs anglais.

— Ah oui, Drake le dragon !... Drake le pirate ! dit Alonso d'un ton méprisant.

Fascinée par ce papier qui était revenu du bout du monde, je suivis du doigt la succession des échancrures.

— On dirait qu'il a longé les Amériques depuis le sud jusqu'au nord...

L'archiviste nous ayant fait signe de ne pas perdre de temps, je préparai aussitôt notre matériel, emboîtant plusieurs baguettes de bois pour tendre la soie la plus fine que j'avais jamais vue, fournie par Cornelis. Puis je confiai la mine de plomb à Alonso. Perché sur une chaise, le nain s'appliqua à repasser tous les traits de la carte. En l'observant, je ne cessais de me mordre les lèvres. Malgré l'agilité de ses doigts, il allait beaucoup plus lentement que je ne l'aurais fait autrefois.

Afin de me changer les idées, j'aidai l'archiviste et William à poursuivre l'exploration des cylindres. Tout en dépliant les vélins, le gentilhomme me demanda :

— As-tu remarqué, frère Paolo ? Les cartes que possédait Francis Drake sur l'Afrique et l'océan Indien étaient portugaises. Notre explorateur a dû démarrer son voyage en attaquant un navire pour lui dérober ses documents ! A cette époque, dans cette partie du monde, la domination portugaise était totale.

— Cher William, voilà bien la preuve que ce Drake était un pirate, rétorqua Alonso sans relever la tête.

— Cher Alonso, je comprends que vous autres, Espagnols, préfériez le considérer comme tel. Mais il ne fallait pas que l'Espagne et le Portugal veuillent accaparer à eux seuls les richesses du monde. Normal que les autres nations cherchent à en récupérer quelques miettes !

— Hé ! protesta Alonso. Je n'y suis pour rien, moi !

— Pour nous, Anglais, poursuivit William, Francis Drake est un grand personnage. Entre autres exploits, il a sauvé notre pays de l'invasion espagnole, en arrêtant la soi-disant Invincible Armada.

— Oh, ça... C'est parce que vous avez eu de la chance : le vent vous était favorable.

— C'est ce qu'on dit quand on a été vaincu.

Je lançai un coup d'œil en direction d'Alonso. Comme je le craignais, l'irritation le faisait trembler, au risque d'épaissir ses traits de crayon.

— Vous croyez vraiment que c'est le moment de décider lequel de vos pays est le plus grand ?

— Non, bien sûr, reconnut William. Mais si Alonso me laisse parler, je pourrai ajouter que Francis Drake a été le premier Anglais à effectuer le tour du monde. D'après cette carte du Pacifique, je comprends qu'il a tenté de trouver un nouveau passage entre l'Asie et l'Europe, en contournant les Amériques par le nord.

— Mais il n'a pas réussi, fit remarquer Alonso.

— Ce passage n'existe peut-être pas. Vous avez remarqué cette annotation à l'extrême nord : *montagnes de glace* ?

— Et ensuite ? dis-je, sans cesser d'ouvrir puis de refermer des cylindres. Comment est-il revenu en Angleterre ?

— On dirait qu'il a traversé le nord du Pacifique, en direction des Philippines, puis des îles Moluques, dit Alonso en suivant le trajet du navire avec sa mine de plomb. Ensuite il a poursuivi vers l'Europe par la route habituelle à travers l'océan Indien et l'Atlantique.

— Ce document est une sorte de testament, conclut William, le résultat du long et périlleux voyage effectué par Francis Drake à la demande de la reine Elisabeth Ire. Grâce à eux, nous savons tout de la bordure est du Pacifique.

— Ouais, ouais, bougonna Alonso. Nous ne sommes pas très avancés. Dans le Pacifique Sud, William, votre Francis Drake n'a rien noté à plus de quelques milles des côtes. Le continent inconnu peut se trouver n'importe où ailleurs !

— C'est quand même un début, dis-je avec entrain.

Le dernier cylindre examiné par l'archiviste, nous dûmes cependant nous rendre à l'évidence : le pirate-amiral avait été le premier Anglais à affronter le Pacifique, mais aussi le dernier. Bien que son voyage autour du monde datât maintenant d'une cinquantaine d'années, il n'avait jamais été imité par aucun de ses compatriotes.

*

L'archiviste nous quitta à l'entrée du théâtre, où se pressait une foule encore plus dense que tout à l'heure. De là où nous nous trouvions, aucun de nous ne pouvait apercevoir la scène, où se poursuivait *La Tempête* de Shakespeare dans une atmosphère survoltée. En revanche, à l'intérieur de la loge royale, je pouvais de nouveau apercevoir Charles Ier et mon père. Je chuchotai, à l'intention de William :

— Pourquoi se sont-ils absentés pendant la pièce ?

Je croyais qu'on jouait ce soir le drame préféré du roi...

— Oh, tu sais, frère Paolo, monter cette pièce-là était une décision politique, destinée aux parlementaires. Charles lui-même y est sans doute indifférent. Et il doit lui être agréable de s'éclipser, afin de discuter de temps en temps loin de toute oreille indiscrète.

William avait sûrement raison. D'ailleurs, pour un roi, faire réaliser son portrait était également un acte politique d'une grande gravité. Le tableau devait donner une image de puissance ; il devait impressionner les courtisans, les alliés et les adversaires étrangers. Il était normal que Charles ait sauté sur l'occasion d'en parler en privé avec mon père.

Mon père... Malgré les éclats de voix des acteurs et les exclamations des spectateurs, je n'entendais rien de *La Tempête*. Je ne cessais de lever la tête vers la loge royale, au fond de laquelle je distinguais le beau visage et la silhouette fluette du peintre Michelangelo Orazeschi. L'espoir qui circulait à nouveau en moi me brûlait tout le corps. A quoi bon, si c'était pour geler encore une fois mes sentiments ? Ces va-et-vient entre espoir fou et profond découragement étaient tout à fait insupportables ! Prise d'une inspiration subite, je me penchai vers le nain et lui soufflai :

— Tu te souviens, Alonso, à qui tu dois d'avoir été embauché par Cornelis ?

— Oui, à moi-même. A mes talents. A mes relations à la cour d'Espagne.

— Quel toupet ! Et la lecture, Alonso, tu as oublié comment tu t'en es sorti ?

Il fuyait mon regard. Je lui attrapai le menton et

l'obligeai à me regarder en face. J'étais contrainte à me conduire en homme – même si cet homme était un moine – et cela me donnait une assurance que je n'aurais jamais eue dans la peau d'une jeune fille.

— J'ai eu pitié de toi, Alonso. Ne me le fais pas regretter ! Aujourd'hui, c'est moi qui ai besoin de toi.

Il bougonna, mais son visage exprimait la surprise.

— Je ne suis pas un ingrat, frère Paolo.

— Ah !... J'en suis fort aise.

— Que puis-je faire pour toi ?

Je lui désignai la loge royale.

— Tu vois, l'homme à gauche du roi ? Le peintre italien que nous avons entendu passer lorsque nous étions cachés sous la table de la bibliothèque ?

— Euh, oui...

— Ecoute-moi bien. Je voudrais que tu te glisses jusqu'à lui...

— Tu m'en demandes beaucoup !

— Avec ta petite taille, tu devrais t'en sortir.

— Espérons.

— Et alors, tu lui diras juste cette phrase : « Comment va votre fille, monsieur Orazeschi ? »

— En quelle langue ? Je ne parle ni anglais ni italien !

— Tu peux lui parler en castillan. En Italie, tous les peintres comprennent cette langue, qui est celle de nombreux mécènes. Et surtout, écoute bien sa réponse afin de me la transcrire fidèlement !

— C'est qui, cette fille ?

— Elle travaillait dans l'atelier de son père, le peintre Orazeschi. Je suis étonné de ne pas la voir à ses côtés, car elle l'accompagnait partout. J'espère qu'il ne lui est pas arrivé malheur.

— Mais si lui m'interroge ?

— Tu lui répondras que tu viens de la part d'un ami. D'accord ?

— Oui, oui ! Ne t'inquiète pas, frère Paolo. J'ai une mémoire d'éléphant.

Il ajouta :

— Bon, comme ça, nous serons quittes, toi et moi.

Il me tendit la main. Je la lui serrai.

— Si tu veux, Alonso.

Le nain disparut dans la foule. Une dizaine de minutes plus tard, je commençais à désespérer de mon messager quand je vis mon père reculer dans la pénombre. Son visage se figea. Malgré la distance et le monde qui nous séparaient, je vis la colère l'envahir. Puis il revint au premier plan, l'air sombre, tandis qu'Alonso lui baisait les mains.

Lorsque le nain musicien réussit à redescendre, la pièce se terminait. Depuis la scène, la voix claironnante des acteurs nous apprenait qu'un roi sage et bon avait fini de rétablir l'ordre et le bonheur sur l'île des naufragés. Charles Ier devait boire du petit-lait. Les courtisans s'empressèrent d'applaudir cette leçon, et la foule des petites gens, enthousiasmée par le spectacle, tapait du pied dans un vacarme assourdissant.

William m'attrapa le bras :

— Sortons maintenant, parmi les premiers ! Où est Alonso ?

Je l'aperçus un peu plus loin qui tentait de se frayer un chemin vers nous. Bientôt, nous nous retrouvâmes tous les trois dans le corridor, au milieu du personnel qui se hâtait, chacun en direction de son poste. Dehors, la nuit était claire, grâce à la Voie lactée qui palpitait dans un ciel sans nuages.

Nous marchâmes d'un bon pas et sortîmes de Whitehall. Qu'avait répondu mon père ? Il aurait été imprudent d'interroger Alonso en présence de William. Mais l'attente et l'émotion hérissaient le duvet de mes bras et même, sous mon capuchon, la couronne de cheveux qui ornait mon crâne...

Dans la rue qui menait au port, nous retrouvâmes l'archiviste ; il nous suivit en silence jusqu'à notre navire. Nous nous abstînmes de tout signe de triomphe, sur le quai et jusque sur la passerelle de *L'Espérance*. Nos compagnons d'aventure étaient presque tous là à nous attendre, accoudés à la rambarde. Même Cornelis arpentait le pont, et il se précipita en nous voyant approcher. William n'y tint plus. Un grand sourire aux lèvres, il agita au-dessus de la tête son chapeau déplumé.

— On peut lever l'ancre, les amis !

A notre attitude, chacun comprit que nous avions réussi à explorer les archives anglaises. Aussitôt, le jeune Paul se précipita pour nous apporter, bien emballé, le portrait de Cornelis par Antoine Van Dyck, que je déposai avec nostalgie dans les mains de Gordon Bignall. Dès que l'archiviste eut quitté le navire, Hans Michielszoon lança ses ordres pour que nous partions sans attendre le lever du jour. Tandis qu'Alonso se précipitait vers les cabines pour récupérer sa vihuela, Paul se suspendit à la manche de mon froc, complètement paniqué :

— Frère Paolo, il manque Etienne !

— Vraiment ! Où est-il ?

— Il n'en pouvait plus de rester à ne rien faire. Il est allé se promener dans le port, en quête de nouvelles.

— Ne t'inquiète pas, Paul. Ton frère va bien voir qu'on hisse les voiles.

En effet, tout essoufflé, les cheveux encore plus en bataille que d'habitude, l'adolescent surgit et courut à perdre haleine jusqu'à la passerelle, qu'il franchit en quelques enjambées. Paul se jeta dans ses bras.

— Etienne, dit William en souriant, tu as causé une belle frayeur à ton frère ! Il a cru qu'on trouverait le continent inconnu sans toi.

— Je suis désolé, mais l'occasion était trop belle ! William, je ne sais si vous savez...

L'adolescent reprit son souffle.

— ... que Paul et moi nous sommes enfuis de justesse de La Rochelle, assiégée par Louis XIII... et que nos parents sont restés prisonniers.

— Non, je ne savais pas, répondit le gentilhomme, impressionné.

— Là-bas, les gens disaient qu'une flotte anglaise se préparait à les secourir. Pendant les quelques mois que Paul et moi avons passés à Amsterdam, j'ai entendu à ce sujet toutes sortes de bruits contradictoires. Il me fallait à tout prix profiter de cette escale en Angleterre pour vérifier que cette flotte existait !

— Elle existe bien, assura aussitôt William. Mais, à ce que je sais, les préparatifs traînent en longueur. Je pense que c'est une question de gros sous... Charles Ier a tendance à promettre l'argent que ses parlementaires ne lui ont pas encore accordé.

Le cadet leva des yeux impatients et inquiets vers son aîné, dont le visage s'éclaira.

— Je viens d'apprendre que la flotte anglaise devait quitter Portsmouth dans les jours qui viennent. Cinquante-cinq navires, vous vous rendez compte ! Avec ça, la flotte française a du souci à se faire !

— Pourvu qu'ils arrivent à temps pour sauver nos parents ! Et tous les autres malheureux huguenots !

— Paul, cela fait cinq mois que nous avons fui... Et la famine était déjà grande...

Le cadet serra les poings.

— Si tous les Rochelais étaient morts, les Anglais ne partiraient pas à leur secours !

— Je l'espère de tout mon cœur..., fit Etienne en lui pressant affectueusement l'épaule.

Songeuse, je contemplai leurs visages encore enfantins sous leurs lourds tricornes noirs, leurs candides yeux noisette, leurs cheveux blonds en bataille, leurs joues lisses parsemées de taches de rousseur. L'aîné était intrépide, le cadet triste et paisible, mais un attachement très fort semblait les lier. Comme je les enviais, moi que rongeait la solitude ! En effet, je ne pouvais rien partager d'essentiel avec personne, même pas ma véritable identité...

Puisque nous étions tous réunis, je retirai de ma manche la copie de la carte de Francis Drake et la tendis à William ; il commença le récit de notre aventure en captant l'attention générale. Bien qu'Alonso eût déjà les doigts posés sur son instrument, je le pris par le bras et l'entraînai à l'écart.

— Alors ? Qu'a répondu le peintre Orazeschi ?

— Oh, du calme !

— Je t'en prie, Alonso ! Ne me fais pas languir !

J'aurais dû être plus prudente car il me fixa avec beaucoup de curiosité. Mais je ne pouvais plus me retenir. Si mon père me regrettait, s'il était prêt à me réintégrer dans son atelier et à me rendre son affection, je pouvais encore le rejoindre en sautant dans l'eau jaunâtre de la Tamise.

Le nain fronça ses sourcils broussailleux et plaqua un accord.

— Attends que je me souvienne exactement... Il m'a dit : « Ma fille ? Je n'ai aucune idée de l'endroit où elle se trouve. Et je ne veux surtout pas le savoir. » Dis donc, frère Paolo, ton peintre italien, il semble la détester, sa fille !

Atteinte en plein cœur, je ne parvins pas à répondre. Comme s'il lisait dans mes pensées, Alonso démarra à petites touches une mélodie pleine de souffrance retenue. Non seulement mon père était insensible à mes malheurs, mais en plus il me détestait. Il me rejetait. Il ne voulait plus entendre parler de moi.

Je bredouillai des remerciements et courus vers le château arrière. A toute vitesse, je descendis les marches qui conduisaient aux cabines des officiers. Recroquevillée sur ma couchette, dos au rideau, je me mis à ressasser mon malheur en silence, un oreiller étouffant le bruit de mes sanglots. Pour me distraire de ma douleur, il me restait l'espoir du continent inconnu. Mes rêves d'une société meilleure à l'autre bout du monde... Et, d'ici là, l'aventure...

*

Le lendemain, le soleil était déjà haut lorsque j'émergeai d'un sommeil profond. Quelqu'un chuchotait :

— Frère Paolo... Frère Paolo... J'ai une confession à te faire...

Je me retournai. Entre la coque et le rideau qui protégeait ma couchette s'était glissée une tête blonde avec des yeux noisette et des taches de rousseur. Je m'assis, pas encore vraiment extirpée des brumes de mes rêves. Le dauphin gris-bleu était revenu et, blottie contre sa douce peau humide, je m'étais laissée emporter...

— Euh... Oui... Qu'est-ce qui se passe, Etienne ? Une attaque de pirates ?

— Non, frère Paolo. J'ai simplement besoin de te parler. Et de te demander ton avis.

— Ah ? Il ne s'agit pas d'une vraie confession, alors.

— Pas vraiment. Mais je ne voudrais pas que quelqu'un nous entende.

— Pas facile sur un navire aussi plein.

Je bâillai, me frottai le visage du revers de la main, puis me levai, un peu hagarde.

— Allons dans la salle à manger, dit Etienne. Personne ne s'y trouve. Cornelis est sur le pont avec sa fille.

— Et Paul ?

— Il dort encore. Justement, c'est de lui que je veux te parler. Il est très courageux, mais j'ai peur qu'il ne tienne pas le coup. Et je ne sais pas du tout quoi faire.

En passant, je quémandai auprès du cuisinier un broc de thé bien chaud et une miche de pain. Puis nous nous installâmes au fond de la salle à manger, assis de biais sur les banquettes de cuir qui entouraient la table. Là, l'adolescent commença son récit. Il y mit tant de précision, imitant les accents, mimant les gestes et les mimiques, que j'eus l'impression de vivre à leurs côtés leur incroyable histoire, à Paul et à lui...

10

Le secret de Paul

A cinq mois, avide de découvrir le vaste monde, bébé Etienne se tortillait dans les bras de sa mère jusqu'à ce qu'elle le dépose sur le tapis. A neuf mois, il marchait, s'accrochant aux longues basques de son père, M. Moulinet. Son épouse vivait dans la hantise qu'il ne soit piétiné par un cheval. A cinq ans, le petit Etienne courait enfin seul sur le port de La Rochelle, où débarquaient les caisses de tissus et de blé, et d'où embarquaient les barriques de vin et les briques de sel. Il se faufilait parmi les négociants flamands, anglais, espagnols, bretons et turcs. Il ouvrait grandes ses oreilles aux langages étranges, ses narines aux parfums d'épices, ses yeux aux marins burinés qui portaient des anneaux d'or.

A onze ans, le garçon suppliait son père de le laisser s'engager comme mousse à bord d'un des puissants vaisseaux à la coque ronde qui, sans cesse, venaient aborder au port, juste sous les fenêtres de la famille Moulinet. Son père s'y opposait avec fermeté.

— Un jour, Etienne, c'est à toi qu'appartiendra

notre commerce d'étoffes. Cette devanture bien située, ces murs de pierre, ce comptoir en chêne, cette balance à fléau qui fonctionne à la perfection... Tous ces instruments qui permettent de compter en pieds, en pouces, en empans, en coudées... Et ceux qui permettent de convertir en mesures de Paris, en mesures de Bordeaux, en mesures de Londres, d'Amsterdam, de Lisbonne et de Madrid... Voilà de quoi te bâtir une vie studieuse et honorable.

— Père, offrez tout ça à ma petite sœur Pauline ! Elle en rêve.

— Voyons ! Tu sais bien que c'est impossible : c'est une fille.

— Alors, trouvez-vous un autre successeur. Moi, je serai marin.

Quelques années plus tard, il aurait fini par obtenir gain de cause ; malgré leur stupéfaction de voir que leur fils ne leur ressemblait pas, M. et Mme Moulinet l'aimaient profondément. Mais un matin de septembre 1627, Etienne ouvrit ses volets et découvrit une agitation inhabituelle sur l'océan. Au-delà du port, dans la brume matinale, se croisaient plusieurs voiliers aux bannières ornées de fleurs de lys...

Dévalant l'escalier, il heurta sa mère qui retirait de la devanture les lourds volets de bois.

— Etienne ! Où vas-tu ?

— Il se passe quelque chose ! Je vais voir !

Sans attendre sa réponse, il courut jusqu'aux murailles qui protégeaient la ville. La vue sur l'Atlantique était gênée par les tours massives qui protégeaient l'accès au port. Entre les deux, il y avait comme une fenêtre sur la mer, qui permettait seulement d'apercevoir un navire circuler dans un sens, puis un autre dans le sens contraire. La forteresse de La Rochelle se dressait au fond d'une anse maritime étroite, bordée de falaises peu élevées, et pourtant suffisantes pour masquer l'horizon.

Côté terre, en revanche, Etienne ne pouvait rien rater de l'incroyable remue-ménage qui se déroulait sur la plaine marécageuse. Alors que la brume se dissolvait dans l'aube naissante, des milliers d'hommes armés s'affairaient sous les couleurs du roi de France. Depuis quelques jours, Louis XIII avait commencé à s'installer aux portes de La Rochelle.

Fasciné par le spectacle de l'immense armée royale, le garçon tentait d'en comprendre les manœuvres. Des messagers galopaient d'est en ouest, ou bien l'inverse, soulevant des nuages de poussière. Les carrosses des chefs se déplaçaient également dans les deux sens, sous bonne escorte. Des camps de toile étaient plantés, entre lesquels circulaient de nombreux chariots, sans doute pleins de munitions ou de nourriture. Et si des régiments entiers avançaient vers l'ouest, d'autres semblaient plutôt se déployer vers le sud, dans ce qui ressemblait à un mouvement d'encerclement de la ville.

Courant de plus belle, le garçon contourna le vaste bassin du port, où dormaient quelques navires. Il entra dans la tour de la Lanterne, au sommet duquel, la nuit, une bougie géante guidait les marins.

Malgré l'heure matinale, l'étroit escalier en colimaçon était déjà embouteillé par quelques personnes, qui, comme Etienne, venaient aux nouvelles. Le garçon rongea son frein derrière un homme au tour de taille impressionnant. Il eut tout le loisir d'admirer le pourpoint de velours rouge rehaussé de dentelles fines, les hauts-de-chausses, les culottes bouffantes assorties au pourpoint, les bas épais, les souliers bien vernis, le tricorne noir décoré d'une plume. En soufflant comme un phoque, l'homme maugréait :

— Si un jour, je rencontre un roi – qu'il soit de France ou d'Angleterre, ou pourquoi pas des Indes ? –, moi, tout ce que je lui demande, c'est de goûter mes vins. S'il les trouve bons, qu'il les achète. Sinon, qu'il ne les achète pas. Je suis prêt à jurer sur la Bible que les vignes du Seigneur ne sont ni huguenotes ni papistes !

L'homme finit par se taire, à bout de souffle, la tour étant haute d'environ cent cinquante pieds. Enfin, Etienne parvint au sommet. L'espace dédié à la bougie, et protégé par des panneaux de verre, était entouré d'une étroite plate-forme battue par les vents. Celle-ci offrait une vue d'ensemble sur cinq ou six lieues à la ronde. Les derniers lambeaux de brume filaient vers la terre, dégageant l'horizon.

Peu à peu, les îles blanches et dorées se détachèrent sur le bleu-gris de la mer. Plein sud, le gros caillou de l'île d'Aix était paisible. Près de lui, la pointe nord de l'île d'Oléron, plate et sablonneuse, semblait flotter, immobile, tel le ventre blanc d'un gros poisson mort.

Mais les curieux s'agglutinaient tous du même côté de la plate-forme, face à l'ouest. Rageant de sa petite taille, Etienne planta son coude dans la bedaine au pourpoint rouge, jusqu'à ce que son propriétaire se décide à lui laisser un passage vers la balustrade.

Un premier coup d'œil le rassura. De minuscules

nuages gris s'échappaient de l'île de Ré, irréguliers et saccadés, comme produits par la toux d'un fumeur de cigare : des coups de canon. De l'autre côté de l'île, étroite et allongée, on apercevait plusieurs navires anglais aux voiles repliées. Depuis juillet, sur l'île, une armée dirigée par le duc de Buckingham combattait l'envoyé de Louis XIII, le général Toiras. Or, malgré l'arrivée du roi de France qui les prenait en tenaille, les Anglais tenaient bon !

Etienne n'eut que le temps de soupirer d'aise. L'instant d'après, il avait repéré un autre point de la côte, beaucoup plus proche de la ville, à l'intérieur même de l'anse qui menait au port. Une grande agitation y régnait. Plusieurs navires venaient s'y aligner, formant une sorte de chaîne. Sur la rive, des hommes de la taille de fourmis allaient et venaient en groupes serrés. A l'œil nu, impossible de distinguer à quoi ils s'activaient.

Au-dessus de lui, les autres curieux commentaient la scène. La bataille qui faisait rage à quelques kilomètres de là épargnait La Rochelle, et pourtant c'était bien la ville-forteresse qui en était l'enjeu. Concédée aux protestants par l'édit de Nantes, elle semblait narguer le pouvoir royal, qui tirait sa légitimité de la religion catholique. Louis XIII était entouré d'intransigeants que son bras droit, le cardinal de Richelieu, devait ménager.

— Ces dévots ! s'énervait un vieil homme. Ils sont plus royalistes que le roi... Et plus papistes que le pape !

— Il paraît que derrière chaque huguenot français,

ils imaginent un espion à la solde des princes protestants étrangers.

— Eh bien, moi, je comprends le roi, dit un homme en veste épaisse de marin. Notre ville a osé s'allier avec Charles Ier ! Un morceau de terre française qui s'allie à la couronne d'Angleterre ! Ça ne vous rappelle pas quelque chose ? Et si c'était le début d'une nouvelle guerre de Cent Ans ?

— Tout à fait, approuva le vieil homme. Le roi ne peut tolérer qu'une partie de son royaume échappe à son autorité. Un jour ou l'autre, la bataille de La Rochelle est inévitable.

— Elle a même commencé ! Quel intérêt peut avoir l'île de Ré, cette bande de sable et de marécages, sinon qu'elle est toute proche de nous ? Le général Toiras a été envoyé pour en renforcer les défenses, parce que l'île pourrait servir de base arrière à nos alliés les Anglais.

Le duc de Buckingham avait osé débarquer sur l'île avant même que les fortifications ne soient achevées. Alors, l'armée royale avait volé au secours de Toiras, en un temps record, paraît-il – Richelieu avait reçu les informations nécessaires, levé des emprunts auprès des grands financiers du royaume, constitué une armée en sollicitant les princes récalcitrants et, enfin, tout ce monde était parvenu à La Rochelle, en deux mois, pas plus.

— Combien de semaines l'Anglais va-t-il tenir ? demanda tristement le vieil homme. Dès que le roi en aura fini avec Buckingham, il va s'en prendre à nous.

— Ho !... Quoi !...

Surpris, Etienne leva la tête. Au-dessus de lui, le

négociant en vin avait sorti de sa poche une lunette. L'œil droit vissé à sa lentille, l'homme poussait des exclamations qui devinrent vite insupportables pour ses voisins.

— Que voyez-vous, monsieur Vindelle ?

— Maudits papistes !

— Certes ! Mais en quoi méritent-ils d'être maudits, ce matin ? demanda le marin.

— Ils tentent de fabriquer... un...

— Un quoi ?

— Je vois mal... Toujours cet effet de lumière... Ce flou...

Etienne brûlait d'emprunter la lunette, juste quelques secondes. Encore heureux qu'il se soit retenu de bousculer l'homme dans l'escalier.

— Laissez-moi regarder, supplia le marin.

— Patience !... Ce sont des soldats de Louis XIII, puisque je vois parmi eux des bannières aux fleurs de lys.

— Mais que font-ils ?

— Ils transportent... des sortes de... de gros blocs de pierre...

— Vraiment ! Et ils les apportent où ?

— Ils les jettent dans les flots !

— Pas possible ! Mais pourquoi ?

— Une offrande à Poséidon ? suggéra le vieil homme, révélant l'excellence de son éducation.

— Toutes les pierres sont jetées au même endroit... On dirait que... Mais oui, peut-être... A moins que...

Etienne n'en pouvait plus. Ce riche négociant était-il stupide ? Qu'il laisse donc de plus malins que lui observer la scène !

Le marin dut avoir la même pensée car, d'un coup, il arracha la lunette des mains de son propriétaire.

— Laissez-moi voir !

— Rendez-moi ça ! Elle m'appartient !

— Mais arrêtez ! Vous me faites bouger !

— Elle est à moi ! Je l'ai payée très cher !

— Morbleu !

— Par Lucifer !

— Ah !

— Non !

Le négociant secouait le marin qui finit par lâcher la lunette d'une main pour lui enfoncer son tricorne sur la tête. A l'aveuglette, le premier riposta, giflant le second à toute volée. Emporté par son élan, il gifla aussi l'instrument optique qui, dans un sifflement léger, fendit l'air jusqu'au pied de la tour, où elle disparut dans la mer.

— Ma lunette ! gémit le négociant.

Un peu penaud quand même, le marin bougonna :

— Bonne chance pour aller la chercher...

— Par le Christ, je ne sais pas nager !

Le marin haussa les épaules.

— Moi non plus.

— Moi, je sais nager ! s'écria Etienne avec force.

Les hommes qui l'entouraient s'écartèrent et regardèrent avec curiosité son visage fin et presque féminin, les mèches blondes, les yeux noisette, le nez et les pommettes saupoudrées de taches de rousseur. Ce garçon semblait bien jeune et bien fluet.

— Parfait, soupira le négociant. Va donc me la chercher.

— Je veux une récompense !

Les nageurs étaient moins rares que les longues-vues, mais de peu. Le négociant tâta sa bourse bien garnie, qu'il cachait dans la poche de son haut-de-chausses.

— Dis toujours...

— A mon retour, je veux être le premier à pouvoir regarder dans votre espèce de tube.

— Tu es bien exigeant. Bon, allez, accordé.

Etienne dévala l'escalier en colimaçon. Encore tout étourdi d'avoir ainsi tourné sur lui-même pendant de longues minutes, il retira sa veste et ses souliers, puis plongea directement dans les eaux tièdes du port, au pied de la tour. Son style de nage était très curieux : en surface, il nageait comme un chien, et en profondeur comme un dauphin. Mais il n'avait jamais eu de professeur. Il s'était entraîné seul, chaque été depuis plusieurs années, et, à défaut d'être élégant, le résultat était efficace.

Bientôt, il refit surface, la lunette dans sa main gauche. Il fut accueilli par des acclamations, depuis le sommet de la tour, mais aussi sa base ; des pêcheurs attendaient la marée haute pour sortir du port. Prestement, il se rhabilla, sans lâcher l'instrument. Un peu essoufflé quand même, il grimpa à nouveau les trois cent cinquante marches de la tour.

Au sommet, les curieux s'écartèrent. Le garçon dévissa la lunette, essuya avec soin les lentilles à un mouchoir de toile fine tendu par le négociant, la revissa. Puis il l'appuya à la rambarde de pierre afin de la maintenir immobile. Grâce à elle, Etienne comprit ce que fabriquaient les soldats du roi : ils construisaient une jetée sur la mer ! En face, de l'autre côté de l'anse étroite qui menait à La Rochelle, d'autres ouvriers construisaient une jetée identique. Quant aux voiliers que le garçon avait aperçus, ils étaient chargés de pierres ; des hommes crevaient leurs coques à coups de hache, afin de les précipiter au fond de l'eau.

— Les papistes nous enferment ! s'écria Etienne. Eux qui contrôlent déjà les routes, ils vont bloquer l'accès par mer.

— Avec une Infaillible Armada ? ironisa le vieux lettré.

— Pas du tout ! Les papistes construisent une digue.

Le marin éclata de rire.

— Quelle blague ! Une digue sur l'océan !

— Je pense qu'ils veulent fermer le bras de mer qui conduit au port, insista Etienne. Et, ainsi, empêcher le passage des navires.

— Ah ! Ah ! s'esclaffait le marin. Moi, je parie pour une victoire de l'océan.

— Hum..., fit le lettré. Les hommes déterminés réussissent tant de merveilles. Savez-vous que les Hollandais viennent de réussir à bâtir des villages *sous* le niveau de la mer ?

— Pas possible !

— Ils ont entouré de digues des lacs et des marais. Puis ils les ont asséchés en pompant l'eau grâce à l'énergie de moulins à vent.

— Fantastique, s'extasia le marchand. L'homme est vraiment d'une ingéniosité remarquable. Mais, euh, vous qui semblez un connaisseur, pensez-vous que le roi de France ait une chance de réussir à nous emprisonner avec une digue ?

— Hélas, cher monsieur... Ce qu'imagine ce garçon astucieux est tout à fait réalisable. Il suffira à notre roi de laisser au centre un étroit passage, facile à contrôler. Les marées hautes pourront s'y engouffrer, au lieu de réunir leurs forces contre la digue, ce qui pourrait lui être fatal.

— Quelle catastrophe ! Mais alors... Mes navires chargés des vins délicieux de Charente et d'Aquitaine... vont-ils rester bloqués au port ?

— Vos barriques seront peut-être les bienvenues ici même, pour désaltérer les assoiffés.

— Quoi ! Que voulez-vous dire ?

— Que le roi de France n'en veut pas particulièrement à votre commerce, cher monsieur. Mais qu'il met en œuvre ce chantier gigantesque afin de nous affamer, nous les Rochelais, huguenots et alliés des Anglais.

— Oh !

— Eh oui ! Vous vivez un instant historique, messieurs. Le siège de La Rochelle vient de commencer.

— Mais Richelieu n'en a pas fini avec Bouquincan !

— C'est le nom de Buckingham que vous francisez ainsi ? Eh bien, je pense que notre cardinal est assez sûr de lui pour mener les deux combats de front...

Etienne ne disait plus un mot. Au fur et à mesure que le lettré expliquait la situation, de sa voix ironique et haut perchée, et que le marchand s'exclamait, le garçon sentait sa gorge se nouer et son ventre se serrer. Le roi de France était en train de transformer sa ville en prison ! Bientôt, il serait impossible d'en sortir, ni par terre ni par mer.

— Excusez-moi, demanda-t-il en tirant la manche

du lettré. Vous pensez qu'ils en ont pour combien de temps à construire cette digue ?

— Oh ! Ce sera bref. Un mois ou deux, pas plus. Elle sera prête à la Toussaint.

Restituant à regret la lunette, Etienne dévala à nouveau le long escalier de la tour, puis fonça vers la boutique de ses parents, de l'autre côté du port. Il réfléchissait toujours mieux en courant ou en s'activant.

Soulevant le tissu pour en montrer la finesse, son père présentait une pièce de soierie à une cliente aisée. Derrière le comptoir, sa mère notait les dépenses et les recettes de la veille dans un grand cahier. Et Pauline, sa petite sœur, assise sur un tabouret devant la fenêtre, plissait les yeux, une aiguille à la main. Malgré ses neuf ans à peine, elle était déjà experte en boutonnières et en ourlets. Plus l'ouvrage était minutieux, plus elle aimait le réaliser. Etienne piétina dans la boutique avec impatience, attendant que la cliente soit sortie. Dès qu'elle eut franchi la porte, il s'exclama :

— Le roi nous enferme ! Non seulement son armée s'installe tout autour de la ville, mais en plus il construit une digue sur la mer pour fermer l'accès au port.

Aussi vive que son fils, la mère le pressa de questions. Il raconta ce qu'il avait observé dans la lunette, et les conclusions qu'en avait tirées le lettré. Le père et Pauline l'écoutaient sans mot dire. Mais la petite sœur avait cessé de coudre, et le marchand de tissu ne rangeait toujours pas les somptueuses soieries d'Espagne dépliées sur le comptoir.

— Eh bien, Etienne, fit-il soudain, voilà un signe. Je dois reconnaître que Dieu t'invite aujourd'hui à t'engager comme mousse.

— Mais c'est trop tard, père ! Je ne peux pas vous abandonner aux papistes !

*

L'océan Atlantique donna du fil à retordre au roi de France ; il ne se laissa pas contraindre sans quelques tempêtes qui, en quelques heures, réduisaient à néant le travail de plusieurs semaines. Chaque matin, Etienne retrouvait le propriétaire de la lunette, le lettré et quelques autres, qui lui apprenaient quantité de choses incroyables dont ne lui avaient jamais parlé ses parents sur les guerres, la politique et la vie des grands de ce monde.

Depuis le sommet de la tour, tous suivaient avec angoisse le combat des ouvriers contre les flots. Plus loin, sur l'île de Ré, Buckingham ne parvenait pas à vaincre Toiras. Harcelé par les troupes françaises en nombre supérieur, l'Anglais ne voyait pas arriver les renforts que Charles Ier lui avait promis. Il finit par renoncer, embarquant en catastrophe avant que ses navires ne soient capturés par les Français.

Livrés à eux-mêmes, les Rochelais étaient lentement emprisonnés dans une nasse de plus en plus serrée. Côté terre, les portes de la ville restaient closes, mettant fin aux va-et-vient habituels avec la campagne environnante. En outre, Richelieu avait organisé un immense chantier, construisant une ligne fortifiée derrière ses propres troupes afin d'éviter qu'elles ne soient prises à revers. Dans l'espoir de gêner les travaux, les Rochelais avaient allumé leurs canons et envoyé sur les soldats quelques boulets bien sentis. Mais le ralentissement n'avait été qu'éphémère. La forteresse était maintenant entourée à distance d'une muraille parallèle et plus large.

Entre les deux fortifications, l'armée s'était installée pour un siège durable de la ville. D'après le lettré, les généraux expérimentés préféraient de beaucoup les sièges aux combats. Ceux-ci consistaient en d'effroyables corps à corps qui faisaient déserter les fantassins. Beaucoup plus confortables, les sièges ne demandaient que de la patience… et de la discipline. Afin que les soldats ne s'amollissent pas à force de jouer aux cartes ou de faire la cour aux cantinières, ils étaient contraints à d'épuisantes manœuvres dans la plaine. Confortablement installés dans les demeures des environs, les grands seigneurs du royaume devaient attendre aussi, distraits par les intrigues de cour et les visites de mystérieuses belles dames. Les portes de La Rochelle allaient s'ouvrir un jour toutes seules, par la magie de la famine.

Côté mer, les navires marchands avaient cessé de circuler. Pendant quelques mois, la nuit, des pêcheurs audacieux forcèrent le passage, ramenant miraculeusement des poissons. Mais à la fin de l'hiver, une fois la digue achevée, même eux ne parvinrent plus à passer. Elle formait une barrière imposante d'un mille environ, aussi épaisse à son sommet qu'à sa base. Elle n'était percée que d'étroites ouvertures sous-marines, où s'engouffraient les flots au lieu de frapper la pierre, ainsi que d'un goulet central qui permettait aux marées montantes de s'écouler dans un torrent tourbillonnant. Postées à intervalles réguliers, des sentinelles tiraient au canon sur tout ce qui approchait.

La prison destinée aux Rochelais était bel et bien achevée.

— Notre seul espoir, gémissait le négociant au-dessus de la tête d'Etienne, c'est le retour de Bouquincan à la tête d'une flotte anglaise.

— Il a déjà montré qu'il était prêt à défendre notre liberté de culte, fit remarquer le marin.

— Hum… Les mauvaises langues disent plutôt qu'il ne sait pas quoi inventer pour épater Charles Ier, rétorqua le lettré, qui avait beaucoup voyagé et parlait même l'anglais. A vingt ans, George Villiers de Buckingham est devenu le favori de Jacques Ier, avant d'être celui de Charles. Il paraît qu'il est fort bien fait de sa personne et qu'il charme tous ceux qui l'approchent. Mais, auprès du peuple et des parlementaires, Buckingham est très impopulaire. Alors, s'il veut conserver son pouvoir, il doit réaliser de grandes choses.

— On dit aussi qu'à l'occasion d'une ambassade à Paris, il aurait fait les yeux doux à la reine de France, Anne d'Autriche, qui ne serait pas restée insensible à son charme. Fort jaloux, et furieux de ce crime de lèse-majesté, Louis XIII aurait interdit au duc de remettre un pied en France. Alors, pour Buckingham, quelle occasion formidable de narguer le roi de France, que de lui livrer bataille sur son propre sol !

— Qu'importent les motifs de Bouquincan, s'il vient nous délivrer !

Bien qu'attentif à la discussion, Etienne préférait étudier avec précision le dispositif qui emprisonnait la ville. L'œil rivé à la lunette, il cherchait un plan d'évasion.

Dans La Rochelle, les réserves en farine et en blé furent peu à peu mangées. Les poissons du port furent tous péchés. Les volailles des cours furent sacrifiées, puis les chevaux, et enfin les chats et les chiens. Malheur à l'oiseau de passage qui se posait alors innocemment sur le rebord d'une fenêtre.

En mars 1628, il restait encore pourtant des rats à pourchasser, ainsi que quantité de ceintures et de chaussures de cuir à faire bouillir et à mâcher. Mais le jus qu'on en tirait n'était guère nourrissant.

Pour Etienne, le pire, ce n'était pas la faim permanente. Il ne supportait pas cette ville apathique, où chacun économisait ses gestes. La boutique restait vide : plus personne n'avait l'idée saugrenue de s'acheter une soierie d'Espagne ou toute autre étoffe. Le port s'était métamorphosé en désert. Les rares navires qui n'avaient pas fui pourrissaient sans soin. Fini le coup de main donné aux marins lors des déchargements en échange de quelques piécettes, la découverte des marchandises exotiques, les rudes négociations entre marchands, et la vie qui se déployait autour : le poisson grillé sur des brasiers dès le retour des pêcheurs, les rondes des enfants, la joie des mères, les jolies filles qui sautaient dans les bras d'un fiancé marin… Bref, tout ce qui avait rempli sa vie et nourri ses rêves de voyages lointains et d'aventures.

Un matin, les notables se réunirent à l'hôtel de ville. La jolie façade Renaissance était très appréciée d'Etienne, qui savait comment s'accrocher aux médaillons et aux trophées sculptés dans la pierre. Lorsque les derniers retardataires eurent pénétré dans le bâtiment, il l'escalada jusqu'à une fenêtre du premier étage, malgré la faim qui lui donnait des vertiges. Le verre n'était pas limpide. Mais, en collant son nez à la vitre, il distingua les statues qui dominaient la salle, puis le groupe d'hommes qui levaient la main en alternance. Le brouhaha était tel qu'il ne distinguait pas leurs paroles.

Ils votent, pensa Etienne. Pourvu qu'ils votent la reddition !

Soudain se leva un homme vêtu de noir, aux cheveux gris et au visage en lame de couteau. Etienne l'avait parfois croisé. Il avait la réputation d'être un huguenot pur et dur. Pour lui, Dieu semblait être une sorte de joueur de cartes, qui décidait au hasard de sauver certaines âmes et de vouer les autres à l'enfer éternel.

Au brouhaha fit place un profond silence.

— Mes amis et mes frères, dit-il. J'accepte de devenir votre maire.

La plupart des notables hochèrent la tête, satisfaits. Il sortit de son pourpoint un poignard effilé.

— A une condition. Si la faim me fait perdre mes idées et que je veux capituler, plantez-moi cette lame dans la poitrine !

L'assemblée fut parcourue d'un frisson pareil à une houle.

— De même que je le planterai dans la poitrine du premier d'entre vous qui voudra se rendre !

— Hourra !

— Bien parlé !

— Les papistes ont affaire à forte partie !

Etienne faillit lâcher le médaillon auquel il se retenait. Ce nouveau maire préférait la mort de tous à la défaite. Etait-ce Dieu, vraiment, qui l'inspirait ? Ou bien l'orgueil et l'intolérance ? Avant que les notables sortent de la salle, le garçon se dépêcha de descendre. Il se précipita chez lui pour raconter ce qu'il avait vu. Ses parents et Pauline l'écoutèrent, terrifiés.

— Nous ne pouvons plus attendre, dit la mère. Etienne, il faut fuir tant qu'il te reste des forces.

— Je refuse de vous abandonner, répéta courageusement le garçon.

— C'est tout à ton honneur. Mais ce n'est pas ce que nous te demandons. Tu dois sauver ta sœur.

*

Le père partit à la chasse, dans la cave. Il ramena tous les rats qu'il put trouver et les jeta vivants dans l'eau bouillante. La mère habilla Pauline avec les vêtements qu'avait portés Etienne l'année précédente. Puis elle posa une petite marmite sur la tête de sa fille et coupa tous les cheveux qui en dépassaient. Maintenant, les enfants se ressemblaient comme deux gouttes d'eau, avec leurs silhouettes fluettes, leurs visages fins, leurs mèches blondes désordonnées, leurs yeux noisette, leurs taches de rousseur.

— Et voilà, dit la mère à Pauline. Maintenant, tu t'appelles Paul. Et tu es le petit frère d'Etienne.

La fillette hocha la tête. Elle retenait ses larmes. A l'inverse de son frère, elle ne s'était pas imaginé d'autre avenir que le destin qui semblait tout tracé pour elle, auprès de ses parents, dans ce port. La beauté de chaque étoffe la touchait : la laine chaude et le lin frais, le chanvre rugueux et la soie merveilleusement douce.

Elle aimait faire partager son émerveillement aux clients et les guider dans leur choix : à un riche bourgeois brutal et porté sur la boisson, elle suggérait du vert tendre ; à une dame mélancolique au grand front pâle, elle conseillait un orange éclatant... Elle avait en horreur les bagarres, les courses, les défis, et même les récits héroïques. Contrairement à plusieurs de ses amies, jamais elle n'avait rêvé d'être un garçon.

La mère défit les ourlets des chemises de ses enfants. Elle y plaça toutes les économies de la famille, deux louis d'or pour chacun, puis elle les recousit. A leur ceinture, le père accrocha une gaine de cuir, qui contenait un couteau bien aiguisé.

— Mais père..., bafouilla Pauline. La Bible nous commande de ne pas tuer...

— N'attaquez jamais les premiers. Ne vous en servez que pour vous défendre.

— Promis, père, répondit Etienne. Mais vous n'auriez pas un mousquet ? A distance, c'est plus utile.

— Tu as raison. Je vais m'en procurer un.

Pendant les sept mois de construction de la digue, le garçon avait eu le temps de peaufiner son plan d'évasion. Il en donna les détails à sa petite sœur.

— Etienne, chuchota Pauline à l'écart de leurs parents. Ne t'encombre pas de moi... Je ne sais pas nager.

— Ne t'inquiète pas, nous allons nous débrouiller. De toute façon, en ce moment, l'eau est glaciale. Même un excellent nageur ne tiendrait pas longtemps. Par contre, nous devons partir cette nuit.

— Cette nuit ! Mais je... je ne me suis pas habituée

à l'idée de partir d'ici... Ni de feindre être un garçon... Comment me comporter ?

— Pas difficile. Imite-moi en tout. De toute façon, nous ne pouvons attendre. Tous les éléments sont favorables : le temps couvert, la mer calme, les grandes marées, et l'eau qui achèvera de se retirer vers quatre heures du matin.

Par chance, en effet, l'équinoxe avait lieu ces jours-ci, déclenchant les marées les plus fortes de l'année avec celles de septembre. Cela ne signifiait pas forcément des tempêtes, mais une puissance exceptionnelle de flux et de reflux, des niveaux d'eau très faibles à marée basse, et très élevés à marée haute, ainsi que toutes sortes de débris flottants.

Au port, Etienne récupéra une gabarre solide. Il en réduisit les proportions de manière à ce qu'elle soit un peu moins longue et beaucoup moins large. Puis il la scia en quatre planches, qu'on pouvait fixer solidement entre elles à l'aide de deux pièces de bois perpendiculaires qui venaient s'y emboîter. Le résultat en était un petit radeau démontable.

Dans un sac furent rassemblés quelques vêtements, le mousquet, un harpon, une corde, une outre d'eau douce, deux rats bouillis, ainsi qu'une lettre rédigée par le père. M. Moulinet demandait aide et protection pour ses enfants à un négociant anglais de Brighton, qu'il avait autrefois rencontré à La Rochelle.

Etienne mit le mousquet entre les mains de sa sœur et lui montra comment s'en servir.

— En cas de danger, c'est toi qui tireras.

— Quoi ? Pourquoi moi ?

— La précision, c'est ton truc, pas le mien.

*

La nuit suivante, deux heures avant l'aube, moment ou même les sentinelles les plus aguerries dodelinent de la tête, la famille Moulinet se rendit devant le bassin du port et descendit sur la jetée. De rares étoiles apparaissaient dans un ciel mouvementé. L'eau était d'un noir de jais. Etienne y déposa son radeau. Y étaient ficelés le sac ainsi qu'une paire de rames.

Parents et enfants s'étreignirent, brièvement mais avec intensité. Le plus probable était qu'ils ne se reverraient jamais. La mère se mordait cruellement les lèvres, ce qui ne suffisait pas à arrêter ses larmes. Pauline avait l'impression que son univers basculait, autant que si le soleil s'était mis à briller la nuit, et la lune le jour. Une vie dangereuse et imprévisible l'attendait.

Même le père avait les yeux hagards. En guise de mots d'affection, il ne sut que dire :

— Mes enfants, ayez une existence honnête.

— On fera de notre mieux, père.

Etienne maîtrisa le chagrin qui lui glaçait le cœur, autant que l'excitation qui faisait trembler ses bras. Il aida sa sœur à s'installer à plat ventre sur le radeau, puis s'allongea près d'elle. Attentifs à faire le moins de bruit possible, les deux enfants se mirent à battre des pieds dans l'eau et à pagayer des mains. Ils s'éloignèrent de la jetée, passèrent entre les tours qui fermaient le bassin et quittèrent le port.

L'océan était calme, mais, comme l'avait espéré Etienne, il était encombré de toutes sortes de débris que les grandes marées avaient arrachés aux rives ou aux navires : des planches, des branchages, et même quelques troncs d'arbres. Cela augmentait leur chance que passe inaperçue leur embarcation plate et légère.

Dans la nuit presque opaque se dressa soudain l'ombre encore plus noire de la digue. Ils cessèrent de bouger et se laissèrent dériver. La marée descendante les porta au pied d'un mur imposant. Ils s'approchèrent d'une des lucarnes hautes et étroites qui permettaient à l'eau de s'écouler d'un côté à l'autre de la construction. Les grandes marées laissaient à l'air libre les deux tiers de l'ouverture pendant une heure, pas plus. Un adulte n'aurait jamais pu se faufiler à l'intérieur, mais un enfant fluet, si.

Etienne maintint le radeau bloqué et Pauline réussit à grimper dans la lucarne. En se mettant de biais, elle pouvait tenir debout, malgré un courant puissant qui lui serrait les chevilles et voulait l'entraîner. Son frère lui tendit les rames et le sac. Puis il dut se mettre à l'eau pour démonter son radeau. Tremblant de froid, il la rejoignit.

L'obscurité était totale. Ils marchaient de côté, l'un derrière l'autre, frottant leur dos contre la pierre humide. A mi-parcours, Pauline sentit sur sa joue de petites pattes dures. Elle ne cria pas, attendant que le crabe ait achevé la traversée de son visage.

Plus loin, ils atteignirent avec soulagement la sortie de l'étroit tunnel. Il était impossible qu'Etienne passe devant sa sœur, aussi Pauline devait-elle descendre dans l'eau la première.

— Il faut que tu sautes, chuchota-t-il.

— Je vais couler !

— Si tu restes calme, tu vas remonter à la surface. Là, tu t'accrocheras à la rame que je vais te tendre.

— Et si je ne parviens pas à l'attraper ?

— Mais si, tu vas y arriver ! Et puis, tu verras, l'eau salée permet de flotter.

Malgré sa confiance en son frère, elle était convaincue qu'elle allait se noyer. Mais elle n'avait pas d'autre choix que d'essayer. Le cœur battant à tout rompre, elle sauta de côté dans l'eau noire. Un froid terrible la saisit et elle fut emportée dans des profondeurs oppressantes. De ce côté de la digue, les vagues étaient plus fortes ; elle fut bousculée, projetée contre le mur de pierre, mais, miraculeusement, ne fut pas assommée, et sa tête sortit toute seule de l'eau. Ouvrant les yeux, elle vit la rame que lui tendait son frère et la saisit.

— Pose-la bien à plat. Voilà. Comme ça, tu peux t'appuyer dessus. J'arrive.

Dans l'eau à son tour, il se dépêcha de reconstituer le radeau. Ils purent enfin s'allonger à nouveau dessus, sains et saufs mais complètement transis.

Devant eux se dressaient plusieurs vaisseaux de la marine royale dont ils ne distinguaient que le bas de la coque. Il leur fallait se glisser entre eux sans se faire remarquer, puis se diriger vers la côte la plus proche, au sud de La Rochelle. Malgré la fatigue et le froid, ils se mirent à pagayer et à taper des pieds sans bruit. La marée descendante les aidait, les emportant au large dans un courant puissant. Ils franchirent sans encombre la ligne des navires.

Dans le ciel, la masse des nuages avait pourtant glissé de manière imperceptible. Soudain, la lune apparut, ronde et brillante. Sur le pont du vaisseau le plus proche, une silhouette se pencha par-dessus la rambarde :

— Halte ! Qui va là ?

Les enfants ne répondirent pas. Etienne positionna le radeau de manière à faire face à la sentinelle.

— Dans le sac ! Vite, Pauline ! Prends le mousquet !

Ils virent la brève lumière d'une étincelle et entendirent le crissement du fusil à pierre que chargeait le soldat. Se relever de manière précipitée aurait été trop périlleux. Pauline devait tirer allongée, les bras au-dessus de l'eau. Un faux mouvement, la poudre serait mouillée et l'arme à feu deviendrait inutilisable.

Malgré sa panique intérieure, elle réussit à se placer et à tendre son arme avec des gestes précis. Elle visa l'épaule au-dessus du bastingage. Elle ne voulait surtout pas tuer l'homme.

— Légitime défense, souffla son frère pour l'encourager.

Une brève pensée pour les maudits papistes qui encerclaient La Rochelle et elle tira. Sur le pont du navire, la sentinelle poussa un cri et bascula par-dessus bord.

— Bravo ! s'exclama Etienne, épaté.

— Pourvu qu'il soit juste blessé... Pourvu qu'il sache nager...

— Hum... En tout cas, Pauline, tu nous as sauvés !

Elle rangea le mousquet et ils se remirent à pagayer. Ils s'éloignaient rapidement des navires. Pourtant, leur ennemi le plus tenace n'était pas encore vaincu : le froid. Il aurait été temps de se rapprocher de la côte, mais ils ne parvenaient pas à lutter contre le courant.

— Inutile de nous épuiser, finit par décider Etienne. Laissons-nous dériver.

Avec moult précautions, ils réussirent à s'asseoir sur le radeau. Ils se frictionnèrent les bras et les jambes, mais, dans le vent glacial, leurs vêtements humides ne séchaient pas. Pour se réconforter, ils mangèrent les rats, bien cuits et nourrissants ; ils burent l'eau douce de l'outre.

L'aube finit par se lever, baignant l'océan d'une flamboyante lumière rose. Il n'y avait plus à l'horizon ni la côte française, ni l'île d'Oléron, ni celle de Ré, ni aucune terre. Par contre, à un arpent environ, se trouvait un navire isolé.

— Demandons-leur de l'aide, dit Etienne.

— Mais s'il fait partie de la flotte de Louis XIII ?

— Je ne crois pas. Regarde sa coque : il n'y a aucun canon de sorti.

Le garçon rama énergiquement vers le navire.

— Ohé ! crièrent-ils. Ohé ! Ohé !

La vigie les aperçut. Une chaloupe fut descendue à la mer, occupée par un marin aux bras solides.

— N'oublie pas que tu t'appelles Paul, murmura Etienne à sa sœur.

La chaloupe s'approcha. Le marin les aida à monter dedans. Il contempla leur radeau d'un air ahuri.

— *Zijn jullie schipbreukeling ?*

Par signes, les enfants montrèrent qu'ils ne comprenaient pas. Ils grimpèrent le long d'une corde jusqu'au pont du navire. Conduits dans la cale, ils purent enfiler leurs vêtements secs et s'enroulèrent dans des couvertures. C'était la première fois que l'un et l'autre se trouvaient dans un navire en mer. Le roulis et le tangage auraient terrifié Pauline et fait les délices d'Etienne s'ils avaient été moins exténués. Ils s'allongèrent dans des hamacs.

— *Slaap wel*, fit l'un des marins d'un ton bienveillant.

Avant de sombrer dans le sommeil, le garçon eut juste le temps de murmurer à l'intention de sa sœur :

— Quelle chance ! Nous voilà chez des Anglais !

11

Une petite roue de bois

Paul était donc une fille ! Le doute ne m'avait jamais effleurée. Lorsque Etienne eut fini son récit, gênée, j'essuyai rapidement mes yeux humides. A cause de combats politiques et religieux qui les dépassaient, Pauline n'apprendrait pas au fil des jours, auprès de parents affectueux, un savoir-faire qui l'attirait ; chargé de protéger sa sœur, Etienne ne pourrait pas voguer vers l'aventure l'esprit libre. Comme Jacob, comme William, comme moi, ils avaient vu sombrer un passé heureux et un avenir qui leur souriait. Et, malgré leur jeunesse, ils avaient fait preuve d'un courage remarquable.

— Nous avions en fait été récupérés par un navire hollandais qui retournait à Amsterdam, finit d'expliquer l'adolescent. Là, ma sœur et moi avons survécu en rendant de menus services dans le port et en mangeant les économies de nos parents. Nous avons très vite appris le flamand. Mais nous étions à l'affût d'un travail plus durable. Lorsque nous avons découvert la petite annonce dans la gazette, nous avons décidé de tenter notre chance.

— Je n'oublierai jamais la tête de Vasco quand Pauline a atteint le mannequin en plein cœur !

— Elle m'a drôlement impressionné... Mais, bientôt, *L'Espérance* va jeter l'ancre à quelques milles de notre ville qui se meurt... Et la flotte de Buckingham s'apprête à prendre la mer... Alors Pauline, qui se faisait doucement à l'idée d'une vie différente, est maintenant torturée par l'espoir que les Anglais vont délivrer La Rochelle, que nos parents vont être sauvés, et qu'elle va revenir auprès d'eux.

— Pauvre Pauline... Je sais à quel point l'espoir peut être cruel...

— Entre nous, frère Paolo, je ne crois pas en la victoire de Buckingham. Dans le port de Londres, on raconte les pires horreurs sur sa flotte. Pour constituer l'équipage des navires, il a fallu rafler au hasard des pauvres gens, car même les plus misérables des Anglais refusaient de s'embarquer. Ils ont bien vu dans quel état se trouvaient les rares survivants des précédentes expéditions royales : affamés, vêtus de haillons, et toujours pas rémunérés des années après leur retour ! C'est l'une des raisons de la haine incroyable que suscite Buckingham, lui qui cumule les titres et les rentes qui vont avec. Toutes sortes de chansons pleines de colère circulent à son sujet... Et si les Anglais échouent... Oh, frère Paolo, je crains que ma petite sœur ne puisse pas en supporter la nouvelle !

— Je comprends ton inquiétude. Mais, au moins, tu es là, elle n'est pas seule. C'est déjà beaucoup.

Il baissa la tête.

— Je ne sais pas si cela suffira... Et puis, il y a autre chose qui me tracasse... Tu vois, frère Paolo, mon idée des voyages maritimes était plus belle que la réalité. Depuis notre embarquement à Amsterdam, j'ai peu à peu réalisé que Pauline n'était pas en sécurité sur *L'Espérance*. J'ai bien observé nos marins et nos soldats. Ils sont beaucoup mieux traités que ceux qui servent Charles Ier, d'accord. Mais la plupart restent des brutes que seule la misère a contraints d'embarquer. Ils sont tous en manque de femmes, au point que la jeunesse des mousses les fascine. Sans la discipline de fer imposée par le capitaine, certains n'hésiteraient pas à les violer. S'ils savaient qu'il y a une fille à bord, elle occuperait en permanence leurs pensées. L'occasion finirait par se présenter que ma petite sœur devienne la proie de l'un d'entre eux.

Je cachai mon trouble en me servant un nouveau gobelet de thé. Ce destin pouvait aussi être le mien... Les confidences me brûlaient les lèvres. Quelle libération ce serait pour moi de pouvoir dévoiler ma véritable identité à une oreille amie ! Etienne était digne de confiance, j'en aurais mis ma main à couper.

Mais s'il avait connu la vérité, son regard sur moi aurait changé. Un autre aurait fini par s'en apercevoir. Je bus d'un trait le thé refroidi, serrant les dents sur ma solitude.

— Tu te rends compte, insista-t-il, qu'elle est la seule fille parmi quatre-vingts hommes ?

— Excepté Saskia et Ponteh.

— Elles ne comptent pas. Aucun homme d'équipage n'oserait les approcher d'un peu trop près. La position de Cornelis les protège plus efficacement qu'une triple rangée de canons.

— C'est vrai. Ecoute, Etienne. Déjà, appelons de

nouveau ton petit frère Paul. Même entre nous, c'est plus sûr.

— D'accord.

— Ensuite... Hum... Et si justement, nous le confiions à Saskia ?

— Bonne idée. Mais comment y parvenir sans lui révéler le secret de Paul ?

— Je vais y réfléchir. En attendant, nous nous relayerons pour ne jamais le quitter des yeux.

*

Le lendemain midi, tandis que *L'Espérance* attaquait à bonne allure le contournement de la Bretagne, chacun des officiers rejoignit la salle à manger. Nous nous serrâmes autour de la table. Je me retrouvai coincée entre Jacob, le sergent roux, et Francis, le gentilhomme plus hautain et méprisant que jamais malgré la bible qu'il transportait partout.

Profitant de notre escale à Londres, le cuisinier s'était approvisionné en produits frais. Nous savourâmes la viande d'agneau grillée, les navets et les petits pois. Simulant une bonne humeur que je ne ressentais pas, je chuchotai à l'intention de mon voisin de gauche :

— Même simplifiée, la table de notre armateur reste délicieuse.

Mon ami Jacob hocha la tête en souriant. M'ayant entendue, Francis se pencha vers moi :

— Nous n'en sommes qu'au tout début du voyage, frère Paolo. Entre le continent inconnu et nous, il reste des centaines de milliers de milles d'océan. On va bien finir par nous servir du poisson moisi et de l'eau rance.

Du coup, je humai chaque bouchée de viande et chaque gorgée de vin avant de les mettre dans ma bouche, et je tentai d'en mémoriser les délicieux parfums.

En face de moi, Cornelis Van Vliet picorait. A la moitié du repas, il lança d'une voix forte :

— Officiers de *L'Espérance*, nous avons en notre possession un relevé détaillé de la bordure américaine du Pacifique, effectué par Francis Drake en personne. Voilà qui est un peu maigre, mais, au moins, nous savons que la couronne d'Angleterre n'a rien de plus à nous offrir. Maintenant, il nous faut espérer des archives plus complètes chez le roi de France.

— Ça m'étonnerait, s'écria Alonso. Allons tout de suite en Espagne, nous gagnerons du temps !

Lui lançant un regard noir, le négociant poursuivit :

— En ce moment, la France est dirigée depuis les environs de La Rochelle. Le siège de ce port fortifié, refuge des protestants huguenots, dure depuis plus d'un an...

Je jetai un coup d'œil du côté d'Etienne et Paul. Ils avaient la tête baissée et les mains serrées autour de leurs cuillers et couteaux de table, comme si leur vie en dépendait. Cornelis avait-il oublié que deux de ses convives étaient touchés de près par ces événements dramatiques ?

— D'après mes informateurs, Louis XIII s'absente régulièrement, le temps d'un séjour dans ses châteaux de la Loire, de Paris ou de Saint-Germain. Il laisse à la tête du gouvernement le cardinal de Richelieu, qui ne quitte pas la terre charentaise mais se déplace d'une demeure à l'autre. Actuellement, les archives royales qui occupent une vingtaine de chariots ont été mises à l'abri au nord de La Rochelle, dans un manoir médiéval cerné de marécages : le château de Mouille-Mollets.

Les bruits de couverts avaient cessé. Etienne se dressa à demi sur son siège.

— Je sais très bien me repérer dans les marais et je saurai trouver Mouille-Mollets.

— J'accompagne Etienne, dit Paul.

— Je comptais effectivement sur vous deux pour nous guider, approuva Cornelis. Mais, seuls, vous ne pourrez pas entrer en contact avec les archivistes. Quelle que soit votre débrouillardise, vous n'avez pas de relations à la cour de Louis XIII. Heureusement, mes informateurs m'ont signalé la présence de plusieurs moines capucins dans l'entourage de Richelieu. Ils lui serviraient d'émissaires secrets...

Cessant de parler, il se tourna vers moi et me regarda. Seule l'aventure pouvait momentanément soulager la souffrance de mon âme, souffrance ravivée par la rencontre avec mon père. En me rejetant, en déclarant sa haine et son mépris pour moi, celui-ci m'obligeait à couper court à mes derniers regrets et à me consacrer entièrement à notre mission. Et puis je me sentais solidaire de mes compagnons. Le courage dont avaient fait preuve Etienne et Paul me donnait envie de lutter moi aussi jusqu'au bout pour notre survie, quels que soient les obstacles que nous rencontrerions.

— Parfait, dis-je d'une voix ferme. J'approcherai

les archivistes royaux en me faisant passer pour un messager discret du pape auprès du roi Louis XIII.

Alonso commença à faire doucement vibrer ses cordes.

— Je t'accompagne, frère Paolo, dit simplement Jacob.

Le négociant frotta avec satisfaction ses mains grises et maigres.

— Cette mission me semble plus aléatoire que la précédente. Mais je pense que Dieu souhaite notre réussite. Car si nous découvrons le continent inconnu, les sauvages qui l'habitent entendront enfin parler du Christ. Alors, qu'Il nous donne le petit coup de pouce dont nous aurons besoin !

*

Après le déjeuner, sur le pont, je fus hélée par Vasco :

— Hé, moinillon ! A Whitehall, tu as eu beaucoup de chance de passer entre les mailles du filet. Ne compte pas sur un deuxième miracle à Mouille-Mollets ! Il est temps que je fasse ton apprentissage à l'épée.

— Quand vous voudrez, Vasco, lui répondis-je d'un air de défi.

— Eh bien, tout de suite !

Il me présenta la rapière à la garde formée d'anneaux et, une nouvelle fois, celle-ci s'emboîta à merveille autour de mes doigts.

— Impeccable. Alors, en garde, moinillon !

Il m'indiqua comment placer ma lame avant un

combat. Puis il m'apprit à attaquer, à me protéger contre l'assaut adverse et à riposter. Quelle libération de retrouver un usage efficace à mes mains ! Quel soulagement de dépenser sans dégâts l'énergie sauvage accumulée par trop de souffrances ! Et quelle euphorie d'apprendre à me défendre contre des agresseurs potentiels ! Marco et tous ses semblables n'auraient qu'à bien se tenir...

*

La nuit suivante, une idée soudaine me réveilla. Puisque j'étais capable de manier une rapière malgré mes doigts blessés, pourquoi ne pourrais-je pas dessiner ? Il suffirait de fabriquer sur le modèle de la garde ouvragée un petit instrument que j'enfilerais sur ma main et, à la place de la lame, d'y glisser un pinceau...

Surexcitée par ce projet, je fus incapable de me rendormir, guettant par la lucarne de ma cabine les premières lueurs de l'aube. Dans la salle à manger où je me précipitai, je fus bientôt rejointe par les plus matinaux de mes compagnons : Hans Michielszoon, Jacob, Etienne et Paul. Pleine d'enthousiasme, je leur montrai la rapière, puis leur expliquai mon idée.

— Tu veux te remettre à l'enluminure, frère Paolo ? me demanda le sergent roux avec surprise et gentillesse.

— Pas du tout ! Mais si nous découvrons des cartes en grand nombre chez les rois de France et d'Espagne, je pourrais les recopier et nous faire ainsi gagner beaucoup de temps. Alonso a des gestes habiles, mais lents. C'est normal. Il a moins d'habitude que moi de manier un pinceau.

Etienne examina avec soin les volutes métalliques de la garde.

— Je m'y connais en bricolage, frère Paolo. Si tu me fais confiance, je vais aller voir notre menuisier et, grâce à ses outils, nous allons te préparer une attelle du tonnerre !

Pendant les heures qui suivirent, l'adolescent et son petit frère disparurent dans la cale, où se trouvait l'atelier du menuisier. La pluie drue qui frappait *L'Espérance* sans discontinuer rassembla dans la salle à manger tous ceux qui n'étaient pas de quart. Tandis que j'écoutais respectueusement les confidences de Cornelis, Francis se plongea dans sa bible sans quitter sa pipe, Alonso fit couler des mélodies de ses doigts, et Vasco étudia une nouvelle fois la carte de Drake.

Les pas rapides des deux jeunes Français nous firent lever la tête. Les yeux brillants, Etienne me tendit un petit instrument en bois : trois roues miniatures parallèles et reliées entre elles, renforcées par des rayons.

— Tiens, frère Paolo. Peux-tu coincer l'attelle autour de ta main ?

Exactement de la taille de la garde, elle se positionnait à la perfection.

— Tu vois ces trois trous en enfilade ? Ils sont réglables en largeur grâce à des vis. Tu peux y enfiler un pinceau, ou bien n'importe quel objet au manche étroit.

Tremblant d'impatience, j'y insérai un fusain que Paul avait taillé à la bonne dimension. Cornelis me tendit une feuille, Alonso cessa sa musique et même

Francis détacha les yeux de sa bible. Déplaçant ma main au-dessus du papier, de manière d'abord hésitante, puis de plus en plus affirmée, je vis apparaître exactement ce que j'imaginais dans ma tête. Ça marchait !

A grands traits, je me mis à dessiner notre navire : sa coque allongée, le renflement du château arrière, la proue effilée, les trois mâts, les voiles tendues par le vent... Puis, à l'envers de la feuille, un grouillement de petits personnages : les commerçants avides d'informations qui se bousculaient sur le quai du port d'Amsterdam.

L'appareil me suivait aussi fidèlement dans les détails que dans les compositions d'ensemble. Alors, j'attrapai une pile de feuilles. Comme un assoiffé qui reste bouche ouverte sous une fontaine, je dessinai, dessinai, dessinai chacune des images qui, depuis six mois, s'étaient fixées dans ma mémoire : la main enfarinée du boulanger qui, le premier, m'avait offert un repas, le visage sérieux d'un moine lisant un texte de la Bible, les sourcils drus et froncés du philosophe Descartes concentré sur ses propres pensées, Jacob me tendant une pomme, Paul tirant au mousquet, Vasco faisant virevolter l'épée d'Etienne, Saskia coiffée d'un couvre-chef en forme de galette, Pouteh courroucée par ma saleté, Francis repoussant en arrière sa belle chevelure, William l'œil fixé à sa lunette, Cornelis nous jaugeant de son regard critique, Jacob tenant entre ses mains toute la largeur du Pacifique...

En dehors du doux crissement du fusain, le seul bruit qui me parvenait encore, c'était le tintement assourdi de la pluie sur les vitres. Alors que je m'apprêtais à faire renaître sur la feuille les yeux compatissants de Hans Michielszoon, je perçus comme une discrète alerte. Relevant la tête, je réalisai que l'attirant capitaine contemplait mes dessins avec attention, que plus personne ne bougeait, et que même le regard de Saskia était fixé sur mes mains.

— Quel talent ! finit par s'exclamer Vasco. On dirait que tu n'as fait que ça toute ta vie, frère Paolo !

Hans Michielszoon me sourit.

— Ton savoir-faire nous sera très utile. Tu pourras dessiner chacune des terres que nous apercevrons et, en particulier, celles que nous découvrirons dans le Pacifique.

A cette perspective, je ris de bonheur :

— A vos ordres, capitaine ! Si vous le désirez, je suis prêt à dessiner du matin au soir !

*

Retardé par le mauvais temps, notre navire s'engagea une semaine plus tard, fin août, dans le large bras de mer qui séparait l'île de Ré de la côte, au nord de La Rochelle. Debout à la proue à côté d'Etienne et Paul, je contemplais l'océan d'un vert tirant sur le gris, en m'interrogeant sur la couleur qu'il prendrait sous les tropiques. Cornelis Van Vliet avait promis que, dans le prochain port de quelque importance, il me donnerait de quoi acheter tout le matériel de peinture dont j'aurais besoin pour représenter les étapes de notre voyage.

Depuis qu'Etienne avait fabriqué mon attelle, je m'étais demandé si je devais poursuivre la folle aventure de *L'Espérance* en quête du continent inconnu. Notre expédition s'annonçait très périlleuse et, avec la capacité de peindre, j'avais retrouvé une intense envie de vivre. Mais si je quittais le navire, où irais-je ? Le rejet de mon père m'interdisait un retour à Rome. Seule, sans ressources, et sous la fausse identité d'un moine, il était impossible que je me lance dans une carrière autonome de peintre. Alors, autant partir explorer le Pacifique ! Peindre ses paysages, ses animaux et ses peuples promettait d'être passionnant.

La collection de tableaux de Johanna Van Vliet, que je contemplais chaque jour, avait élargi mon horizon d'une manière extraordinaire. En me montrant de nouveaux sujets et de nouvelles manières de les traiter, elle m'avait ouvert les yeux sur les possibilités infinies de la création picturale ; j'avais hâte d'en explorer quelques-unes. Et, l'effet de surprise passé, mes compagnons n'avaient vu que des avantages à la révélation de mon talent.

D'ailleurs, celui-ci nous avait déjà été utile. A Rome, j'avais admiré le sceau du pape sur un document que mon père avait reçu – l'interdiction solennelle de surmonter d'une auréole tout personnage dont la sainteté n'aurait pas été décrétée par les autorités de l'Eglise. Fascinée par la signification des symboles représentés, et bénéficiant d'une excellente mémoire visuelle, j'avais tout retenu : saint Pierre dressé dans une barque, tirant sur un filet de pêcheur, le nom du pape actuel en latin, Urbanus VIII, et son numéro dans l'ordre des successeurs de Pierre, 233. J'en fis un dessin que l'armurier du bord reproduisit dans une petite pièce de bronze. Ainsi avions-nous à notre disposition un faux sceau papal.

Ensemble, William et Francis rédigèrent avec beaucoup de soin deux lettres en latin. La première proclamait ma qualité d'émissaire d'Urbain VIII et, à ce titre, demandait la bienveillance de mes interlocuteurs. La seconde, adressée directement à Sa Majesté Louis XIII, expliquait qu'en prévision d'une évangélisation du monde par les Jésuites, Sa Sainteté s'informait sur les connaissances maritimes françaises. Afin d'aider ses missionnaires, Sa Majesté aurait-elle la bonté d'offrir à Sa Sainteté une copie des cartes qu'elle pourrait posséder sur le Pacifique ?

En imaginant cette missive du pape au roi de France, William, Francis et moi fûmes pris d'un sacré fou rire ! Mais, bien que surprenant, son contenu était crédible car, depuis un siècle environ et sous la protection du pape, les membres de la Compagnie de Jésus s'étaient donné pour mission de convertir au catholicisme les « sauvages » du bout du monde, partout où les avaient menés les navires occidentaux : en Afrique, au Brésil, au Japon et en Chine. Et l'authenticité des deux lettres était garantie par l'empreinte de notre faux sceau papal. Nous espérions que ceux qui avaient déjà vu l'original ne seraient pas capables de déceler les différences minimes qui devaient forcément exister.

A la tombée du soir, *L'Espérance* modifia son cap, du sud-est à est, puis nord-est. Sous nos yeux, lentement, la ligne d'horizon se hérissa de mâts. A quelques milles plus au sud, la flotte française se préparait à défendre d'un assaut anglais la digue qui enfermait La Rochelle. Les mains crispées autour de la lunette de William, Paul se pencha en avant, comme si cela pouvait l'aider à distinguer la ville invisible derrière une falaise.

— Oh, Etienne ! dit-il, un sanglot dans la voix. Que sont devenus nos parents ?

L'aîné passa son bras autour des épaules du plus jeune et finit par dire d'une voix sourde :

— Ils seraient heureux de savoir que nous avons réussi à nous échapper...

Sous le ballet des matelots qui partaient à l'assaut des cordages, nous contournâmes une pointe sableuse, illuminée par le soleil couchant. Voilure réduite, nous glissâmes tranquillement dans son ombre, vers un fouillis de végétation basse, d'où émergeaient quelques grands arbres. Les fonds sablonneux de la baie ne permettaient pas de s'approcher plus du rivage. Aussi l'ancre fut-elle jetée et le navire s'immobilisa.

Sans attendre, car nous voulions profiter de la nuit pour repérer les lieux, les hommes d'équipage mirent une chaloupe à l'eau. Tandis que les officiers de *L'Espérance* se regroupaient devant la rambarde, William s'approcha de Paul.

— Garde ma lunette avec toi. Elle pourrait vous être utile. Mais, surtout, prends-en bien soin ! Elle est ce que je possède de plus précieux, après mon pince-nez.

De mon côté, à regret, je laissai derrière moi la rapière que Vasco m'avait offerte. Ses leçons d'escrime quotidiennes m'avaient donné une honnête aisance, et j'avais du mal à me séparer d'une arme qui me rassurait. Mais, à terre, on ne voyait jamais de capucin porter une épée à la ceinture – seules l'y autorisaient les lois brutales de la pleine mer.

Etienne descendit le premier dans la chaloupe. Puis j'enjambai la rambarde et, accrochée tant bien que mal à la corde, je me lançai au-dessus de l'eau noire. Tout à coup, je glissai. J'allais me noyer, puisque je ne savais pas nager ! Mais tout mon corps sembla voler à mon secours, palliant la déficience de mes mains. Mes épaules se contractèrent, mes genoux se resserrèrent, et même mon menton se referma sur la corde, qui déchira la peau de mon cou. Ma chute fut stoppée. Une fois saine et sauve dans la chaloupe, je relevai le col de ma chemise et le pressai contre la blessure pour en arrêter le saignement. Eclaboussée par l'eau de mer, elle brûlait.

Cornelis se pencha par-dessus la rambarde.

— Jacob ! Attrapez !

Il lui lança une bourse qui cliqueta en atterrissant dans les mains du sergent, car elle contenait des écus – de quoi nous assurer la bienveillance de quelques valets. En revanche, nous n'emportions aucune toile. Si par chance nous réussissions à entrer en contact avec un équivalent français de Gordon Bignall, nous organiserions une rencontre afin de lui présenter nos tableaux.

12

La Rochelle, nid d'espions

Portés par les vigoureux coups de rames de Jacob, nous nous éloignâmes du navire en direction de la côte. Etienne nous guidait, scrutant la rive marécageuse gagnée par la nuit. Il nous indiqua l'embouchure d'un canal à peine plus large qu'un ruisseau. Le sergent roux voulut manœuvrer pour s'y engager, mais l'adolescent l'arrêta :

— Nous n'irons pas loin avec la chaloupe. Elle a trop de tirant d'eau.

— Zut ! On continue à pied ? proposa Jacob.

— Trop dangereux. On risquerait de tomber sur une tourbière qui pourrait nous engloutir. Attendez-moi là.

L'adolescent se hissa sur la digue qui longeait le canal. Il se hâta le long de l'étroit chemin de pierre, s'arrêtant plusieurs fois pour se pencher au-dessus de l'eau, écartant les mèches blondes qui lui tombaient sur les yeux.

— Une nasse à anguilles. Parfait...

Il scruta la végétation. Puis, d'un pas décidé, se dirigea vers un petit bras du canal.

— Ah, ah ! Je suis prêt à parier que...

Ecartant les roseaux, il dégagea une sorte de radeau qu'il ramena à lui. Il y grimpa, saisit la longue perche posée à l'intérieur et, poussant dessus, debout, arriva jusqu'à nous.

— Le seul moyen de transport efficace, dans ces marais, c'est la barque plate. A condition d'être armé d'une pigouille. Vous montez ?

Nous obtempérâmes, tandis que Jacob amarrait solidement la chaloupe à un arbuste. Puis il nous rejoignit.

— Montre-moi comment on manie ce truc, petit. C'est pas à toi de nous porter tous les quatre.

Lorsque Jacob eut attrapé le coup de main, Etienne se posta à l'avant. De nombreux ruisseaux et quelques canaux se jetaient dans celui que nous remontions. Sans aucun bruit, la barque glissait sur le liquide aussi opaque que de l'encre. De temps en temps, une bosse se formait à sa surface, et sautait dans un ploc léger, comme une bulle qui s'efface et renaît plus loin.

— Quel étrange phénomène !

Assis près de moi, Paul chuchota :

— Frère Paolo, ce ne sont que des grenouilles !

Entre les roseaux et les saules qui bordaient le canal, j'apercevais de vagues prairies marécageuses, baignées par la lune montante.

— Il y a des gens qui habitent par ici ?

— Bien sûr. Et heureusement, car il nous faudra demander notre chemin.

Soudain surgit devant nous une imposante bâtisse

flanquée de plusieurs ailes et d'un clocher. Au fur et à mesure que nous approchions, j'en distinguais mieux les contours et je reconnus un monastère. Devant, un petit ponton de bois s'avançait jusqu'au canal. Agenouillé au bord, un moine nouait à un anneau de métal la corde qui retenait une barque.

— Bonjour, mon frère ! le salua Etienne avec vivacité.

Le moine se retourna prestement. Je m'attendais à ce que ma tenue de capucin le tranquillise, mais ce fut l'inverse qui sembla se produire. Il sursauta en m'apercevant et nous grommela un bonjour à peine audible.

— Nous nous rendons au château de Mouille-Mollets, expliqua Etienne.

— Je m'en doutais bien !

Ses yeux lançant des éclairs, le moine s'adressa à moi :

— C'est un grand péché, mon frère, de mêler les affaires de Dieu à la politique des hommes.

Que voulait-il dire ? Avait-il deviné que je n'avais pas le droit de porter cet habit de capucin ? Je maîtrisai la panique qui s'emparaît de moi :

— Pourquoi me dites-vous cela, mon frère ?

Il haussa les épaules.

— Tu m'as très bien compris.

Et il ajouta avec répugnance :

— Pour le château, poursuivez le long du canal des Trois-Abbés. Au saule foudroyé, tournez à droite. Puis, au carrefour suivant, à gauche.

— Merci beaucoup, lui répondit aimablement Jacob. Et bonne soirée !

Il appuya sur la perche et la barque s'écarta du ponton. Plus haute dans le ciel, une lune généreuse éclairait maintenant le canal et ses abords. De nombreux arbres laissaient pendre leurs branches jusqu'à l'eau. A chaque carrefour, nous écarquillions les yeux de peur de manquer notre repère. Enfin, une masse abondante de longues feuilles argentées barra les deux tiers du canal. Un saule immense dominait la rive, dont une partie, arrachée du tronc par la foudre, pendait comme un bras blessé le long d'un corps sain.

Nous tournâmes dans un canal secondaire à droite, puis plus loin, à gauche. Mais là où nous nous attendions à voir le château, ne se trouvaient que de pauvres masures, petites et basses. La fumée d'un foyer s'échappait, non pas d'une cheminée, mais d'un trou dans le chaume du toit.

— Je vais me renseigner, dit Etienne en sautant sur la rive.

Jacob lui tendit l'un des écus que lui avait confiés Cornelis.

— Prends ça.

— Pour une somme pareille, on va même me proposer un guide !

De son pas souple et rapide, l'adolescent s'éloigna. Nous le vîmes frapper à une porte. Sur le seuil, il discuta avec une femme dont nous ne distinguions que la longue jupe, puis il revint en courant.

— Une deuxième pièce, s'il te plaît, Jacob.

— Quoi ! Ils sont bien exigeants !

Le sergent tendit l'écu à Etienne, qui repartit rapidement vers la chaumière. Quelques minutes plus tard, il était de retour.

— Alors ? On va où ? demanda Jacob, impatient.

— Nous sommes dans la bonne direction. Il nous suffit de suivre ce canal jusqu'au bout.

Cinquante mètres plus loin, la voie d'eau aboutissait à une petite écluse, sous une rangée de peupliers. Etienne bondit sur la rive.

— Tout le monde descend !

En grimpant sur le rebord en pierre, nous aperçûmes la silhouette immobile et à demi dénudée d'une Diane chasseresse. Derrière elle, se reflétant dans un parterre d'eau, se dressait un château.

— Quoi ! s'étrangla Jacob. Ils ont demandé deux écus pour cinquante mètres de trajet !

Etienne gloussa.

— Mais non ! C'est moi qui ai augmenté le tarif quand j'ai vu la misère de cette famille. Je ne pense pas que Cornelis remarquera la différence. Tandis que ces enfants faméliques, si !

— Cet argent devait nous aider à circonvenir des valets, protesta Jacob.

L'adolescent haussa les épaules.

— Il nous en reste bien assez comme ça.

— Tu as eu raison, Etienne, m'empressai-je de dire.

Tout en discutant à voix basse, nous traversâmes un petit jardin à la française, planté de buis miniatures qui encadraient des fleurs. Le gravier des allées crissait sous nos pas et meurtrissait mes pieds nus. Après Diane, nous croisâmes Apollon, le dieu des arts auquel je devais le prénom de ma première vie. Je détournai la tête de la statue. Je ferais mieux de l'oublier tout à fait, cette Apollonia Orazeschi qui s'était crue plus chanceuse que toutes les autres femmes du monde...

Peu à peu, la silhouette du château se précisa : une façade lisse et quelques fenêtres étroites, perchées près du sommet. De ce côté-ci, les marais environnants qui empêchaient le passage des chevaux rendaient inutile la surveillance. Les soldats étaient postés un peu plus loin, sur un chemin de ronde qui reliait la forteresse médiévale à ses dépendances, protégeant l'entrée principale sur la route et l'accès secondaire vers les jardins.

Tournant sur lui-même, Etienne repéra un aulne immense et en retrait, dont l'écorce épaisse était traversée de rides profondes.

— Cachez-vous et attendez-moi. Je pars en reconnaissance.

Des buis avaient été taillés de façon à imiter une succession de vasques reliées entre elles par un muret. Jacob, Paul et moi nous accroupîmes derrière. Après avoir mis la lunette de William au fond de sa poche, Etienne traversa le jardin en direction de l'arbre centenaire, puis il retira son tricorne et ses chaussures. Posant ses mains et ses pieds dans les rides de l'arbre, il s'agrippa et se hissa, le corps collé au tronc, jusqu'à disparaître dans les feuillages obscurs.

Un long moment plus tard, il redescendit, tâtonnant pour trouver ses prises, accompagné par le regard inquiet de Paul. Dès qu'il nous eut rejoints, nous l'interpellâmes :

— Alors ? Tu as vu quelque chose ?

— Eh bien, grâce à la lunette, j'ai d'abord aperçu un moine dans ton genre, frère Paolo. Il traversait la cour en direction de la forteresse. Ensuite, j'ai pointé l'appareil sur la fenêtre qui se trouvait en face de moi.

Derrière, un deuxième moine, vêtu lui aussi d'une tunique grise, est assis devant une table et il écrit.

— As-tu remarqué la forme de son capuchon ?

— Long et pointu, comme le tien.

— Ces capucins sont partout, conclut Jacob en me regardant.

A la queue leu leu, nous longeâmes les buis jusqu'à un long escalier de pierre qui montait vers la cour intérieure du château. En haut étaient postées plusieurs sentinelles.

— Impossible d'aller plus loin sans nous faire repérer, dit le sergent. Alors, que faisons-nous ?

Du bout des doigts, je touchai la fausse missive papale, suspendue à mon cou à l'aide d'une cordelette. Puis je levai la tête vers le ciel parcouru de nuages et dominé par une grosse lune blanche.

— Ce lieu semble peuplé de capucins... qui se promènent seuls, y compris la nuit. Je vais donc faire comme eux. Retournez à la barque et attendez-moi. La réaction du moine sur le ponton nous a montré que nous ne sommes pas les seuls à avoir emprunté ce chemin jusqu'à Mouille-Mollets. Je vais monter cet escalier, me présenter comme un émissaire du pape et demander à rencontrer un archiviste du roi.

Je croisai le regard inquiet de mes compagnons, qui convinrent cependant que j'avais raison. J'attendis qu'ils aient disparu en direction de l'écluse, puis je gravis les marches lentement, afin de laisser aux soldats le temps de me voir arriver et de reconnaître mon froc.

— Halte ! Qui va là ?

— Frère Paolo, moine capucin. Je...

Ces quelques mots eurent un effet magique et prudemment je n'en dis pas plus. Je n'eus même pas besoin de montrer la lettre que je portais. Les gardes s'écartèrent pour me laisser passer et m'indiquèrent l'entrée de la forteresse, de l'autre côté de la cour. Après le gravier des allées, mes pieds nus savourèrent la douceur des pavés arrondis.

Sur le perron, à la seule vue de mon costume, un mousquetaire m'invita à entrer en poussant la porte épaisse et lourde. Il me confia au garde du corps qui se tenait de l'autre côté.

— Conduis-le chez le père Joseph, lui ordonna-t-il, à ma grande surprise.

Qui était le père Joseph ? Je n'en avais aucune idée. En tout cas, l'heure tardive de ma visite ne semblait les inquiéter ni l'un ni l'autre.

La fraîcheur des dalles me fit tressaillir. Sur les côtés, j'aperçus de longs corridors sombres qui s'enfonçaient dans l'obscurité. Devant moi, un escalier de marbre, droit et large, était éclairé par une succession de chandelles accrochées au mur. Aucun bruit ne me parvenait. Le garde me précéda dans l'escalier où mes pas mesurés m'aidèrent à contrôler ma peur.

Sur le palier se tenait un autre garde du corps, qui portait le même uniforme bleu et rouge. Il me désigna la porte de droite et, le cœur battant, je grattai doucement le bois sculpté. Par chance, la fréquentation des cardinaux romains m'avait appris les règles de politesse ; je savais que frapper aurait été inconvenant.

La porte s'ouvrit sur une servante au visage jaune, creusé de rides, sinistre.

— Le père Joseph se trouve ici.

Et, sans plus de façon, elle me poussa en avant, dans la lumière vivante d'une belle flambée. Le moine capucin assis à la table ne prêta d'abord aucune attention à mon entrée. Il semblait entièrement concentré sur les phrases qu'il écrivait d'une haute écriture tourmentée. La fierté de son attitude, qui contrastait si fort avec la modestie de son costume, me fit comprendre que, malgré les apparences, j'avais affaire à un personnage important. Selon les règles de la civilité, j'attendis donc qu'il me remarque.

La vieille servante alla s'asseoir dans un coin. Sa tête dodelina, tandis que je me balançais discrètement d'un pied sur l'autre. Elle eut le temps de s'endormir sur son siège avant qu'un bref éclair de rage et de triomphe mêlés n'illumine le visage du moine. Sa plume posée, enfin il leva la tête vers moi.

Ses immenses yeux noirs que n'adoucissait aucun cil semblaient enflammés par la fièvre. Il me regardait sans me voir, contemplant à travers moi un spectacle exaltant. Il murmurait ce qui ressemblait à des vers :

— *Au Mars parmi le monde, à mon Roi que la guerre Chérit non comme Mars, mais comme un dieu sur terre...*

Comme je regrettais d'être là, en face de cet homme inquiétant ! Comme j'aurais aimé pouvoir m'éclipser ! Mais c'était impossible. J'esquissai un pas en arrière ; son visage tressaillit et, enfin, il me remarqua. Il fronça les sourcils.

— Tiens, tiens, on m'envoie des novices maintenant !

Ma jeunesse ne sembla pas l'attendrir, mais au

contraire l'inquiéter. Il se pencha vers moi à travers la table.

— Luttes-tu tous les jours contre Satan, mon frère ?

Je n'avais pas la moindre idée de ce qu'il voulait dire, mais je m'empressai d'acquiescer.

— Bien. N'oublie jamais que le moindre péché permet à Lucifer de s'engouffrer en toi et ensuite de te hanter. La mort peut te frapper à n'importe quel moment. Et ton salut dépend de l'état de ton âme à cet instant fatal.

Terrorisée par son regard fiévreux, je hochai la tête de plus belle. Il se leva et s'approcha de moi.

— L'obéissance... L'obéissance à tes supérieurs est la clef de voûte de la sainteté.

L'esprit paralysé, j'étais incapable d'imaginer un moyen de m'enfuir. Mais soudain, alors que je m'y attendais le moins, sa voix s'adoucit.

— Comment t'appelles-tu ?

— Frère Paolo, mon père.

— D'où viens-tu, frère Paolo ?

— De Rome, mon père.

— Ah, ah... Est-ce mon vieil ami, le premier secrétaire du nonce Spada qui t'envoie ?

J'eus le réflexe de ne pas le contrarier.

— Oui, mon père.

Il se pencha vers moi, l'air très intéressé. A ma grande surprise, il poursuivit la conversation en italien.

— Comment se porte Sa Sainteté le pape Urbain VIII ? La dernière fois que j'ai eu l'honneur d'être reçu par lui, il était en excellente forme.

S'il connaissait le pape en personne, je préférai ne pas lui montrer ma lettre d'introduction, qu'il saurait peut-être reconnaître comme un faux.

— Il se porte à merveille, mon père.

— Parfait. Louons Notre-Seigneur d'offrir à son Eglise, en ces temps troublés, un berger solide. Alors, ne me fais pas languir : notre Saint-Père est-il toujours acquis à notre idée, inspirée par Dieu, de nouvelle croisade contre les Turcs ?

— Tout à fait, mon père.

— Bien. Voit-il en notre roi de France, fils aîné de l'Eglise, celui qui mènera la sainte guerre des chrétiens ?

D'un seul coup, je compris. Le père Joseph me prenait pour l'émissaire d'un espion, placé dans la curie romaine, et chargé d'apprendre au gouvernement français les opinions du pape. Malgré le danger que cela me faisait courir, je ne voyais pas d'autre solution que d'entretenir le malentendu.

— Il dit en être fort satisfait.

Le visage du moine exprima un étonnement profond. J'avais sûrement dit une bêtise. Pris d'une inspiration, je précisai :

— Cela me surprend tout autant que vous, mon père. Mais j'imagine que vous, vous devez comprendre pourquoi.

Ses grands yeux se plissèrent et il caressa sa barbe. Il resta un moment silencieux avant de suggérer :

— Le premier ennemi du Saint-Père est turc, et celui-ci est aux portes de l'Italie... Malgré la résistance inattendue des huguenots de La Rochelle, le pape croit en la victoire proche de Louis XIII et au prompt rétablissement de l'unité catholique du royaume de France. Ensuite, l'écrasement des Habsbourg d'Autriche sera la seule voie possible vers une Europe unie contre les Infidèles...

— Certainement, mon père.

— L'alliance entre la France catholique et les princes protestants d'Allemagne pourrait préfigurer cette union chrétienne de l'Europe, au-delà des querelles entre Réforme et Contre-Réforme...

Je m'empressai de l'approuver :

— C'est exactement ce qu'a expliqué le Saint-Père au nonce Spada.

Mon interlocuteur eut un large sourire.

— Eh bien, voilà une excellente nouvelle ! Le cardinal de Richelieu, qui dort dans l'appartement voisin, sera ravi d'apprendre ça à son réveil.

Je soupirai de soulagement. S'écartant enfin de moi, il alla s'asseoir dans un fauteuil devant la cheminée. Bien qu'un deuxième fauteuil me tendît les bras, il ne pensa pas à me le proposer.

— Frère Paolo, le secrétaire du nonce t'a-t-il chargé d'une requête, d'une question pour moi ?

— Eh bien... C'est sur un tout autre sujet, mon père.

— Vas-y. Je suis en quelque sorte l'oreille et les yeux du cardinal de Richelieu. Nos frères les capucins confessent les grands de ce monde et, grâce à eux, je suis l'un des hommes les mieux renseignés d'Europe. Alors, si l'information que tu demandes sert les intérêts du Saint-Père autant que ceux de la France, je te la donnerai volontiers. Je n'ai qu'une ambition : l'unité de la chrétienté, dont mon roi Louis XIII est le soleil, dont le cardinal de Richelieu est le rayon principal, et dont je ne suis qu'un humble rayon secondaire.

— Merci, mon père. Voilà : afin de favoriser l'unité entre le Saint-Siège et le roi de France, le nonce Spada aimerait offrir à Son Excellence Urbain VIII, de la part de Sa Majesté Louis XIII, une copie des cartes que celui-ci possède sur l'océan Pacifique.

— L'océan Pacifique ! Seigneur Jésus ! Est-ce que le pape a pris à cœur les velléités des Jésuites de convertir les sauvages du bout de la terre ?

— C'est ce que j'ai compris, mon père.

— Eh bien, je leur souhaite bonne chance. Mes capucins ont déjà fort à faire avec l'Anatolie, la Grèce et l'Afrique du Nord. Enfin, pour répondre à ta question...

Nerveusement, le père Joseph tira sur les boucles de sa barbe.

— Je dois reconnaître... que je n'en ai aucune idée.

Il frappa dans ses mains. La vieille servante se leva d'un bond.

— Réveillez M. de Petitpré. Faites-le venir immédiatement.

Elle s'inclina et, peu après, entra un homme aux cheveux ébouriffés, aux joues couvertes de poils et à l'habit de travers.

— Monsieur de Petitpré, dites-moi : Son Altesse Royale possède-t-elle dans ses archives quelque carte du Pacifique ?

L'homme s'inclina aussitôt.

— Aucune, mon père.

— En êtes-vous sûr ? Et le fameux atlas de Guillaume Le Testu, de l'école du Havre ?

— C'est une œuvre superbe, mais complètement périmée, mon père. Elle ne contient rien de fiable sur le Pacifique.

— Personne n'a réussi à compléter son travail ?

— Aucun explorateur français ne s'est jamais lancé sur cet océan.

— Et le fameux Jacques Cartier ?

— Permettez-moi de vous rappeler, mon père, qu'il a exploré la façade est de l'Atlantique Nord.

— Il n'a jamais traversé ce nouveau continent pour aller voir de l'autre côté ?

— Non, mon père.

— Voilà qui est fort ennuyeux. J'aimerais seconder le Saint-Père qui se montre si bienveillant à notre égard. Et, pour ses missionnaires, il a besoin d'informations sur le Pacifique.

— Puis-je me permettre une suggestion, mon père ?

— Allez-y, monsieur de Petitpré.

— Offrez donc au Saint-Père une édition originale de *L'Histoire de la Nouvelle-France*, de Marc Lescarbot. Sa Majesté en possède deux exemplaires identiques. Dans ce volume récent, fort bien documenté, on peut lire un récit détaillé des voyages de Jacques Cartier. Nul doute que le Saint-Père y trouvera des conseils judicieux pour ses navigateurs en mission. La traversée d'un océan doit être une aventure similaire, qu'on soit sur l'Atlantique ou sur le Pacifique.

Le père Joseph fit la moue.

— Vous n'avez vraiment rien d'autre ?

— Non, mon père, j'en suis désolé.

— Alors, apportez-moi ce livre et, ensuite, vous pourrez disposer.

L'archiviste royal disparut. Puis il revint, tenant à la main un épais volume de cuir gravé d'or. Le père Joseph me le tendit.

— Voilà, frère Paolo. Dites au premier secrétaire du nonce Spada que ce récit de voyage, gracieusement offert par Louis XIII à Sa Sainteté Urbain VIII, sera d'une lecture précieuse pour ses missionnaires jésuites. Ajoutez donc que, par ailleurs, Sa Majesté Louis XIII est à deux doigts de vaincre l'hérétique La Rochelle. D'après mes informateurs, les huguenots tombent dans les rues comme des mouches. Dès que notre roi aura achevé l'unification catholique de la France, il mettra toute son énergie dans la défense de la chrétienté contre ses ennemis extérieurs.

Le livre en main, je me levai et m'inclinai. La servante m'ouvrit la porte. Je descendis l'escalier de marbre d'un pas digne et le cœur battant toujours la chamade. Si l'archiviste avait dit vrai – et je ne voyais pas pourquoi il aurait menti – cette rencontre imprévue avec le père Joseph m'avait évité bien des démarches inutiles. Mais, moi qui croyais tout connaître des turpitudes de certains gens d'Eglise – leur indifférence à l'égard des misérables, leur goût du luxe, leur népotisme –, je n'aurais jamais imaginé que certains utilisaient même la confession pour espionner les cours royales ! La reine Henriette-Marie d'Angleterre avait bien raison de choisir elle-même son confesseur... Qui était pourtant un capucin français... Un espion de Richelieu ?

Poussant la porte, je saluai le soldat qui montait la

garde. Puis, à pas posés, les mains jointes sur le récit de voyage comme s'il s'agissait d'une bible, je me dirigeai vers l'entrée du jardin. Je comprenais enfin les paroles du moine aperçu sur son ponton : « C'est un grand péché de mêler les affaires de Dieu à la politique des hommes. » Il m'avait pris pour l'un des espions du père Joseph.

J'étais au milieu de la cour lorsque surgit un cheval au galop, monté par un gentilhomme dont la tunique était ornée d'une fleur de lys : un mousquetaire de la garde personnelle du roi de France. Je me figeai. À cet instant, poussé par le vent, un épais nuage sembla avaler la lune. Le mousquetaire sauta à bas de son cheval, tendit les rênes au garçon d'écurie qui accourait et marcha à grands pas vers moi. Il s'écria d'une voix haletante :

— J'ai pour vous un message de la plus haute importance ! Bouquincan vient d'être assassiné !

Dans la pénombre, j'acquiesçai plusieurs fois, comme si l'énormité de la nouvelle me plongeait dans des abîmes de réflexion. En réalité, ce nom me disait quelque chose, sans que je parvienne à me souvenir où je l'avais entendu. Le gentilhomme s'avança vers le donjon puis se retourna, s'attendant à ce que je lui emboîte le pas.

— Ne pensez-vous pas que ce rebondissement incroyable justifie qu'on réveille Son Excellence, le cardinal de Richelieu ? Vous seul pouvez le faire sans déclencher son courroux !

Je compris enfin sa méprise.

— Je ne suis pas le père Joseph, monsieur. Celui-ci se trouve à l'intérieur du château.

Sans plus me prêter attention, le mousquetaire s'éloigna à grandes enjambées. Devant l'escalier qui menait au jardin, les gardes me reconnurent et me laissèrent passer. Je le dévalai, traversai le jardin et me hâtai de rejoindre mes compagnons à côté de l'écluse.

— Filons d'ici, dis-je à voix basse.

Il n'aurait pas fallu qu'un espion authentique vienne contredire mes affirmations sur les opinions du pape. Etienne dénoua rapidement le nœud qui retenait notre embarcation et Jacob saisit la perche. À petite vitesse, nous repartîmes sur le canal, sans autre bruit que le léger chuintement de la barque qui glissait sur l'eau. Nous passâmes les masures, puis, plus loin, le ponton du monastère.

— Alors, frère Paolo, demanda enfin Jacob, es-tu entré en relation avec un archiviste ?

— Mieux que ça : j'ai obtenu toutes les informations que le roi de France possédait sur le Pacifique, c'est-à-dire rien. En guise de lot de consolation, on m'a offert le récit de voyage d'un explorateur du nord de l'Atlantique.

— Quoi ? Aucun intérêt !

— Il paraît qu'il contient quelques informations utiles sur les voyages maritimes en général...

— Les Français n'ont jamais mis les pieds dans le Pacifique ? s'étonna Etienne. Pourtant, on a de bons marins, chez nous.

— Lancer une expédition lointaine dans des mers inconnues coûte cher, fit remarquer Jacob. Très peu de gens ont la fortune des gouverneurs de la VOC. Les marins de ton pays n'ont sans doute pas su susciter l'intérêt de leur roi.

— Il semblerait surtout que la France se soit concentrée sur la découverte du nord de l'Amérique..., dis-je.

— Alors, espérons qu'Alonso a raison, et que les archives espagnoles seront particulièrement riches... Il serait bien périlleux de partir à l'aveuglette sur un océan qui occupe la moitié du globe !

— Par ailleurs, continuai-je, au moment où je traversais la cour, quelqu'un est venu annoncer qu'on avait assassiné un certain Bouquincan... Conn...

Les cris horrifiés d'Etienne et Paul me coupèrent la parole :

— Assassiné !

— Bouquincan ! Oh, non !

— Qu'y a-t-il ? Qui est-ce ?

— Buckingham !... Le bras droit de Charles Ier d'Angleterre... Celui qui dirige la flotte qui devait secourir La Rochelle ! Son nom est difficile à prononcer pour beaucoup de Français...

— Cette fois, s'exclama Paul, nos parents sont perdus ! Bouquincan était notre seul espoir...

Etienne serra son petit frère contre lui :

— Oh, Paul ! C'est terrible, mais il est probable qu'ils étaient déjà morts... Tu te souviens qu'en mars il ne restait plus à manger que les rats de la cave.

— Mais j'espérais...

— Oui, je comprends. Moi aussi, je préférais espérer...

Ils se turent. La barque plate glissait sur l'eau noire et son chuintement semblait s'être transformé en plainte.

Bouleversée, je pensais aux milliers d'habitants de La Rochelle, aux millions d'autres dans l'Europe entière, qui « tombaient comme des mouches », prisonniers de guerres qu'ils n'avaient pas voulues. Ce père Joseph, bras droit de Richelieu, et qui se croyait le serviteur de Dieu, était intolérant et insensible aux malheurs des hommes, tout autant que son ennemi, le maire huguenot de La Rochelle. Chez ces deux religieux, le catholique et le protestant, la foi n'éveillait aucune compassion pour leurs semblables ; elle leur offrait juste la certitude qu'ils avaient raison.

13

La disparition de Séville

L'Espérance quitta la baie et abandonna La Rochelle a son triste sort. Lors de ma leçon d'escrime, j'avais le cœur serré et l'esprit ailleurs, ce que Vasco n'apprécia pas.

— Alors, moinillon ! J'ai pas que ça à faire, moi ! Tu te réveilles un peu, ou bien tu préfères te remettre tout de suite à l'enluminure ?

— Non, non, monsieur Vasco ! J'apprécie vos leçons !

— Alors, prends la peine de dérouiller tes jambes, et tu deviendras peut-être un escrimeur digne de ce nom.

L'entraînement terminé, j'allai chercher mon attelle, des fusains et des feuilles de papier. Je m'installai près de Paul, assis sur le pont de la proue, dans l'espoir de le distraire. Depuis notre retour de Mouille-Mollets, le jeune Français n'était plus que l'ombre de lui-même. Lui qui auparavant craignait si fort de quitter son frère d'une semelle restait maintenant, les bras ballants, le visage ravagé, là où Etienne le conduisait – un endroit sûr, en vue de tous.

Le sujet de mon premier dessin était tout trouvé : à nos pieds, pour un public de soldats désœuvrés, Alonso se déchaînait sur sa vihuela dans une folle course-poursuite de notes déchirantes. D'un trait vif et précis, je dessinai le visage barbu penché comme un amoureux vers sa belle sur la rosace marquetée... Les épaules chétives arrondies autour de l'instrument à la taille cintrée... Les doigts sans beauté transfigurés par leur danse sur les cordes... Comme cette musique me touchait ! Comme elle exprimait les noires pensées qui me hantaient ! Etrange phénomène : le nain jouant de son instrument me devenait beaucoup plus sympathique que sans sa vihuela...

Soudain, sentant qu'on me regardait, je tournai la tête. Debout à la barre, le capitaine me contemplait d'un air pensif, comme s'il s'interrogeait de nouveau à mon sujet. Une chaleur intense me monta aux joues et je m'empressai de me concentrer à nouveau sur le dessin, esquissant les silhouettes assises ou allongées des soldats autour d'Alonso.

Depuis le début de notre voyage, j'avais changé d'avis sur le nain dont la musique parlait à mon cœur, sur Jacob, que j'avais découvert aussi ennuyeux que sympathique, et sur William, dont je ne cessais de rechercher la compagnie. Au contraire, concernant Hans Michielszoon, chaque jour qui passait ne faisait que renforcer ma première impression : celle d'un homme droit et solide, dont les bras m'attiraient comme le nord l'aiguille de la boussole...

La nuit, il m'arrivait souvent de rêver d'une autre vie,

qui n'aurait été ni celle du moine frère Paulo ni celle de la peintre Apollonia. Une vie où, cette fois, l'amour ne m'aurait pas été interdit... Mais ne s'agissait-il pas d'égarements inutiles ? Même si le continent inconnu comblait mes plus folles espérances, quelle serait la réaction du capitaine lorsqu'il découvrirait mon identité de femme ?

Perturbée par mes sentiments, je fus heureuse de voir arriver William, sa lunette sous le bras. Pour une fois, l'autre gentilhomme, Francis, ne l'accompagnait pas. Il s'accroupit près de l'adolescent français.

— Bonjour, Paul. Comment vas-tu ?

Celui-ci baissa la tête.

— Je comprends très bien ton chagrin, dit doucement William. J'étais à peine plus âgé que toi quand je suis devenu orphelin. Je me souviens combien j'étais révolté d'avoir survécu... Je ne m'en remettrai jamais complètement, mais, aujourd'hui, j'apprécie d'être vivant. D'être là, parmi vous, mes amis, sous ce beau ciel bleu, en route pour une aventure extraordinaire.

Le gentilhomme serra tendrement l'épaule de l'adolescent, puis se tourna vers moi.

— Et toi, frère Paolo ? T'es-tu remis des émotions de la nuit dernière ?

— Hum... Je garde le cœur triste. Toutes ces guerres entre les hommes... Ce goût pour la puissance...

— L'homme est une créature extraordinaire, dans le bien comme dans le mal. Comment se porte ta blessure au cou ?

— Oh, elle est sans gravité... Et Francis ? Il ne s'intéresse plus à ce qu'on voit dans votre tube magique ?

— Il est souffrant... Il a préféré rester au fond de sa couchette.

— Par ce temps calme ?

— Il ne s'agit pas du mal de mer, cette fois-ci, mais d'une forte fièvre.

Levant le regard de mon dessin achevé – le visage des soldats simplement évoqué par quelques traits rapides qui suffisaient à montrer leur mélancolie –, je remarquai les poches violacées qui cernaient les yeux du gentilhomme.

— Vous-même ne semblez pas très en forme, William.

Il se redressa et alla s'accouder à la rambarde.

— Je suis moins atteint que Francis. Et, pour me guérir, je préfère le vent du large aux saignées.

— Est-ce que Francis a besoin de saignées ?

— Ce n'était qu'une façon de parler ! Heureusement pour lui, il n'y a pas de médecin à bord. Te souviens-tu, frère Paolo, que Cornelis nous a chargés, lui et moi, de notre santé à tous ?

— Oui. Et même que l'idée de jouer les chirurgiens ne vous enchantait guère.

— Pourvu que le ciel nous épargne cette épreuve ! Tiens, Paul, veux-tu regarder dans mon tube et me dire ce que tu vois, pour que j'en prenne note dans le livre de bord ?

Mais l'adolescent refusa d'un signe de tête. Nous nous tûmes un instant. Pour nous changer les idées à tous les trois, je me mis à dessiner notre rencontre avec les pirates de Dunkerque, puis le palais de Whitehall et la scène de *La Tempête*.

— Voyez-vous quelque chose dans votre lunette, William ?

— Du bleu à droite... du bleu à gauche... du bleu en bas... du bleu en haut.

— Sommes-nous loin des côtes espagnoles ?

— Si le temps ne change pas, nous atteindrons Séville dans une semaine. Seras-tu volontaire pour une nouvelle aventure, frère Paolo ?

Séville !... N'était-ce pas dans cette ville que résidait le vieux peintre humaniste Francisco Pacheco, l'ami de mon père qui avait remarqué mon talent ? Pourrais-je profiter de cette occasion pour le revoir ? Bien sûr, ce serait dangereux, mais comment résister ? Je me sentais si seule...

— Je n'y manquerai pas.

Le gentilhomme tourna sa lunette dans ma direction et m'observa à travers le verre grossissant.

— Frère Paolo ! s'exclama-t-il en souriant. On dirait que tu as pris goût à l'action ! Sais-tu que tu es vraiment très étonnant, comme moine ?

*

Dans les jours qui suivirent, Alonso se mit à enchaîner sur sa vihuela des sortes de rondes pour marins fous, emplies de pincements de cordes aigres et saccadés qui nous portaient sur les nerfs.

A l'occasion d'un déjeuner, Francis reparut, tenant à peine sur ses jambes, les cheveux sales, les joues creuses, les yeux gonflés. Tandis que Pouteh nous servait en silence, je contemplai mes compagnons autour de la table. Le désespoir du jeune Paul avait déteint sur son frère Etienne ; la maladie avait atténué l'entrain de William et pompé l'énergie provocatrice de Francis ; Jacob s'était enfermé dans un mutisme de plus en plus marqué ; ma propre bonne humeur n'était qu'un leurre ; et même Cornelis semblait maintenant rongé par le doute.

En dehors du capitaine et de son second qui menaient le navire sans états d'âme, une personne était pourtant restée égale à elle-même, comme si nos aventures n'avaient pas plus d'effet sur elle qu'une averse sur les plumes d'un canard. Le visage maussade et l'œil éteint, aujourd'hui vêtue de velours bleu, la monumentale Saskia avalait comme d'habitude une quantité astronomique de pâtés, de pains, de viandes, de gâteaux... La jeune fille semblait hors d'atteinte, perdue dans ses propres sentiments, indifférente à l'aventure que nous vivions. Rien ne variait jamais chez elle, si ce n'était la couleur de sa robe et de son chapeau.

Sa robe et son chapeau... Mais oui ! Comment n'y avais-je pas pensé plus tôt ? Je me tournai vers elle.

— Savez-vous, mademoiselle Saskia, que les parents d'Etienne et Paul tenaient une boutique d'étoffes ? J'ai cru comprendre que, très tôt, Etienne rêvait d'aventures maritimes. Mais ce n'était pas le cas de son petit frère, qui se passionnait pour les tissus merveilleux qu'on fabrique de nos jours. Il paraît qu'il n'avait pas son pareil pour accorder une couleur à un teint ou à une personnalité.

Sans lever la tête, Saskia cessa de mastiquer. Paul rougit, des larmes dans les yeux. Au quart de tour, Etienne prit le relais :

— Exactement, frère Paolo ! Tous les clients s'arrachaient mon petit frère. Sans compter qu'il savait à merveille recoudre un ourlet déchiré ou un bouton arraché.

— On en apprend tous les jours, bougonna Francis.

William contempla le blondinet en souriant.

— Ce petit bonhomme a donc de la ressource... Tu as sûrement noté, Paul, à quel point mon pourpoint était usé. Dès que nous serons devenus de grands personnages sur le continent inconnu, j'ai bien l'intention de m'en faire fabriquer un nouveau. Mais le même que celui-ci ? Ou bien un différent ? Aurais-tu des conseils à me donner ?

L'enfant hésita. Et puis, d'une voix enrouée, il murmura.

— La coupe en est parfaite, monsieur. Pour vous, cependant, de manière idéale, j'aurais imaginé une teinte légèrement plus claire que ce rouge et ce jaune orangé : du corail, du rose tendre, ou même un parme doux. La blancheur parfaite de votre peau doit être traitée avec la plus grande délicatesse.

William sembla stupéfait ; il éclata de rire.

— Comme ce diagnostic est joliment tourné ! Et je ne serais pas étonné qu'il soit fort juste, même si personne n'a jamais osé me tenir un discours aussi franc. C'est décidé, jeune Paul, je ferai appel à tes services dès que j'aurai les moyens de renouveler ma garde-robe.

Le garçon inclina la tête. Alonso posa sa vihuela et trottina jusqu'à lui, assis de l'autre côté de la table.

— Regarde, Paul ! As-tu remarqué l'état de mon costume ? J'ai des trous là, là, et encore là.

Du bout des doigts, l'enfant caressa le tissu, puis en retourna un pan.

— Belle facture... digne d'un prince, monsieur Alonso. J'ai rarement eu l'occasion de toucher une soie aussi fine. Si vous le voulez, et puisque votre pourpoint possède des ourlets bien larges, je pourrais en découper quelques pièces pour vos coudes et vos genoux.

— En voilà une excellente nouvelle ! exulta le nain musicien.

Je sursautai : sous la table, la main d'Etienne serrait mon genou pour me remercier. Pratiquer une activité qu'il aimait aiderait Paul à survivre à son chagrin.

— Paul, suis-moi, s'il te plaît. J'ai de petits travaux à te confier. En couture, Pouteh ne sait vraiment pas s'y prendre.

C'était la première fois que j'entendais la voix de Saskia, qui était douce et plaintive. Etienne me lança un regard de triomphe.

*

Dans les premiers jours de septembre, enfin, la lunette nous dévoila les premières côtes de la péninsule Ibérique. Sans décoller l'œil de son appareil optique, William fit de grands gestes de sa main libre.

— Frère Paolo, viens vite voir !

Curieuse, je me précipitai. Il me tendit le précieux tube et m'aida à le diriger vers une imposante forteresse, qui semblait ne faire qu'un avec le promontoire rocheux qu'elle dominait.

— Sagres ! Le point de départ de toute l'aventure

maritime du Portugal et même de l'Europe ! Il y a deux siècles, Henri le Navigateur y a organisé de façon systématique l'exploration des mers inconnues. Ce roi très pieux et chaste, paraît-il, s'est mis à contester la manière dont les géographes chrétiens voyaient la Terre : une sorte de grand T tout plat, avec trois continents seulement : l'Europe, l'Asie et l'Afrique, séparés par la Méditerranée et entourés par la « mer océane ». Il a décidé que ses cartographes ne travailleraient plus d'après les descriptions de la Bible, mais à partir des observations que faisaient les voyageurs ! Très choquant, n'est-ce pas, frère Paolo ?

Je souris.

— La suite des événements semble lui avoir donné raison...

— Et comment ! C'est son obstination qui a permis la mise au point des caravelles, de l'arbalète, du quadrant et des tables de navigation que nous utilisons aujourd'hui. C'est lui qui a contraint ses pilotes terrorisés par des légendes à descendre le long des côtes africaines, à franchir le cap de Bonne-Espérance, puis à traverser l'océan Indien, ouvrant une nouvelle route vers les épices et la soie !

Pendant que William s'enthousiasmait, notre navire virait sur son flanc. Lentement, il contourna la forteresse qui marquait l'avancée extrême du continent européen sur l'Atlantique.

— Mais, William, pourquoi ne pas nous rendre à Sagres ? Ses archives doivent être passionnantes !

— Elles l'étaient. D'après les informateurs de M. Van Vliet, ses documents ont été récupérés par Philippe IV d'Espagne.

Un peu plus tard, sous une écrasante chaleur humide, nous nous engagions dans le golfe de Cadix, en proie à de violentes marées d'équinoxe. *L'Espérance* rebondissait durement sur l'eau aux reflets métalliques. Mon estomac résistait mieux qu'avant au mal de mer, mais, cette fois, il était mis à rude épreuve.

— Au moins, avec cette mer démontée, nous avons une chance d'éviter les pirates d'Alger ! s'exclama le gentilhomme de Cambridge, qui s'accrochait à la rédaction de son livre de bord.

Discrètement, je lançai un regard admiratif en direction du capitaine qui tenait le gouvernail d'une main puissante et nous dirigeait au milieu des déferlantes.

Tout à coup, aux tumultes de l'océan succéda un étrange calme orageux. Dans les premiers grondements du tonnerre, nous aperçûmes l'embouchure du Guadalquivir. Sous un ciel qui noircissait à vue d'œil, *L'Espérance* se dirigea vers le fleuve, puis commença à remonter ses eaux sombres et tourbillonnantes. Nous vîmes un premier éclair frapper le grand mât d'un galion espagnol qui nous précédait.

Aussitôt, Hans Michielszoon ordonna la jetée de l'ancre dans une baie où s'étaient déjà réfugiés plusieurs navires. Mousses et matelots expérimentés grimpèrent dans les haubans malgré la foudre qui déchirait le ciel. Dès que les voiles furent repliées, ils coururent se réfugier dans la cale avec leurs camarades. Tous les officiers regagnèrent la salle à manger. Sous les fenêtres, les éclairs illuminaient le fleuve et la lueur des chandelles en paraissait toute pâlie. Tandis que Pouteh nous apportait des carafes de vin, le capitaine suggéra de mettre à profit cette escale forcée pour dresser les plans de notre prochaine expédition.

Agrippé aux rebords de la table, Alonso glapissait :

— Vous allez voir ce que vous allez voir ! Louis XIII de France et Charles Ier d'Angleterre ne sont que des roitelets amateurs à côté de Philippe IV d'Espagne ! Mon pays est le plus puissant du monde ! Sur son empire, le soleil ne se couche jamais !

— Est-ce vrai, frère Paolo ? me demanda Etienne.

— Je crois. La colonisation des Amériques a apporté à l'Espagne des richesses fabuleuses. Du coup, elle est devenue le pays le plus puissant d'Europe. Par exemple, elle domine presque entièrement ma terre d'origine, la péninsule Italienne.

— Et comme si la moitié du monde ne lui suffisait pas, intervint Francis en repoussant sa chevelure en arrière, le grand-père du roi actuel a ajouté à sa couronne celle du Portugal, qui possède l'autre moitié du monde.

— Vous exagérez sûrement, Francis, protesta Etienne.

— Pas du tout, mon garçon. Ne sais-tu pas que, il y a un bon siècle, à Tordesillas, le pape de l'époque a partagé le monde entre la couronne d'Espagne et celle du Portugal ?

— Il a partagé le monde ! s'écria Etienne, les yeux ronds. Entre deux pays seulement ! Quel culot ! Et les autres, alors ?

Amusé, Francis se leva pour allumer sa pipe à la flamme d'une chandelle. William lança un clin d'œil à l'adolescent.

— Mon cher Etienne, entre la théorie et la pratique,

il y a parfois un abîme – et heureusement. De nombreuses terres lointaines ignorent toujours qu'elles ont été offertes à l'un ou à l'autre des souverains d'Europe. Cela dit, le roi Philippe IV possède quand même des richesses incroyables. Grâce à la couronne d'Espagne, il maîtrise une grande partie de l'Amérique et, grâce à la couronne du Portugal, tous les comptoirs fortifiés de la route des épices.

Après avoir tiré plusieurs fois sur sa pipe, Francis vint se rasseoir près de nous.

— Mais il n'est pas facile de régner seul sur un territoire aussi gigantesque... Les tours du monde de Francis Drake et d'Olivier Van Noort ont montré que les monopoles portugais étaient plus fragiles qu'ils ne le paraissaient. A coups de canon, il a été possible de se frayer un chemin entre les forts. Les Hollandais ont été les premiers à s'engouffrer dans la brèche, en conquérant les îles Moluques et en fondant la ville de Batavia. Qui sait si d'autres nations commerçantes ne vont pas être tentées de les imiter ?

— C'est déjà fait, Francis, lui rappela William. Nos compatriotes ont créé des compagnies qui cherchent à conquérir une partie du commerce avec les Indes.

Son ami haussa les épaules.

— Elles ne sont pas très efficaces. Le roi se mêle un peu trop souvent de leurs affaires...

William ouvrit la bouche pour ajouter quelque chose mais, au-dessus de nos têtes, le tonnerre éclata. Dans la même seconde, un choc puissant fit trembler le navire, qui sembla se cabrer comme un taureau frappé par un torero. Touché par la foudre, un arbre massif venait de s'effondrer contre la coque. Cornelis déplia nerveusement le plan d'une ville sur la table.

— Messieurs, voici notre prochaine escale : Séville. C'est dans cette ville que se trouve la puissante Casa de Contratación. Cet organisme possède le monopole du commerce avec les Amériques. C'est là que sont regroupées toutes les archives des voyages maritimes espagnols et portugais.

— Quiconque y pénètre sans autorisation est passible de la peine de mort, précisa Alonso, très agité.

— Et elle se trouve où, exactement, cette terrible Casa de Contratación ? demanda William.

— Dans le palais de l'Alcázar, sur les hauteurs de la ville.

Sur le plan, le négociant pointa un ensemble complexe de bâtiments entourés de jardins, avant de balayer l'assistance de son regard perçant.

— Messieurs, je ne vais pas vous cacher que cette mission est particulièrement périlleuse. Mais c'est votre dernière expédition, et la plus importante. Tout laisse à penser que, cette fois, la récolte sera fructueuse. Munis d'une copie des cartes de Philippe IV, nous pourrons enfin tracer notre route jusqu'au continent inconnu.

— J'en suis, dis-je tout de suite.

J'eus droit au sourire approbateur de Cornelis.

— Bien. Frère Paolo accompagnera donc Alonso, qui fut le bouffon du ministre le plus important d'Espagne, le comte d'Olivares. Les bouffons ne sont jamais mêlés aux affaires, et pourtant ils sont parmi les gens les mieux informés de la Cour. Mais un nain et un moine formeraient à eux seuls un couple étrange, qui risquerait d'attirer l'attirer l'attention. Qui accepterait de les accompagner ?

Dans la lueur incertaine des chandelles, que malmenaient les soubresauts du navire, mes compagnons semblèrent soudain passionnés par les nœuds du bois de la table, les fines volutes dessinées dans le cristal des carafes, la lumière des éclairs sur leurs mains. Ils semblaient ne montrer aucun enthousiasme à braver la loi espagnole, réputée pour son intransigeance, même dans l'espoir de faire fortune à l'autre bout du monde.

— Je me serais volontiers lié d'amitié avec quelque archiviste de Séville, finit par dire William. Histoire de montrer à ces gens que tous les Anglais ne sont pas des pirates. Mais vous vous souvenez de la venue incognito de Charles Ier, il y a quelques années, alors qu'il espérait un mariage avec l'infante Maria ? Afin de découvrir de plus près sa fiancée bien gardée, il a osé sauter par-dessus le mur de son jardin ! Une duègne en aurait eu une crise d'apoplexie. Et certains grands d'Espagne auraient juré de venger leur princesse humiliée. Je crains donc que la présence de gentilshommes anglais sur le sol espagnol ne fasse que compliquer une mission déjà périlleuse.

Francis l'approuva aussitôt. Autant je ne doutais pas du courage de William, autant je commençais à croire que le presbytérien détestait prendre des risques, et que sa bible ne suffisait pas à le rassurer. Une deuxième fois, la foudre frappa à proximité. Bousculée par un remous, *L'Espérance* gémit. Le souffle du choc éteignit les chandelles. A voix basse, Etienne me confia :

— J'aurais tellement aimé t'accompagner, frère

Paolo ! Mais s'il m'arrive malheur, qui protégera mon petit frère ?

— Ne t'inquiète pas, Etienne. Moi aussi, je préfère te savoir avec Paul.

Tandis que Pouteh accourait pour rallumer les chandelles, le sergent Jacob se manifesta, en lissant sa barbe rousse, l'air bien embêté.

— Je vous préviens : je ne connais que trois mots de castillan : *si, no* et *gracias*. En plus, il faudra me trouver une autre tenue que ce pourpoint de cuir. Il empeste le soldat protestant, l'ennemi juré de l'Espagne catholique. Mais bon, si ma présence peut être utile, je veux bien accompagner frère Paolo et Alonso.

Je lui lançai un sourire reconnaissant. Satisfait, Cornelis se frotta les mains.

— Jacob, je vais t'offrir l'habit d'un noble des Pays-Bas espagnols. Ainsi, votre équipe sera complète : un nain bien informé pour dénicher les bons interlocuteurs, un faux noble allié pour entrer en contact avec eux, et un moine catholique pour les rassurer. D'un côté, vous chercherez à vendre les tableaux de ma pauvre Johanna au meilleur prix, de l'autre à acheter une copie des cartes du Pacifique. Alors, Alonso, qui connais-tu à Séville ?

Pas de réponse. Soudain, je réalisai que cela faisait un moment que nous n'avions entendu ni sa voix ni sa vihuela. Nous le cherchâmes des yeux. Comme il n'était pas autour de la table, nous regardâmes en dessous... Il n'y avait personne.

— Qu'on retrouve ce misérable ! hurla Cornelis, plein de fureur. Qu'on fouille le navire dans ses moindres recoins !

— Attendons la fin de l'orage, lui suggéra Hans Michielszoon. Vous ne voudriez pas perdre l'un de vos hommes foudroyé sur le pont, n'est-ce pas, monsieur Van Vliet ? De toute façon, Alonso n'ira pas loin. Il ne sait pas nager.

Malgré sa colère, le négociant finit par entendre raison. Dans une atmosphère lugubre, nous tendîmes l'oreille, jusqu'à ce qu'il soit possible de compter sur les doigts d'une main les secondes entre l'éclair et le tonnerre. Alors, sous une pluie battante, les hommes de quart et nous fouillâmes le pont, les bastingages, les chaloupes, la cale avec les hamacs des marins et les caisses de marchandises, la cuisine, le garde-manger et chaque chambre d'officier. En vain. Nous levâmes les yeux vers les cordages... vides.

— Quelqu'un a-t-il vu la vihuela ?

Vérification faite, elle était aussi introuvable que son propriétaire. Il fallut nous rendre à l'évidence : Alonso avait réussi à quitter le navire. Il n'aurait jamais sauté à l'eau avec son instrument ; par contre, il n'était pas impossible qu'il se soit balancé dans les cordages pour atterrir sur le pont du vaisseau voisin, qui avait jeté l'ancre tout près de nous... et ainsi de suite jusqu'à la berge. La proximité de son pays aurait-elle été trop tentante ? Sa peur d'approcher la Casa de Contratación plus déterminante que son espoir de trouver le continent inconnu ?

Avec étonnement, je réalisai qu'il allait me manquer. Je m'étais habituée à sa mauvaise foi, à son patriotisme, à son visage viril sur un corps d'enfant. Car sa musique m'était précieuse. Souvent, elle se faisait l'écho de mes sentiments, captant l'atmosphère de notre groupe et nous la renvoyant comme un miroir. Grâce à elle, je nous comprenais mieux.

Bien qu'étonnée et déçue, j'assurai que Jacob et moi pouvions nous passer du nain musicien.

— Il se trouve que je connais un peintre de Séville. Comme tous les artistes étrangers qui en ont les moyens, il était venu visiter Rome... Il est forcément en contact avec les nobles et les riches bourgeois de sa ville, qui doivent être ses mécènes. Et puis, monsieur Van Vliet, je pense que la collection de votre femme va le passionner. Si nous lui offrons le tableau qui lui plaira, il devrait accepter de nous aider...

Cornelis essuya de sa manche son front dégoulinant de pluie.

— Eh bien, frère Paolo, Dieu m'a inspiré au moment où je t'ai embauché !

Je ne le contredis pas. J'étais bien la dernière à pouvoir douter de la bienveillance de Dieu.

14

La protectrice des navigateurs

Alors que l'averse s'achevait, *L'Espérance* remonta lentement le fleuve, puis vira le long d'une ample courbe qui dévoila une ville éclaboussée de soleil : Séville. Un immense palais dominait la colline, couverte de haut en bas de maisons cubiques et de belles demeures aux couleurs franches. D'une rive à l'autre. Le capitaine manœuvra pour se glisser dans un espace encore libre, à la limite du port.

Pendant ce temps, Jacob avait enfilé un élégant pourpoint de velours noir, et mis autour de son cou une épaisse fraise de dentelles blanches. Cette tenue seyait remarquablement bien à sa barbe rousse, à ses larges épaules, et au fait qu'il se tenait droit comme un *i*. En sergent, il avait été impressionnant, en noble, je devais reconnaître qu'il était magnifique.

— Sans carrosse ni cheval, me fit-il remarquer, je ne suis qu'un petit noble désargenté...

— Eh oui ! Mais, au moins, tu passeras inaperçu.

Tandis que nous descendions sur le quai, Cornelis lançait ses ordres pour vendre les laines qu'il avait acquises à Londres. Encore une fois, *L'Espérance* devait donner le change.

Munis d'une bourse pleine de réaux, nous grimpâmes à travers la ville. Mes pieds nus s'enfonçaient dans un mélange visqueux qui empestait. L'orage avait transformé les ruelles escarpées en autant de ruisseaux de boue qui emportaient toutes sortes de saletés vers le fleuve. Dans les avenues et les places à l'architecture élégante que nous traversions, des mendiants nous interpellaient, tandis que des cochers impatients, juchés à l'avant de carrosses dorés, faisaient claquer leurs fouets sur la chaussée.

Tout en marchant, je réfléchissais. Pour aller rendre visite au vieux peintre Francesco Pacheco, la présence du sergent roux m'embarrassait. Je ne voulais surtout pas lui donner de soupçons concernant ma véritable identité.

Parvenus devant le palais de l'Alcázar, nous en fîmes lentement le tour. D'une hauteur vertigineuse, les murailles étaient protégées tout du long par des soldats, et deux gardes surveillaient l'entrée fortifiée.

— Ecoute, Jacob, voilà ce que je te propose. Grâce à ma connaissance de la langue castillane, je vais retourner dans le centre-ville et essayer d'obtenir l'adresse de ce peintre que j'avais rencontré un jour à Rome. Pendant ce temps, posté près de l'entrée, tu vas faire la liste des grands seigneurs qui la franchissent. Répète après moi : « ¿ Cómo se llama, por favor ? »

— ¿ Cómo se llama ?... ¿ Por favor ?

— Parfait. Cette phrase te permettra de demander le nom des visiteurs importants à leurs serviteurs. Un réal leur déliera la langue. Si la piste du peintre ne donne rien, nous tenterons de présenter directement nos tableaux aux nobles de Séville.

Jacob semblait dubitatif, mais il n'avait pas de meilleur plan à proposer.

— On se retrouve ici dans deux ou trois heures pour faire le point. Et tiens, ajoutai-je, passe-moi donc quelques réaux, ça peut toujours servir.

Dès que nous fûmes séparés, je demandai mon chemin pour l'Alameda, le quartier où vivaient les artistes. Je dus redescendre jusqu'au fleuve et le traverser sur un pont de pierre, puis longer une belle avenue bordée de peupliers. La perspective d'entrer à nouveau en contact avec mon passé m'attirait et m'inquiétait à la fois. J'avais l'impression de sentir battre mon cœur contre mes tempes, et j'étais heureuse de pouvoir dissimuler mon émotion dans l'ombre de ma capuche.

Je m'adressai à une vieille femme, coiffée d'une mousseline blanche.

— Bonjour, madame. Je cherche l'atelier du peintre Francisco Pacheco. Savez-vous où il se trouve ?

M'accompagnant à l'entrée d'une rue adjacente, elle tendit le bras vers une demeure bourgeoise, de construction récente.

— C'est là, mon frère.

— Merci, madame. Et que Dieu vous bénisse !

J'actionnai le heurtoir de fer forgé. La porte s'ouvrit sur une jeune servante aux traits boudeurs.

— Bonjour, lui dis-je. J'ai un message pour maître Pacheco, de la part de son collègue, le peintre Orazeschi de Rome. Est-il chez lui ?

— A cette heure-ci, mon frère, il est avec ses élèves. Et il déteste qu'on le dérange.

— Je pourrais me glisser en silence dans un coin de l'atelier... J'attendrai qu'il me remarque...

Elle haussa les épaules.

— Tu peux toujours essayer.

Nous traversâmes la maison sur toute sa longueur. Au-delà, au fond d'une cour ombragée, se trouvait une annexe dotée de hautes fenêtres. La servante posa un doigt sur ses lèvres puis poussa délicatement la porte et me fit signe d'entrer.

La pièce était vaste et, malgré la tiédeur du climat, chauffée par un grand feu de cheminée. Je compris pourquoi lorsque j'aperçus, au centre d'un groupe de jeunes gens silencieux et pensifs maniant le fusain avec dextérité, un homme nu. Plus précisément, ses parties intimes étaient voilées d'un linge minuscule, tandis qu'étaient exposés à la lumière ses cuisses épaisses, ses bras noueux, son dos massif et même ses fesses rebondies.

Par une cruelle ironie du sort, j'assistais donc enfin à un spectacle réservé aux peintres masculins. Toute cette chair blanche m'impressionnait, mais à vrai dire moins que la plongée brutale dans les odeurs puissantes de résine, de lapin dépecé et de sang de bœuf qui avaient bercé mon enfance. Mon passé m'envahissait, me serrait la gorge et me piquait les yeux.

Un homme âgé, au corps sec, passait entre les élèves. Sa moustache et sa barbichette, aux pointes fines comme des pinceaux, avaient blanchi plus vite que ses cheveux.

— Henrique, voyons ! Crois-tu que ton Adonis pourrait tenir debout, avec des pieds pareils ?... C'est pas mal, Pablo, mais ton dessin manque de vie...

Antonio, tu devrais changer de fusain... Bien, Carlos. Ça y est, tu as trouvé le bon angle pour ce poignet.

Je reconnus aussitôt cette voix d'une extraordinaire bienveillance. Francisco Pacheco était l'humaniste le plus intéressant que j'avais eu l'occasion de rencontrer dans l'atelier de mon père. Nourrissant ses pensées des lectures des philosophes anciens et des savants d'aujourd'hui, il avait passé sa vie à réfléchir à la destinée humaine. Il n'était pas considéré comme un peintre de premier plan, mais comme un excellent technicien de la peinture, doublé d'un pédagogue remarquable, qui savait faire confiance à ses élèves et les aider à acquérir le meilleur de leur art.

Voilà quel genre d'homme aurait voulu m'intégrer dans son école de peinture... si j'avais été un garçon. Mais pourquoi donc, pensais-je révoltée, n'étais-je pas née de sexe masculin, à la place d'un de mes frères, ou d'un de ces apprentis qui peut-être ne connaissaient pas leur chance ? Pourquoi Dieu m'avait-il donné du talent et du cœur à l'ouvrage, tout en permettant à la société dominée par les hommes d'étouffer la créativité des femmes ?

Tête baissée, serrant à l'intérieur de mes manches mes pauvres mains transformées en serres, je ne remarquai pas tout de suite que Francisco Pacheco se penchait vers moi.

— Qui es-tu, mon frère ?

Je sursautai, saisie de tremblements, et bafouillai :

— Je viens de la part de votre collègue romain, Michelangelo Orazeschi...

L'air surpris, il me saisit gentiment le bras.

— Suis-moi dans la pièce voisine. Nous pourrons discuter tranquillement.

Il referma derrière nous la porte d'une petite pièce attenante. Il me fit signe de m'asseoir, puis se cala dans un fauteuil, les mains jointes sur la table.

— Je t'écoute.

Bouleversée, j'étais incapable d'improviser une histoire. Sans rien dire, je repoussai en arrière le capuchon qui me cachait une partie du visage et je suivis sur ses traits l'évolution de sa pensée. Ses sourcils froncés s'écartèrent puis se soulevèrent d'étonnement au fur et à mesure qu'il me reconnaissait. Il bondit de son siège.

— Apollonia Orazeschi !

— C'est bien moi.

— Avec la tonsure d'un moine ! Est-il arrivé malheur à ton père ?

Par-dessus la table, il m'attrapa les mains pour me les serrer en signe d'amitié. Poussant un cri de douleur, je les retirai vivement.

— Qu'est-ce qui se passe ?

Je relevai mes manches et lui montrai mes phalanges raidies dans une étrange position.

— Tu es blessée ! Et ces cicatrices... On dirait... que tu as été soumise à la question !

Je hochai la tête, incapable de dire un mot. Sous l'effet de sa compassion et du chagrin ravivé par l'atmosphère de l'atelier, j'éclatai en sanglots. Il se leva, et après une hésitation – de quelle manière un homme mûr pouvait-il manifester son affection à une jeune femme qui n'était pas de sa famille ? –, il posa avec douceur ses mains sur mes épaules.

— Fais-moi confiance, Apollonia. Je ferai tout ce qui est en mon pouvoir pour t'aider. Je me souviens très bien de toi, dans l'atelier de ton père. De ton ardeur au travail, de ton trait qui allait droit au but, de la sérénité joyeuse qui émanait de toi... Si c'est trop pénible, tu n'as pas besoin de me raconter ce qui t'est arrivé. J'imagine que ta fragile position de jeune fille douée en est la cause... et la jalousie des moins talentueux a dû faire le reste...

Je levai les yeux vers lui, étonnée. La jalousie des moins talentueux ? Il avait raison. Elle pouvait expliquer, au moins en partie, l'acharnement de la justice sur la victime et non sur le coupable. Mais en ce qui concerne « la fragile position de jeune fille douée »... ?

— Voulez-vous dire, monsieur Pacheco, que cette jalousie s'est concentrée sur moi... parce que je suis une femme ?

Le vieux maître hocha la tête.

— Probablement.

— J'ai été la victime d'une injustice presque impossible à croire. Un élève de mon père m'a violée, et c'est moi qu'on a soumise à la question. Une fois que les juges ont été convaincus de sa culpabilité, ils ne l'ont condamné à rien d'autre qu'à m'épouser. Tandis que moi, on m'interdisait de continuer à peindre. Qu'est-ce qui peut justifier qu'on puisse briser ainsi la vie d'une femme sans que cela gêne personne ?

— Rien, si ce n'est le confort des hommes. Leur désir d'être servis et leur peur de la concurrence. Mais cette vérité-là est bien embarrassante. Est-ce que tu sais, Apollonia, qu'Aristote, l'un des savants les plus importants de la Grèce antique, a voulu comparer en détail les deux sexes afin de décider si l'un était supérieur à l'autre ? Il lui fallait un critère de comparaison ; il a décidé que ce serait la taille. L'homme est plus grand que la femme, il a un crâne plus volumineux, etc. Selon lui, ce sont autant de preuves que le masculin est supérieur au féminin. Arrivé à la poitrine, il s'est heurté à un problème : elle est plus développée dans sa version féminine... Qu'à cela ne tienne ! Le voilà qui, soudain, change de critère, décidant que la fermeté est supérieure, et la mollesse inférieure.

Je souris à travers mes larmes. Francisco Pacheco me tapota amicalement le genou.

— Tu vois, Apollonia, même les plus grands penseurs deviennent incohérents lorsqu'ils se mettent à discourir sur les femmes. Parce que, s'ils étaient honnêtes avec eux-mêmes, ils seraient obligés d'aboutir à une conclusion qui remettrait en cause les fondements de notre société : les femmes ont exactement les mêmes capacités que les hommes.

— C'est ce que vous pensez vraiment, monsieur Pacheco ?

— Pour moi, c'est une évidence. Il suffisait d'ailleurs de te voir en train de peindre dans l'atelier de ton père. Si tu avais été un garçon, tu ferais aujourd'hui carrière à la cour de l'un ou l'autre des princes d'Europe. Et crois-moi, j'ai l'œil. J'ai été le premier à repérer le talent de Diego Vélasquez, l'actuelle étoile montante de la peinture espagnole. La différence de statut entre les hommes et les femmes ne s'explique au départ que par la force physique supérieure des hommes. Ensuite, elle a été maintenue grâce à toutes sortes d'inventions masculines : pas d'instruction pour les femmes – car le savoir aide à devenir autonome –, interdiction d'exercer un métier valorisant, idéalisation du rôle de mère et d'épouse, et toutes sortes de théories plus ou moins stupides, y compris religieuses...

Avait-il raison ? Etait-ce vraiment aussi simple que ça ? Aussi incroyable et choquant ? Alors, je n'avais pas commis une faute inconnue ; j'avais payé très cher ma naïveté. Parce que j'étais douée et que mon père avait besoin de moi, j'avais cru m'affranchir de la condition inférieure des femmes. En maniant le pinceau – et même pas comme un homme, puisque j'avais accepté de m'en tenir aux portraits et de renoncer à une vie amoureuse –, j'avais quand même remis en cause, sans le vouloir, les préjugés sur lesquels reposait la société. Voilà pourquoi mon père lui-même était furieux contre moi !

Bien sûr, c'était révoltant. Mais cette discussion approfondie me fit du bien, comme tout ce qui éclaire, et quelle que soit la cruauté de ce qu'on découvre. Je pus alors raconter à Francisco Pacheco ma fuite à Amsterdam et mon embauche dans un étrange équipage qui avait pour objectif de découvrir le continent inconnu du Pacifique. J'espérais y rencontrer une société meilleure.

Le vieil homme sourit.

— Rassure-moi, Apollonia : tu ne comptes pas trouver là-bas une sorte de Paradis terrestre, comme ceux qui ont trop fréquenté la Bible ?

— Je ne suis pas candide à ce point-là, monsieur Pacheco. Mais cet océan occupe presque la moitié du globe et les Européens qui l'ont traversé se comptent sur les doigts d'une main. Imaginez un peu la variété de terres qui doit s'y trouver ! Pourquoi, parmi elles, n'y aurait-il pas un lieu où les humains vivraient autrement, dans la paix et l'égalité ?

Perplexe, le peintre se mit à tortiller la pointe de sa barbichette.

— Hum... J'aurais tendance à croire que les humains sont partout les mêmes...

Bravement, je plantai mes yeux dans les siens.

— De toute façon, maître, je n'ai pas le choix. Pour survivre le moins mal possible, je n'ai que l'existence précaire d'un moine capucin, ou bien cet espoir d'une autre société.

Il hocha la tête plusieurs fois et soupira.

— En effet. Alors, que puis-je faire pour toi ?

— Trouvez-moi, s'il vous plaît, un moyen d'entrer dans la Casa de Contratación.

Il ouvrit des yeux ronds :

— Eh bien ! Tu ne pouvais guère être plus exigeante ! A moins, peut-être, de me demander la lune...

Puis il se mit à rire.

— Mais une bonne étoile veille maintenant sur toi, Apollonia. Figure-toi que dans la Casa de Contratación se trouve le tableau le plus célèbre de Séville. Et, pour le restaurer, les autorités ont fait appel au peintre le plus fameux de la ville... Moi.

*

En traversant de nouveau Séville, une sacoche de cuir à l'épaule, je m'approchai sur la pointe des pieds d'un vieil aveugle en haillons. Délicatement, je déposai dans sa main un réal de Cornelis. Le temps qu'il tâte la pièce et qu'il en réalise la valeur, j'étais dans la rue suivante. Plus loin, je m'arrêtai devant une fillette qui dormait sous une porte cochère, les traits tirés par la misère. Je me penchai et glissai dans sa poche mon deuxième réal. Je distribuai ainsi chacune des pièces d'or que m'avait confiées Jacob. Mais j'aurais voulu en avoir des centaines, afin de sauver tous les malheureux que je croisais. Comment se faisait-il qu'un pays aussi riche produise autant de mendiants ? Etait-ce l'or des Amériques qui avait concentré toutes les richesses en peu de mains, rendant le peuple encore plus pauvre ?

Le sergent roux s'avançait à ma rencontre. Mais je mis quelques secondes à le reconnaître dans son nouveau costume.

— Ah, frère Paolo ! Je commençais à me demander si tu n'avais pas disparu comme Alonso. J'ai bien vu plusieurs Grands entrer dans l'Alcázar en carrosse. Mais leurs serviteurs m'ont débité des noms tellement longs et compliqués que je n'ai pas réussi à les retenir. Par contre, j'ai remarqué que toutes sortes de gens du peuple y pénètrent : des lingères, des maraîchers, des porteurs d'eaux... A condition de montrer une autorisation écrite. Et toi, qu'as-tu trouvé ?

Je hochai la tête, savourant l'effet que j'allais produire.

— Eh bien, justement... une autorisation écrite.

— Pas possible ! Tu es drôlement débrouillard !

— Ça sert, tiens, de parler castillan. Et puis, elle m'a coûté cher : tous les réaux que tu m'avais confiés, en plus d'un tableau que j'ai promis.

J'ouvris la sacoche et présentai à Jacob le document

marqué du sceau royal qui autorisait le peintre Francisco Pacheco, ou son émissaire, à entrer dans la Casa de Contratación pour y assurer la restauration du tableau : *La Vierge des navigateurs*.

— Ce faux paraît crédible, dit le sergent roux.

— Parce que ce n'est pas un faux, tiens. Le travail du peintre est achevé depuis quelques semaines, mais, tu vois, sur ce document, rien n'indique qu'il n'est plus valable.

Retirant mon manteau et ma tunique de moine, j'apparus en blouse et en culotte longue couvertes de taches – la tenue universelle des peintres. Jacob me contempla avec curiosité. Pourvu qu'il ne trouve pas ma silhouette curieusement féminine !

— Francisco Pacheco m'a prêté cette tenue, précisai-je aussitôt. Je suis censé être l'un de ses élèves, venu chercher des pots de pigments qu'il aurait oubliés. Je ne peux malheureusement être accompagné d'un nobliau des Pays-Bas. Alors fais-toi discret et ne bouge pas d'ici. Et, surtout, ne perds pas ma tunique de capucin.

— Je pourrai toujours m'en faire un oreiller, si tu passes la nuit à recopier les cartes.

Le cœur battant la chamade, je fis un détour avant de me présenter à la porte. L'un des gardes examina longuement mon autorisation, puis me fit signe de le suivre à l'intérieur du palais. A travers une vaste cour plantée d'orangers, il me conduisit jusqu'à une autre porte, devant laquelle se tenaient deux autres gardes. Il me confia à l'un d'entre eux qui, à son tour, vérifia le document que je tenais à la main, et me conduisit à travers d'interminables couloirs, ouverts d'un côté sur des cours intérieures que rafraîchissaient des fontaines.

Le garde m'adressa à un troisième homme, qui lui aussi me servit de guide – et contrôla que je ne me rendais pas ailleurs que dans la Casa de Contratación. Enfin, plusieurs portes plus loin, je fus conduite dans une salle monumentale que l'on referma à clef derrière moi. Ouf...

La salle remplie de coffres était dominée par un tableau, peint sur un panneau de bois dont les bords avaient été dorés à l'or fin. Marie, la mère de Jésus, y couvrait de son manteau une foule de personnages agenouillés en prière. Francisco Pacheco m'avait expliqué que, parmi eux, se trouvaient Christophe Colomb qui avait osé chercher les Indes vers l'ouest, Amerigo Vespucci qui avait compris que les terres découvertes étaient nouvelles, et Juan de la Cosa qui avait commencé à les cartographier. Mais leurs successeurs, ceux qui nous intéressaient, n'avaient pas réalisé leurs prouesses à temps pour figurer sur cette œuvre... Le manteau de Marie ignorait également les navigateurs qui avaient offert au Portugal la route maritime des épices : Bartolomeu Dias en doublant le cap de Bonne-Espérance au sud de l'Afrique, et Vasco de Gama en traversant l'océan Indien vers les fameuses îles Moluques.

Etre surprise en train de recopier les cartes serait d'une terrible gravité. Mais personne n'avait jamais interrompu Francisco Pacheco dans son travail et j'espérais qu'il en irait de même pour moi. Passionné par l'histoire extraordinaire des grandes découvertes maritimes, le peintre de Séville avait d'ailleurs saisi l'occasion de ses nombreux séjours dans la salle pour y consulter les récits de voyage. Ensuite, il lui suffisait de frapper à la porte pour qu'un garde vienne le chercher et le ramène vers la sortie. Francis, notre compagnon presbytérien, avait peut-être raison de penser que l'Espagne n'était plus à l'apogée de sa puissance. Malgré un cadre austère, ses archives n'étaient plus aussi bien protégées qu'au temps des grandes découvertes.

Les coffres étaient classés par ordre chronologique. Et, grâce au vieil humaniste de Séville, je savais quels navigateurs chercher en plus de Magellan : Luis de Torres, Alvaro de Mendaña et Pedro Fernandes de Queirós, qui auraient plusieurs fois relié le Pérou aux îles Moluques par le Pacifique.

Assez vite, je repérai le coffre où étaient rassemblés les documents sur le voyage de Magellan. Je mis la main sur plusieurs cartes encore sommaires de l'Atlantique, traversé dans la première partie de son voyage. Puis sur celles de la dernière partie, à travers l'océan Indien. Mais concernant le Pacifique, sur lequel il avait pourtant navigué pendant des mois, j'eus beau vérifier, je ne trouvai rien !

Abasourdie, je me tournai vers le dernier coffre, qui, d'après Francisco, regroupait les informations ramenées par Torres, Mendaña et Queirós. Il était absolument vide.

Fébrilement, je fouillai chacun des autres coffres. Ils contenaient quantité de cartes, de relevés, de mémoires de navigateurs... Mais sur le Pacifique, non, strictement rien !

*

Catastrophée, je sortis pourtant sans dommage du palais de l'Alcázar. Les ombres s'allongeaient, roses et dorées ; le soir s'annonçait. Je retrouvai Jacob un peu plus bas dans la rue, attablé devant une cruche de vin à la terrasse d'une auberge.

— Il fallait bien que je me donne une contenance. Alors, frère Paolo ? demanda-t-il les yeux brillant d'impatience. Que nous ramènes-tu ?

— Je suis bredouille.

— Bredouille ! Nous qui comptions tellement sur les Espagnols et les Portugais... Ainsi, Alonso avait tort de croire qu'ils étaient les plus grands navigateurs du monde !

— Alonso avait parfaitement raison. Plusieurs explorateurs espagnols et portugais se sont effectivement risqués sur le Pacifique. Les cartes que mon informateur a consultées auraient passionné Cornelis. Le problème, c'est qu'elles ont disparu.

— Toutes ?

— Toutes.

— Tu veux dire qu'elles ont été volées ?

— Comment le saurais-je ?

— Alors, que faisons-nous ?

— Eh bien...

— Retournons chez le peintre qui t'a vendu l'autorisation ! Allons lui demander quand il a vu ces documents pour la dernière fois.

Cette idée ne m'enchantait guère. Il était risqué qu'un des compagnons de frère Paolo rencontrât quelqu'un qui avait connu Apollonia Orazeschi. Mais je n'avais aucun argument à objecter à Jacob.

Je réenfilai ma tunique de moine. Dans la nuit

qui tombait sur la ville, nous descendîmes jusqu'au Guadalquivir, passâmes le pont de pierre et entrâmes dans le quartier de l'Alameda. Après l'allée de peupliers, je retrouvai la demeure bourgeoise dans une rue adjacente. J'actionnai le heurtoir et la servante aux traits boudeurs réapparut.

— Oui ?

— Je suis venu cet après-midi, de la part d'un peintre romain, Michelangelo Orazeschi. J'ai besoin de revoir maître Pacheco.

Inquiet de la présence de Jacob près de moi, j'ajoutai en articulant fermement :

— Je m'appelle frère Paolo.

Pourvu qu'elle ne se contente pas des premières informations et qu'elle transmette mon faux nom !

Quelques minutes plus tard, le vieux maître arriva lui-même à la porte :

— Apol...

Je l'interrompis d'une voix forte :

— Merci de me recevoir à nouveau, monsieur Pacheco ! Je suis avec mon ami Jacob Jungmuller, qui fait partie de l'expédition dont je vous ai parlé.

Son air ahuri finit par s'effacer.

— Entrez, messieurs. Avez-vous dîné ?

— Euh... non.

— Alors, venez partager mon repas.

La table du peintre était beaucoup plus frugale que celle de Cornelis Van Vliet, mais elle était excellente. Avec appétit et reconnaissance, nous nous régalâmes de tomates bien mûres, de fromages variés et de pain arrosé d'huile d'olive. Je racontai à Francisco notre incroyable découverte : les cartes qui concernaient le Pacifique ne se trouvaient plus à la Casa de Contratación.

— A votre avis, maître Pacheco, ont-elles été volées ?

— Peu de gens en connaissent l'existence... Et qui pourraient-elles intéresser ? Il faut être très fortuné et très optimiste pour monter une expédition comme la vôtre... Bien sûr, ce n'est pas impossible, puisque vous êtes là. Mais enfin...

— Torres, Mendaña et Queirós l'ont bien fait.

— C'est vrai. Grâce aux richesses qu'ils avaient accumulées en Amérique. Eux cherchaient le Paradis terrestre, l'Eden de la Bible...

A la fin du repas, il nous invita à le suivre dans l'annexe. Soigneusement, il referma derrière nous la porte de la pièce attenante à l'atelier.

— Messieurs, je n'ai aucune certitude. Mais le plus probable, c'est que les cartes soient à Madrid. Notre jeune monarque aura voulu les consulter.

— Pensez-vous qu'elles y resteront longtemps avant de revenir à la Casa de Contratación ?

— Aucune idée, frère Paolo. Le bon plaisir du roi, vous savez... Ces cartes sont réellement fascinantes, car elles sont les seules traces que nous ayons d'un univers inconnu qui cohabite avec le nôtre. Les explorateurs qui l'ont effleuré sont si peu nombreux ! Leurs aventures ont de quoi passionner Philippe IV, qui est un jeune homme fougueux. Combien de temps gardera-t-il les cartes auprès de lui avant de s'en lasser ? Trois mois ? Six mois ? Un an ? Cinq ans ?

— Mais c'est une catastrophe ! Nous ne pouvons pas attendre si longtemps !

Le vieux maître effila entre ses doigts la pointe de ses moustaches blanches, du même geste qu'il devait avoir pour ses pinceaux.

— Il y aurait bien une solution... Assez risquée...

— Nous vous rémunérerons en conséquence, m'empressai-je d'ajouter. Nous vous offrirons l'autre tableau que vous voudrez parmi ceux de notre remarquable collection venue de Hollande.

Je ne voulais pas que mon compagnon s'interroge sur le dévouement de Francisco à notre égard. Le peintre me regarda, interloqué, puis suivit mon regard vers le sergent roux.

— Ah, oui, j'y compte bien, répondit-il avec malice. Ajoutez donc à la scène du marché que vous m'avez promise une scène de patinage. Elle me rafraîchira pendant les grosses chaleurs de l'été. Cela dit, tout ce que je peux faire pour vous, c'est écrire une lettre qui vous introduira auprès de mon gendre, Diego Vélasquez. Son talent est tellement extraordinaire que, malgré son jeune âge, il fait partie des peintres officiels de la Cour. Son premier portrait de Philippe IV fut un coup de maître. Et, bien que la jalousie ait semblé inspirer les commentaires de ses collègues, le deuxième serait encore supérieur. Mais vous savez comment sont les rois ! Philippe IV a beau trouver son peintre favori génial, il continue de le considérer comme une sorte de serviteur amélioré. En plus de le peindre avec sa famille, ses ministres et ses visiteurs, Diego est chargé de superviser les travaux d'embellissement de l'Alcázar de Madrid. A ce titre, il a l'insigne privilège d'en posséder les clefs...

15

Le secret des cartographes

Le lendemain matin, je mis dans ma sacoche quatre natures mortes – les tableaux les plus petits que nous possédions – et nous allâmes déposer les deux scènes de village chez Francisco Pacheco. Bien que triste de m'en séparer, je ne pouvais les laisser entre de meilleures mains ; j'espérais ainsi contribuer à la diffusion de cet art original.

Jacob et moi achetâmes des montures pour nous rendre à Madrid. Nous n'avions guère à craindre les brigands, car la route de Séville à la capitale était l'une des plus fréquentées du royaume. En revanche, mon cheval me donna du fil à retordre. Comprenant tout de suite qu'il avait affaire à une débutante, de surcroît très maladroite, il voulut me montrer que, de nous deux, c'était lui le maître. Après être resté indifférent à mes ordres d'avancer au pas, puis s'être lancé au galop, s'être cabré et m'avoir jetée à terre, il s'arrêta devant l'étal d'un maraîcher et se mit à en brouter les salades. Jacob remboursa le maraîcher, se fit rembourser le cheval par l'aubergiste qui nous l'avait vendu et, finalement, nous partîmes ensemble sur la même monture.

Jamais je n'avais eu l'occasion de me coller ainsi au dos d'un homme, de surcroît jeune, musclé et fort bien fait. Sentir entre mes bras sa taille ferme et le mouvement de ses muscles, tandis qu'il menait notre cheval avec autorité, ne me laissa pas indifférente. Un tumulte de sensations fit bientôt vibrer mon corps entier en l'éveillant : mes seins, mes jambes, mon ventre. J'eus envie de crier, car c'était comme si les mains de Marco étaient de nouveau sur moi. Sans bruit, je pleurai, ma joue contre le velours du pourpoint.

Puis, peu à peu, la douce chaleur qui émanait de Jacob me rappela la tendresse de ma mère, dont j'avais été privée à sa mort, l'année de mes six ans. Mes larmes redoublèrent, jusqu'à ce que mon chagrin s'écoule tout entier hors de moi, me laissant exténuée mais apaisée. Je me mis à ressentir une immense affection pour ce dos qui me guérissait de mes souvenirs, me berçait et me soutenait. J'aurais voulu rester ainsi jusqu'à la fin du monde. A moins que le sergent roux ne se tournât vers moi et que je puisse découvrir, au milieu d'une barbe piquante, la douceur de ses lèvres...

Non. Le sergent m'était sympathique mais, sur notre navire, je ne recherchais plus sa présence car, très vite, sa conversation m'ennuyait. Malgré la réaction instinctive de mon corps, c'étaient d'autres lèvres qui m'attiraient... Un autre regard droit qui me touchait au cœur... Un autre homme qui me faisait fuir à l'autre extrémité du pont parce qu'il me troublait trop profondément, et que j'en perdais toute contenance... Hans Michielszoon.

Etrangement, j'avais l'impression qu'il n'était pas impossible que je lui plaise sous mon déguisement de moine. Mais, si je lui révélais ma féminité, qu'adviendrait-il de moi ? Quels que soient sa réaction et ses sentiments pour moi, je perdrais l'amitié de mes compagnons. Car comment être l'ami d'une personne de l'autre sexe quand la situation des hommes et des femmes différaient tellement ? Et, dans le meilleur des cas, si le capitaine m'aimait et était aussi honnête que je l'imaginais, je deviendrais son épouse. De même que Saskia, je resterais confinée à bord, jamais consultée sur les décisions à prendre et interdite d'aventure. Or, depuis que j'étais déguisée en moine, j'avais pris goût à la liberté masculine !

Doublant quantité de chariots, carrosses, diligences et piétons, nous trottâmes tout le jour. J'eus le temps de m'assoupir et, à mon réveil, j'avais appris à cacher mon trouble. Nous nous arrêtâmes dans les faubourgs de Madrid. Grâce aux derniers réaux de Cornelis, nous pûmes nous offrir une soupe agrémentée de lard et de vin – et une chambre, avec un seul grand lit. La vermine qui grouillait dans le matelas de paille nous piquait de partout, ce qui n'empêcha pas Jacob, fatigué d'avoir mené le cheval au milieu d'une circulation dense, de s'effondrer dès qu'il eut retiré ses bottes.

Il ronflait avec la régularité d'un sonneur de cloches. Ce n'était pas seulement le bruit qui me perturbait, mais le rappel incessant de sa proximité masculine, qui réveillait mon attirance pour Hans Michielszoon... Je brûlais du désir de m'enfouir au plus vite dans les bras rassurants du capitaine, de goûter la tiédeur de son corps et de me laisser emporter... Afin d'entretenir tant bien que mal ma lucidité, je ressassai les paroles du vieux maître de Séville, qui m'avait éclairée sur l'injustice de notre société, qu'il n'était pas en mon pouvoir de transformer. Alors, j'étais bien obligée de m'y adapter. Puisque je voulais conserver ma liberté d'homme, je devais résister à l'appel de mon corps de femme. En attendant de découvrir, peut-être, un système différent à l'autre bout du monde...

A force de tourner en tous sens sur mon oreiller, je finis quand même par m'endormir.

*

Le lendemain, nous fîmes patiemment la queue aux portes de Madrid. A midi, nous les franchîmes enfin. Après avoir confié notre cheval à un aubergiste, nous traversâmes à pied une place immense, encadrée de magnifiques façades crème ou carmin, aérées par des arcades et d'innombrables fenêtres. Une foule dense s'y tenait. Tournés tous du même côté, les visages étaient durs et silencieux ; on n'entendait que les cris sauvages de quelques ivrognes. De petite taille, je n'aperçus pas tout de suite ce qui suscitait un intérêt pareil, contrairement au sergent qui dominait tout le monde d'une bonne tête. Il pressa le pas, l'air mal à l'aise.

— Que se passe-t-il, Jacob ?

Il frissonna.

— Une exécution publique. Menée par des ecclésiastiques. L'Inquisition.

Un peu plus loin, je distinguai au milieu de la foule une estrade de bois surmontée de trois croix. Au fond, un feu brûlait. Maintenus à genoux par des moines, les chairs meurtries par la torture, deux femmes aux seins nus et un homme écoutaient un évêque proclamer l'accusation – avoir conservé en secret leur foi juive – et la condamnation au bûcher.

Tout mon corps épouvanté se mit à trembler comme un arbuste secoué par l'orage. Quelle barbarie ! Malgré l'interdiction faite par Cornelis de parler théologie, je m'empressai d'affirmer à mon compagnon :

— Bien que catholique, je réprouve absolument les tortures et les peines de mort effectuées au nom de Dieu ! Si cet évêque était Jésus lui-même, il ferait aussitôt cesser ce spectacle épouvantable !

Jacob me lança un bref regard.

— Ça me rassure, frère Paolo, qu'il reste des gens comme toi dans ton Eglise.

Aucun de nous deux n'avait envie de s'attarder dans les parages d'un événement aussi atroce. Nous accélérâmes le pas à travers les ruelles et, devant nous, se dressa enfin un harmonieux palais de pierres bleutées. Bien qu'il soit en partie recouvert d'échafaudages, je percevais la pureté de ses lignes et la majesté de l'ensemble.

Aux sentinelles qui montaient la garde, j'expliquai que nous venions remettre au peintre Diego Vélasquez un message de son beau-père, Francisco Pacheco de Séville. Pour appuyer mes dires, je montrai la lettre scellée que le vieux maître avait écrite à l'intention de son gendre. On nous laissa entrer.

Une fois passé quelques jardins, escaliers, cours ombragées et salles en chantier, nous fûmes dirigés vers une pièce vaste et claire. Un serviteur nous assura que le peintre qui y officiait n'allait pas tarder. Tandis que Jacob se reposait sur une chaise en étirant ses longues jambes, je m'approchai avec curiosité d'une toile posée sur un chevalet et soulevai le drap qui la recouvrait. Il s'agissait du portrait d'un adolescent, en cours d'exécution. Son expression était si forte qu'on aurait dit qu'il allait finir de tourner la tête vers celui qui le regardait.

— Alors, jeune moine, qu'est-ce que tu en penses ? dit soudain une voix derrière moi.

Je sursautai et me retournai vivement. J'étais observée d'un œil goguenard par un homme séduisant d'une vingtaine d'années, doté d'une longue chevelure souple, d'une moustache en accent circonflexe et d'une bouche sensuelle. Je remarquai aussitôt la grande clef dorée qu'il portait à sa ceinture.

— Je le trouve étonnant.

— Vraiment ? En quoi exactement ?

— Le modèle est comme saisi par surprise, sans qu'il ait eu le temps de se composer une expression.

— Bien vu, mon frère. Tu aimes la peinture ?

Mes yeux brillèrent, même si, en présence de Jacob, et bien qu'il ne parlât pas castillan, je n'osai exprimer tout mon amour pour cet art.

— Beaucoup, monsieur.

— Tu veux me donner ton avis sur un autre tableau en cours ?

— Avec plaisir !

Il sortit une grande toile qu'il posa sur le dessus d'un coffre. Nous nous plaçâmes devant, rejoints par Jacob qui semblait perplexe. Le groupe représenté mêlait des faunes de la mythologie grecque, jeunes et charmants, à des gens du peuple contemporains, sales et édentés. Le seul point commun entre ces différents personnages était le verre de vin qu'ils tenaient à la main. La scène était d'une puissance extraordinaire. Je compris que son auteur était l'égal des plus grands.

J'éclatai de rire :

— C'est un hommage à Bacchus, le dieu antique des bacchanales ! Aujourd'hui, c'est dans les tavernes qu'on le vénère...

Diego Vélasquez parut très étonné.

— Tu es le premier moine que je connais qui parle si librement du dieu des orgies !

Inquiète – Jacob allait remarquer sa surprise et se demander ce qui la provoquait –, je précisai :

— J'ai grandi à Rome. Dans les palais des cardinaux, on rencontre autant de tableaux représentant la mythologie que de gens d'Eglise.

— Ah, ah, ah ! Tu me plais, jeune moine ! Comment t'appelles-tu ?

— Frère Paolo, monsieur.

— Et que me veux-tu, frère Paolo ?

— Nous avons un courrier pour vous de la part de votre beau-père, Francisco Pacheco.

— Ah ? Très bien.

Je lui tendis la lettre et demandai, pleine d'enthousiasme :

— Pendant que vous en prenez connaissance, m'autorisez-vous à jeter un œil à vos esquisses ?

Il sourit.

— Tu es vraiment passionné. Vas-y, regarde ce que tu veux. Tout ce que j'ai ici se trouve dans ces coffres.

Le peintre s'assit sur un tabouret. Se lassant rapidement des dessins préparatoires au fusain, Jacob se tourna vers la fenêtre et se mit à observer les travaux de réfection d'une fontaine. Lentement, je contemplai chaque dessin, admirant la vivacité du coup de crayon et la richesse des expressions.

Soudain, l'une des esquisses m'arrêta. Elle représentait un homme d'une beauté remarquable, avec des yeux langoureux, de fines moustaches claires, une petite bouche exigeante et de magnifiques cheveux épais et bouclés. Sous le dessin, trois initiales avaient été griffonnées à la hâte par Diego Vélasquez : G.V.B. Ce visage me disait quelque chose...

Mais oui ! Il s'agissait du favori de Charles Ier, que j'avais aperçu à Londres, dans la loge royale. Celui qui venait d'être assassiné. De son nom entier : George Villiers de Buckingham... Ce dessin devait dater de la fameuse escapade du roi d'Angleterre à Madrid, lorsqu'il espérait épouser l'infante Maria...

Diego Vélasquez avait fini sa lecture.

— Frère Paolo, mon beau-père me demande un service qui, s'il venait à être découvert, pourrait me coûter ma place et peut-être ma vie. Pourtant, je ne peux le lui refuser. Il m'a tout appris et, quand je n'étais encore qu'un inconnu, il m'a offert la main de sa fille ainsi qu'une demeure. Je ne sais qui tu es, frère Paolo, mais tu comptes sûrement beaucoup pour mon beau-père, qui n'est pas du genre à mettre en danger les personnes qu'il aime.

Je rougis, émue par l'affection que me manifestait le vieux peintre. Heureusement que Jacob ne comprenait pas un mot de castillan !

— Philippe IV vient souvent me rendre visite et il

s'assoit dans cette chaise où se trouve ton ami. Il me regarde peindre tout en me racontant ce qui le préoccupe. Tu peux imaginer quelle jalousie cela suscite chez les courtisans !... Je ne peux prendre de risque aujourd'hui, alors que Sa Majesté peut surgir à tout moment. Demain, au contraire, il sera à la chasse et toute la Cour avec lui. Le palais sera désert...

*

Le lendemain, dans la fraîcheur douce d'une belle matinée, nous offrîmes à Diego Vélasquez nos quatre natures mortes. Il en fut très satisfait, tout en s'ébahissant qu'un hareng et une tourte à la confiture puissent constituer en eux-mêmes des sujets. Puis il demanda à Jacob de se placer debout sur une petite estrade. Souhaitant tirer profit de sa silhouette nordique, le peintre avait décidé de donner son apparence à un général ennemi dans un tableau guerrier. Bombant le torse, le poing posé dans le creux de sa taille, le sergent avait vraiment fière allure.

— Frère Paolo, me demanda le peintre. Peux-tu expliquer à ton ami qu'il figure un général vaincu ? Je souhaiterais qu'il courbe ainsi le dos, en relevant humblement la tête, comme ça...

Après avoir transmis ces consignes à un Jacob déconfit, j'attrapai la fameuse clef dorée que me tendait Diego Vélasquez. Suivant les indications qu'il m'avait données, je tournai à m'en donner le vertige dans un gigantesque labyrinthe de corridors de marbre, de cours fraîches ornées d'azulejos, de jardins exotiques et d'entassements hétéroclites de matériaux pour les travaux en cours. De temps en temps, je découvrais l'un des repères qu'il m'avait indiqués : un passage en biais, une porte sculptée, un plafond orné de caissons...

Les rois d'Espagne différaient de leurs cousins des dynasties anglaises et françaises en ce qu'ils préféraient confier la clef de leur appartement à quelques personnes de confiance, plutôt que d'en faire contrôler l'accès par des huissiers. En haut d'un escalier monumental, j'ouvris donc une porte majestueuse que ne gardait personne. Je la refermai derrière moi, traversai plusieurs salons, puis parvins dans le cabinet de travail.

Fébrilement, j'examinai le contenu des bibliothèques, du grand bureau marqueté et de plusieurs porte-documents épais... L'un d'entre eux contenait huit cartes... qui toutes concernaient le Pacifique ! Magellan, Torres, Mendaña, Queirós, ils étaient tous là ! Francisco Pacheco avait vu juste.

Réalisées à l'encre ou parfois en couleurs, les cartes étaient agrémentées de dessins représentant des hommes nus à la peau noire, des barques dont la voile était accrochée la tête en bas, des fruits aux formes étranges et des maisons couvertes de fleurs, avec un toit mais pas de murs...

Bien que fascinée, je ne devais pas perdre une seconde. Vite, je calai une première carte sur le bureau, tendis dessus un tissu de soie transparent et, une fois mon attelle en place, repassai à l'encre non seulement les côtes, mais aussi la moindre illustration et indication écrite, le moindre symbole. Je renouvelai l'opération pour chacune des huit cartes, pendant que la fraîcheur matinale se délitait dans un air chaud immobile.

Dès que la dernière soie eut fini de sécher, je les pliai et les rangeai dans ma sacoche. Je remis en place les cartes dans l'ordre où je les avais trouvées, afin de ne laisser aucune trace de ma visite. Pendant le trajet qui me ramenait auprès de Jacob et de Diego Vélasquez, mon esprit se mit à vagabonder vers ces contrées étranges qu'avaient visitées les explorateurs du Pacifique... Je souriais toute seule en rêvant à des humains amicaux qui nous offriraient des fruits inconnus et nous conduiraient dans des maisons couvertes de fleurs... Ces rêves me délivrèrent de l'attitude que, sinon, j'aurais prise malgré moi, avec le regard honteux et le pas pressé d'un indiscret.

Enfin, je rejoignis la salle où officiait le peintre. Jacob avait cessé de prendre la pose et, dans un coin, semblait s'ennuyer à mourir. Sur la table avait été jetées une dizaine d'études qui montraient le sergent la tête basse, agenouillé, humble et suppliant... Une nouvelle fois, je fus époustouflée par la sûreté de trait et l'invention de Diego Vélasquez. A l'autre bout de la pièce, celui-ci discutait de manière animée avec un inconnu au visage poupin, au costume brodé d'or et à l'accent flamand.

— On vient de m'offrir quatre petits tableaux d'un style surprenant, disait le peintre espagnol. Il paraît qu'en Flandres on appelle ça des natures mortes...

— Hum... A vrai dire, ce genre de peinture n'est pas vraiment ma tasse de thé. D'instinct, je suis plus porté aux grands travaux qu'aux petites curiosités... De ce point de vue, je me sens plus italien que flamand. Avez-vous déjà voyagé en Italie, mon cher ?

— Ah ! ne m'en parlez pas, soupira Diego Vélasquez. Je meurs d'envie d'y faire un tour, mais Sa Majesté Philippe IV n'aime pas l'idée que je m'absente !

— Si vous êtes ambitieux, ce voyage est pourtant indispensable. Vous devez vous confronter aux plus grandes œuvres. Avez-vous entendu parler du Caravage ?...

Désireuse de ne pas les déranger, je me contentai de rendre sa clef au peintre espagnol en le remerciant pour ses bons offices. Lorsque nous eûmes quitté le palais, Jacob et moi osâmes enfin échanger quelques mots.

— Qui était cet homme avec qui Vélasquez discutait ?

— Un autre peintre, un certain Rubens. Il a voyagé de Londres à Madrid à peu près en même temps que nous. D'après ce que j'ai compris, bien qu'originaire des Flandres, il vit à la cour de Charles Ier d'Angleterre et sert d'ambassadeur officieux à Buckingham. Celui-ci voulait discrètement savoir à quelles conditions l'Espagne accepterait de signer la paix avec l'Angleterre. Mais, en arrivant à Madrid il y a quelques jours, Rubens a appris l'assassinat du favori de Charles Ier. Du coup, il occupe son temps à discuter peinture avec Vélasquez...

Je souris. Comme j'aurais aimé, moi aussi, vivre cette passionnante camaraderie du pinceau...

— Il a gagné au change. Quant à moi, Jacob, je rapporte huit cartes sur le Pacifique. Mais ne me regarde pas comme ça ! Reste discret et prends l'air dégagé !

*

Les claquements de sabots sur les pavés du quai firent tourner la tête à M. Van Vliet. Tout en dirigeant notre cheval au milieu des allées et venues des marchands, Jacob leva son pouce en signe de victoire. Au moment où nous franchîmes la passerelle, le négociant expliquait avec moult détails au capitaine du navire voisin qu'il avait trouvé un acheteur pour ses laines anglaises, qu'il pourrait ainsi financer le voyage de son navire jusqu'aux îles Moluques, et qu'il y achèterait des épices qu'il reviendrait vendre en Europe avec un substantiel bénéfice.

— Bonne route ! rétorqua sobrement le capitaine, surpris de ce bavardage imprudent.

Derrière nous, on retira la planche de bois. Quelques voiles d'artimon furent déployées, *L'Espérance* s'ébranla et, en un clin d'œil, la nouvelle de notre réussite fit le tour du pont. Cornelis s'empara avidement de ma sacoche et se précipita dans la salle à manger pour en découvrir le contenu. Alors que le navire commençait à descendre le Guadalquivir, les officiers qui n'étaient pas de quart dévalèrent l'escalier derrière le négociant.

— Où est Paul ? demandai-je discrètement à Etienne, qui avait surgi sans son petit frère.

— Avec Saskia. Il réajuste pour elle une robe devenue trop petite.

— Formidable ! La mayonnaise a pris. Et Alonso ?

— Il n'a pas réapparu.

— Dommage.

J'étais surprise de voir à quel point je m'étais attachée au nain et à sa musique. Avec le recul, je comprenais mieux à quel point son handicap rendait Alonso vulnérable. Pour se défendre, il n'avait sans doute pas eu d'autre choix que de développer l'art du mensonge... Tout comme moi, femme déguisée en moine...

— Je crains qu'il ne lui soit arrivé quelque malheur, chuchota Etienne. Il était tellement nerveux, juste avant sa disparition...

Mais aussitôt nous oubliâmes notre ancien compagnon, car Cornelis déployait sur la table les copies des cartes espagnoles, que nous voulions confronter aux documents de la VOC.

— Le continent secret se rapproche de nous ! s'écria Etienne.

— Un lieu de paix, j'espère, murmura Jacob.

Un lieu de justice, pensai-je.

— A nous, richesses et gouvernement, soupira d'aise Cornelis.

William me lança un clin d'œil.

— Enfin, je commence à croire qu'un jour j'enfilerai un pourpoint neuf !

Francis se contenta de tirer sur sa pipe, mais je voyais ses yeux briller d'enthousiasme. Si les rêves que suscitait ce nom de « terres inconnues » étaient différents pour chacun, tous s'enflammaient à l'idée de les découvrir. Nous nous mîmes à discuter de ce qui était représenté sur les cartes, avec une fièvre, un désordre et une passion grandissants.

— Un fortin, sur un île du Pacifique ! Tu crois qu'il a été construit par des indigènes ?

— Mais non ! Regarde, ce symbole a été reproduit plusieurs fois. Le cartographe veut juste indiquer une ville, ou même un gros village, pas forcément fortifié.

— Et ça, c'est une île ou le début d'un continent ? Le dessin est resté inachevé...

— L'explorateur a noté ce qu'il voyait : un petit morceau de côte, appartenant à une terre dont il ne pouvait deviner l'importance...

Suivie par Paul, Saskia s'assit près de nous dans sa nouvelle tenue vert émeraude.

— Et ce dessin d'hommes nus... Quelle horreur ! disait William. On dirait qu'ils découpent d'autres hommes en morceaux !

— Pourquoi ce tir de canon derrière ce navire ?

— Attendez, tonna soudain la voix de Cornelis. Procédons par ordre. Commençons par reconstituer le parcours de chaque navigateur sur la mappemonde.

Une heure plus tard, nous en avions une vision précise. Magellan le premier, il y a un siècle, avait traversé l'océan Pacifique d'est en ouest depuis le détroit qui portait son nom ; il avait d'abord mis le cap au nord jusqu'à l'équateur, puis avait filé droit vers les îles Moluques. Beaucoup plus proche de nous, Mendaña était parti de la ville de Calao au Pérou. Il avait atteint des îles qu'il avait appelées Salomon, avant de rebrousser chemin vers le Mexique. Reparti quelques années plus tard dans la même direction en compagnie de Queirós, avec quatre navires, des femmes et des enfants, il avait tenté de fonder une colonie dans d'autres îles qu'il espérait plus hospitalières, les Marquises, mais l'aventure avait mal tourné. C'était sa femme Isabelle qui avait ramené les survivants au Mexique. Il y a vingt ans, sur la même route,

Torres avait aperçu de nouvelles terres qu'il n'avait pas abordées, et dont il n'avait pu définir ni la taille, ni la position exacte. A la même époque, c'était encore cette direction qu'avait choisie Olivier Van Noort pour revenir des Amériques vers l'Asie. Et enfin, Jacob et Schouten, s'ils avaient ouvert une nouvelle voie à l'extrême sud de l'Amérique, avaient eux aussi foncé vers le nord avant de mettre le cap sur Batavia.

— Pas possible ! s'exclama Etienne, stupéfait. Ils ont tous navigué entre l'équateur et une latitude de quinze degrés sud !

Exact. Et voilà qui ne nous arrangeait pas. Quels que soient leurs exploits, ces grands navigateurs avaient tous traversé la même zone !

— Est-ce une question de vents favorables ? demanda Jacob.

— Probablement, mais je pense qu'il y a une autre raison, dit Hans Michielszoon, l'air pensif. Puisque personne ne sait calculer avec précision la longitude, chacun de ces navigateurs expérimentés a eu la même réaction : remonter jusqu'à la latitude des îles Moluques. Et, ensuite, filer tout droit vers elles... Ainsi, ils étaient sûrs de ne pas se perdre.

Sur une surface immense, et sans se concerter, les navigateurs n'avaient creusé qu'un seul sillon ! Les cartes que nous avions eu tant de mal à rassembler décrivaient toutes la même étroite bande de mer, laissant dans l'ombre la quasi-totalité du Pacifique Sud ! Le continent inconnu pouvait se trouver n'importe où ailleurs...

Si bien gardé fût-il, le secret des cartographes européens était atrocement décevant : à l'opposé de ce que nous avions imaginé, ils ne savaient rien de ce qui se trouvait entre une latitude de quinze degrés sud et le pôle Sud !

Perturbés par cette constatation, mes compagnons s'engagèrent dans des discussions en pagaille sur ce qu'il convenait de faire. Quant à moi, soudain effrayée par la difficulté de notre entreprise, je préférai remonter sur le pont.

J'étais heureuse de sentir à nouveau sur mon visage le vent frais du large. Autour du navire, l'eau chargée d'alluvions se fondait peu à peu dans celle, limpide, de l'Atlantique. Lentement nous quittions l'embouchure du Guadalquivir. A la manœuvre, Vasco dirigeait le déploiement de nouvelles voiles et, une fois de plus, j'admirai l'audace des marins suspendus aux cordages.

— Hissez le clinfoc !

— LE CLINFOC !

— Hissez le tourmentin !

— LE TOURMENTIN !

— Hissez la trinquette !

— LA TRINQUETTE !

L'une après l'autre, les toiles se déployaient et claquaient avec fracas en prenant le vent, entraînant *L'Espérance* de plus en plus vite vers le grand large.

Soudain, tout près de moi, j'entendis le choc d'un objet tombant sur le plancher du pont, qui résonna avec des vibrations musicales. Je me retournai : Alonso et sa vihuela !

16

Le choix de Cornelis

Le nain se redressa, vérifia rapidement que son instrument n'était pas abîmé et voulut s'enfuir vers l'escalier des cabines. Mais il fut saisi au col par l'officier en second.

— Tiens, tiens... Décidément, on trouve n'importe quel débris dans les voiles, après une escale !

— Non, non ! Laissez-moi ! Monsieur Vasco ! S'il vous plaît ! se mit à hurler Alonso.

A force de tapes dans le dos et derrière les genoux, le second obligea le nain à marcher devant lui et à descendre les marches qui conduisaient à la salle à manger.

— Viens donc t'expliquer avec M. Van Vliet.

— NON ! Pitié ! Pitié !...

Je les suivis, furieuse de la violence de Vasco et inquiète de la réaction du négociant. L'arrivée du prisonnier fit sensation. Pouteh contempla avec désapprobation son pourpoint tout froissé, ses mèches sales en bataille et sa barbe hirsute.

— Alonso ! De nouveau parmi nous ? s'étonna William.

— Et toujours vivant à ce qu'on entend, fit remarquer Francis.

D'abord stupéfait, Cornelis contempla le nain musicien d'un air sévère. D'une dernière tape dans le dos, Vasco fit asseoir son prisonnier en face de lui.

— Allez ! Raconte-nous où tu avais disparu. Juste à notre arrivée en Espagne, quand M. Van Vliet avait besoin de toi !

Le nain désigna les cartes déployées sur la table :

— Vous vous êtes très bien débrouillés sans moi...

— Cesse de faire le malin !

Serrant sa vihuela contre sa poitrine, la protégeant de ses coudes dressés, Alonso ferma les yeux et se recroquevilla, comme s'il s'attendait à être frappé. Vasco leva effectivement la main, mais le négociant l'arrêta.

— Laisse-le, Vasco. Il va nous raconter quelle mouche l'a piqué.

Soucieux de la bonne manœuvre du navire, l'officier en second quitta la salle à manger en haussant les épaules. Le nain reprit des couleurs et posa son instrument sur ses genoux.

— Pitié, monsieur Van Vliet ! De toute façon, il était impossible que je mette un seul doigt de pied en Espagne ! Un dominicain a juré, s'il me retrouvait, de me jeter vivant dans un bûcher !

A la mention de l'Inquisition, les traits de Cornelis se crispèrent. Conquérant lentement leur indépendance contre la puissante Espagne, les Hollandais avaient souffert de ces tribunaux, dont l'existence les horrifiait. Les protestants encourageaient la réflexion personnelle sur la foi, ce qui contrariait l'obéissance aux dogmes exigée par l'Eglise catholique.

— Pourquoi t'en voulait-il ? Es-tu philosophe ? Astronome ? Juif ? Musulman ? Morisque ? Luthérien ? Calviniste ? Fais-tu partie d'une secte ?

Le nain secoua la tête avec vigueur, puis se mit à pleurnicher comme un petit enfant.

— On m'a accusé de sorcellerie.

— Ah bon ! Pourquoi ça ?

— Parce que... parce que... parce que je sais parler aux éléphants.

William éclata de rire, Francis cessa de tirer sur sa pipe, Pouteh resta les mains levées au-dessus des verres qu'elle remplissait, et Etienne se pencha vers moi :

— C'est quoi, un éléphant, frère Paolo ?

— Une énorme bête grise avec des oreilles larges comme des volets et une deuxième queue à la place du nez, aussi longue que la pompe d'une fontaine.

— Eh ben ! Je n'arrive pas du tout à imaginer ce que ça peut donner !

Un éléphant figurait sur l'une des cartes. Je le retrouvai rapidement et le lui désignai. Pendant ce temps, Cornelis, furieux, criait au visage d'Alonso :

— Tu te moques de moi ?

— Pas du tout, monsieur Van Vliet ! Je vais tout vous expliquer. Enfant, j'appartenais à la suite du seigneur Olivares, le Premier ministre, mais j'ai été offert à Philippe IV au moment de son couronnement. Les nains sont très prisés, chez nous. Mon rôle à moi, c'était d'accompagner Sa Majesté lors des fêtes et des divertissements, en jouant de la vihuela. En comparaison avec moi, Philippe IV paraissait encore plus beau et encore plus puissant, ce qui est très important pour un roi. Mais, un jour, des saltimbanques qui produisaient un éléphant m'ont kidnappé. De nuit, ils m'ont emporté dans leur roulotte, ils ont fixé une chaîne autour de ma cheville et ils m'ont battu avec cruauté jusqu'à ce que j'accepte de travailler pour eux. Un nain sur le dos d'un éléphant... Ils disaient que leur incroyable animal serait d'autant plus surprenant qu'il serait conduit par un monstre de petitesse.

Pauvre Alonso ! Princes, pauvres gens, voleurs, tout le monde le considérait comme un monstre, oubliant son humanité. Sa sensibilité éclatait pourtant au grand jour dès qu'il pinçait les cordes de sa vihuela, car il savait exprimer tous les sentiments avec talent. Mais quantité d'autres gens étaient bons musiciens, tandis que les nains étaient d'une grande rareté, et leurs petits corps chétifs frappaient l'imagination.

— Et alors ? demanda Cornelis, impatient.

— On m'a jeté dans la cage de la bête. Je devais dormir entre ses pattes gigantesques. Il aurait suffi qu'il fasse un cauchemar pour que je périsse écrasé ! Pour me réconforter, je me suis mis à jouer de la musique. Et il s'est passé une chose que vous n'allez sûrement pas croire, et pourtant, je pourrais jurer sur la Bible que c'est vrai : il a posé son énorme trompe sur le sommet de ma tête et a commencé à me souffler dans les cheveux, tout doucement, tout gentiment. J'ai compris qu'il adorait ma musique.

Nous l'écoutions avec stupéfaction. Même Francis, le plus blasé d'entre nous, semblait ébahi.

— Et après ?

— Je me suis pris d'affection pour lui, et lui pour moi. Nous allions d'une ville à l'autre et, chaque jour, nous devions nous produire ensemble. Perché sur son dos, je jouais de la vihuela et il avançait en rythme en balançant sa trompe. Nous avions beaucoup de succès car personne, ni grand seigneur ni mendiant, n'avait jamais vu d'animal pareil. Hélas, nous étions également battus et mal nourris par nos stupides geôliers. Le soir, de retour dans notre cage, je frottais la peau de l'éléphant avec la paille de sa litière. Il frissonnait et gémissait de plaisir. Ensuite, du bout de sa trompe, il tapotait ma tête et mon dos. Cela calmait mon inquiétude du lendemain.

William, Etienne et Paul se mirent à rire. Cornelis sourit et même Saskia écarquilla les yeux. Alonso semblait nous avoir ensorcelés.

— J'avais l'intention de fuir, mais j'espérais un moment favorable, qui ne survenait pas. Un jour, j'ai compris que j'avais un allié et que je devais me servir de sa force. Alors que nous nous produisions pendant la foire de Séville, brusquement, j'ai cessé ma musique. A la place, j'ai poussé des cris guerriers en faisant grincer mes cordes de manière discordante. Comme devenu fou, l'énorme animal a agité sa tête dans tous les sens et il s'est mis à charger tout ce qui bougeait ! A lui seul, il a mis la plus belle pagaille que j'ai jamais vue ! Les chevaux hennissaient de panique. Les gens se bousculaient pour grimper dans les arbres et sur les toits des maisons. Et mes cruels employeurs furent piétinés par la foule qui s'enfuyait.

Je frissonnai. Plusieurs de mes compagnons crièrent avec enthousiasme :

— Bien joué ! Bravo, Alonso !

— L'éléphant et moi avons dévalé une avenue qui, devant nous, se vidait miraculeusement. Dans un village voisin de Séville, un forgeron a accepté de nous délivrer de nos chaînes. Là, j'aurais mieux fait d'offrir mon ami au premier paysan du coin qui aurait eu envie de se reconvertir en saltimbanque. Mais je me sentais si puissant, perché sur son dos ! Ce sentiment était si nouveau pour moi, si... enivrant ! Alors, j'ai décidé de partir vers le nord, de quitter l'Espagne et de gagner ma vie en tant que musicien montreur d'éléphant, de l'autre côté des Pyrénées.

— Et alors ? répéta Cornelis, d'une voix moins âpre que d'habitude.

— Je n'avais pas pensé à une chose : avec cet animal, impossible de passer inaperçu. Et son rythme de marche était beaucoup plus lent que celui d'un cheval. Cinq cavaliers nous ont rattrapés dès le lendemain. Ils nous ont encerclés et m'ont ordonné de les suivre, parce que mes anciens employeurs avaient porté plainte auprès de l'Inquisition. J'allais être jugé pour sorcellerie ! Je connaissais les méthodes de ces tribunaux : n'importe quel coupable leur convient, car ils ne cherchent qu'à faire régner la terreur. Il n'était pas question que je tombe entre leurs mains ! J'ai lancé mon énorme monture à l'assaut. Les chevaux ont d'abord paniqué. Mais les cavaliers ont réussi à les maîtriser et ils ont planté leurs épées partout dans la chair de l'éléphant, aussi férocement que s'ils avaient mis à mort un taureau.

Alonso baissa la tête et son front se couvrit de sueur froide.

— J'ai senti mon pauvre ami mourir sous moi. Dans le flot de sang qui s'échappait de lui, je lui ai soufflé à l'oreille combien je l'aimais, et je lui ai fermé les yeux. Mais cette bataille incroyable de cinq cavaliers contre un éléphant avait attiré une foule énorme. Dans la confusion qui a suivi, j'ai réussi à m'échapper. De cachette en cachette, j'ai pu rejoindre Lisbonne. Là, je me suis embarqué clandestinement sur un navire, et il s'est trouvé qu'il allait à Anvers. Après avoir erré, en mendiant un peu de nourriture contre des ballades et des danses, j'ai eu l'idée de me présenter à la cour du stathouder. Ce noble personnage a aimé ma musique et ma petite taille. Jusqu'à ce que, éméché, il me menace de mort à son tour, et que je m'enfuie de nouveau vers Amsterdam... où, par miracle, ma route a croisé celle de monsieur Cornelis Van Vliet, le plus audacieux et le plus généreux des hommes, en route vers le continent inconnu du Pacifique !

Le négociant ne peut s'empêcher de l'approuver de la tête. La fréquentation des cours avait enseigné à Alonso l'art de la flatterie.

— Bravo ! applaudit William. Quel récit !

— Là-dedans, combien y a-t-il de vrai, et combien d'inventions ? marmonna Francis.

— Tout est authentique ! s'insurgea Alonso. Présentez-moi un éléphant et vous verrez bien !

— On en croisera peut-être sur une île du Pacifique, fit remarquer Etienne. Puisqu'ils ont été représentés sur ces cartes.

Alonso fit une de ces têtes ! Tous, nous éclatâmes de rire. Le nain musicien s'était-il contenté d'embellir la réalité ? Avait-il une imagination débordante ?

Ou bien son physique exceptionnel l'avait-il conduit à vivre des aventures hors du commun ? En tout cas, par la seule magie de ses paroles, il avait évité la colère de Cornelis. Admirative, je lui serrai l'épaule.

— Alonso, je suis ravi de ton retour parmi nous. Ta musique m'a manqué. Et ta présence aussi.

Se redressant, il lissa ses sourcils broussailleux et me lança son plus charmant sourire. Je chuchotai à son oreille :

— Comment as-tu fait pour survivre trois jours à l'intérieur de cette voile ?

— J'ai battu mon record de sieste. Et, la nuit, le cuisinier m'apportait les restes.

Je ris de plus belle à sa mine satisfaite.

*

Chaque jour, je contemplais les trésors qui nous restaient de la collection de Johanna Van Vliet : les portraits de Dirk et de Saskia, une scène de patinage, un banquet de noces et la vue du port d'Amsterdam. Mais la peinture à l'huile est impossible à pratiquer lorsqu'on ne bénéficie pas d'un atelier. J'avais donc décidé de me mettre à l'aquarelle. A Séville, selon la promesse qu'il m'avait faite, Cornelis m'avait offert les pinceaux, le papier épais et les pigments dont j'avais besoin. Le jour même, j'avais commencé à m'exercer en reproduisant les ciels changeants, la limpidité de l'océan et les silhouettes colorées des matelots au sommet des voiles claires.

Porté loin des côtes espagnoles par un bon vent de nord-ouest, notre navire filait vers les îles du Cap-Vert, au large de l'Afrique, où nous devions faire escale. Mais il nous restait une décision difficile à prendre. Quelques jours après notre départ d'Espagne, entouré de Saskia et de Pouteh, Cornelis convoqua ses officiers. Ce matin-là, la salle à manger était illuminée par l'océan, d'une somptueuse couleur céruléenne.

— Messieurs, de deux choses l'une. Soit nous considérons que, malgré leur pauvreté, ces cartes nous suffisent. Auquel cas, nous gardons la même direction jusqu'au Brésil, nous longeons l'Amérique du Sud, nous franchissons le détroit de Magellan et nous entrons au plus vite dans le Pacifique. Là, nous choisissons une latitude bien plus au sud que nos prédécesseurs, et nous la suivons dans l'espoir de nous heurter au continent inconnu. Soit, au contraire, nous estimons l'espace possible trop vaste. Pour le restreindre, nous décidons de récupérer les informations qui nous attendent à Batavia. Alors, après les îles du Cap-Vert, nous longeons les côtes africaines, nous passons le cap de Bonne-Espérance et nous traversons l'océan Indien jusqu'aux îles Moluques. Une fois les cartes en notre possession, nous repartons vers l'est et le Pacifique.

— Mais ces informations qui nous attendent à Batavia, demanda William, pensez-vous qu'elles concerneront au moins en partie une zone nouvelle ?

— Impossible à savoir, répliqua Hans Michielszoon. L'archipel indonésien est comme un trait d'union entre l'océan Indien et le Pacifique. Et Batavia se trouve juste au-dessous de l'équateur, ce qui en fait une excellente porte d'entrée vers le sud... Cela dit, tous les navires marchands qui sillonnent cette zone suivent les mêmes routes connues. Je ne vois pas comment ils pourraient apporter du neuf aux cartographes de la VOC...

— Passons quand même par Batavia ! s'écria aussitôt Francis. Certains navires ont forcément été déviés de leur route par des tempêtes ! Cet océan n'est presque jamais pacifique, contrairement à ce qu'a cru Magellan.

— Suivons la route de l'Amérique, dit William presque en même temps. Les voyages maritimes sont tellement périlleux... Evitons un détour qui n'est pas indispensable.

— Droit sur le Pacifique ! l'approuva Etienne.

Alonso protesta.

— Puisque justement les voyages maritimes sont périlleux, empruntons jusqu'à Batavia des routes connues. Ensuite, quand nous serons mieux informés, nous reviendrons vers le Pacifique.

— Tout à fait, dit Jacob. Nous serions stupides de ne pas profiter des cartes de la VOC qui nous attendent dans les Moluques. Surtout que, pour une fois, les copies nous seront offertes gracieusement. Moi, je vote pour le cap de Bonne-Espérance et l'océan Indien.

Muet, Cornelis nous contemplait tour à tour en mordillant ses lèvres gercées. Une majorité d'une voix semblait se dessiner en faveur d'un long détour par Batavia. Le négociant se tourna vers moi :

— Et toi, frère Paolo, quelle est ton opinion ?

— Je suis favorable à la route la plus directe possible vers le Pacifique. Donc, par l'Amérique. Si nous ne réussissons pas à dénicher le continent inconnu, il sera toujours temps de rallier Batavia.

J'avais hâte de découvrir d'autres peuples lointains, que j'imaginais moins cruels que les Européens, moins obnubilés par les luttes de pouvoirs. De tout mon cœur, j'espérais pouvoir vivre parmi les sauvages en tant que peintre, débarrassée de cette identité de moine qui m'encombrait. Quant à l'amitié grandissante que je ressentais pour mes compagnons, je voulais la débarrasser du secret de ma féminité. Et chaque nuit, je rêvais d'aimer sans perdre ma liberté de créer...

Cornelis hocha plusieurs fois la tête en méditant. Puis il tapa du poing sur la table.

— Eh bien, c'est décidé ! Cap sur l'Amérique du Sud et le détroit de Magellan.

Francis s'étrangla avec la fumée de sa pipe. Il se mit à tousser sans avoir la patience de reprendre son souffle avant de parler.

— Quoi ! Mais ce n'est... Keuh ! Keuh !... pas possible, monsieur Van Vliet ! Keuh ! Vous ne pouvez pas prendre votre décision en fonction de ce que pense un pauvre moine ignare ! Keuh ! Moi qui suis un scientifique, je vous dis qu'il faut passer par Batavia ! Keuh ! Keuh !

— Vous êtes un scientifique, Francis, c'est vrai. Et j'ai beaucoup de respect pour le savoir des hommes. Mais ne vous ai-je point entendu affirmer que, dans de nombreux domaines, notre science n'était pas au point ? Lorsque vous étiez malade, il paraît d'ailleurs que vous avez refusé la saignée que tout médecin vous aurait conseillée.

Le gentilhomme pâlit, puis rougit. Sa main gauche se crispa sur sa bible.

— La science des hommes est respectable mais faillible, Francis. Celle de Dieu lui est supérieure, parce qu'elle est infinie. C'est donc à elle que je préfère me fier.

— Mais pas du tout ! Vous vous fiez à la parole de frère Paolo ! Qui vous garantit qu'il est inspiré par Dieu ?

J'eus envie de disparaître dans un trou de souris. La voix de Cornelis devint glaciale.

— La parole de frère Paolo a pour moi beaucoup de valeur, car ce jeune homme a décidé de consacrer sa vie à sa foi. Voyez-vous, Francis, l'engagement d'un capucin ne consiste pas en des mots en l'air, ni même en une bible toujours à la portée de la main, mais en des actes concrets. Chaque matin, frère Paolo renonce à enfiler les souliers fourrés que je mettrais bien volontiers à sa disposition. Quelque soit le temps, il préfère poser sur le sol ses pieds nus. Moi pour qui le pire cauchemar serait de replonger dans la misère, je suis très, très impressionné.

Le négociant se tourna vers moi et fit le geste de soulever de sa tête un couvre-chef qu'à cet instant il ne portait pas.

— Frère Paolo, je te tire mon chapeau.

Atrocement gênée, je baissai les yeux. Mais plus j'étais gênée, plus Cornelis était admiratif, et plus Francis bouillonnait de colère, au point de ne plus maîtriser ses paroles.

— Si Luther vous entendait, monsieur Van Vliet, il s'en retournerait dans sa tombe ! Lui qui pourtant était un moine a bien insisté sur le fait que les gens d'Eglise ne sont pas supérieurs aux autres. Que tous les hommes sont égaux dans leur compréhension de la parole de Dieu. Voilà pourquoi il encourageait chacun des chrétiens à lire la Bible !

Cornelis tapa du poing sur la table.

— Si Luther avait été le pape, il aurait exigé que je pense en tous points comme lui. Mais, justement, la différence fondamentale entre eux, c'est que Luther acceptait que chacun ait son propre chemin dans la foi. Or, moi, Cornelis Van Vliet, moi qui ai connu la plus grande des misères et la richesse la plus extraordinaire, ma conviction, aujourd'hui, c'est qu'un homme qui choisit chaque matin le dénuement le plus total est plus attentif qu'un autre aux messages de Dieu. D'ailleurs, Francis, croyez-vous que c'est un hasard si nous avons navigué de longues heures à quelques encâblures des pirates de Dunkerque sans que ceux-ci nous aperçoivent ? Croyez-vous que c'est la chance qui nous a introduits discrètement chez les plus grands souverains d'Europe sans déclencher de catastrophe ? Cet exploit, je le mets sur le compte de frère Paolo, le seul d'entre nous qui était présent lors de chacune de ces expéditions délicates. Nous ne le devons pas à vos connaissances scientifiques, cher Francis, puisque vous n'avez honoré de votre présence aucune de ces aventures. Sur ce, messieurs, ma décision est prise. Je ne reviendrai pas dessus.

Francis en laissa tomber sa pipe. Le tabac brûlant se répandit sur sa bible ouverte, qui commença à roussir. Au milieu de nos compagnons médusés, il la referma avec brutalité afin d'étouffer le feu naissant, puis repoussa ses cheveux en arrière pour mieux me fixer du regard. Dans ses yeux, je lus que s'il avait pu me tuer en public, il l'aurait fait sur-le-champ.

*

La haine que me portait dorénavant Francis avait réveillé en moi le souvenir de la violence que m'avaient fait subir les juges et Marco. La nuit suivante me parut interminable tant les cauchemars s'y bousculèrent. Plusieurs fois, je me réveillai en sursaut, le front moite, la gorge serrée. Mon corps se rappelait avec horreur les mains fiévreuses du violeur. Mes doigts me lançaient, comme si les lacets de cuir étaient encore enfoncés dans leur chair fragile. Mes oreilles résonnaient à nouveau de la voix glaciale de mon père, m'annonçant la terrible sentence : « Ta carrière de peintre est finie. »

Tremblant d'une peur irraisonnée, je guettais le moment où William serait seul à son poste sur le château arrière, la lunette à la main, prêt à remplir le livre de bord. Dès que Francis l'eut quitté, je passai devant Vasco qui me suivit des yeux depuis la barre, et m'empressai de rejoindre le gentilhomme.

— Votre ami semble me détester, murmurai-je en me plongeant dans la contemplation de l'horizon. Je vous avoue que cela ne me rassure pas.

— Il semblait vraiment fâché, répondit William en posant sa lunette et en se tournant vers moi. J'en étais le premier étonné. Cela dit, frère Paolo, sache que, sous ses airs distants, Francis cache en réalité un tempérament passionné. Je pense qu'il ne supporte pas l'idée qu'un protestant comme Cornelis privilégie les conseils d'un moine catholique. Il a l'intransigeance d'un nouveau converti.

— Vous voulez dire, William, qu'il n'est pas presbytérien depuis longtemps ?

— Quelques mois avant notre départ d'Angleterre, alors que nous achevions nos études et que nous nous interrogions sur notre carrière future, il a eu une révélation. Il s'est plongé dans la Bible avec le même enthousiasme qu'il avait mis à étudier les sciences ou à tomber amoureux. Mon ami est ainsi : entier, vibrant pour le pire comme pour le meilleur. Mais il a très peur de le montrer. Entre nous, frère Paolo, je pense que sa pipe lui est surtout utile pour cacher ses émotions.

— Alors, selon vous, c'est parce qu'il est furieux de mon influence sur Cornelis qu'il insiste pour passer par Batavia ?

— Forcément. Visiter cette ville ne peut pas avoir une telle importance pour lui. Elle a été construite dans des marais qui donnent des fièvres très dangereuses et il paraît que les administrateurs hollandais sont des brutes et méritent à peine le nom d'humains. Allons, ne t'inquiète pas, frère Paolo, sa colère va passer aussi vite qu'elle est arrivée.

J'aurais aimé croire William, mais un je-ne-sais-quoi m'en empêchait. Afin de me débarrasser d'un trop-plein d'angoisse, je réclamai à l'officier en second une leçon d'escrime. Il laissa le gouvernail à Etienne – en le surveillant du coin de l'œil entre deux assauts – et, avec violence, nos rapières ferraillèrent sous le soleil de plomb.

— Continue comme ça, moinillon ! me cria Vasco. Enfin, tes jambes se dérouillent ! Encore un petit effort et tu pourrais devenir mon élève préféré !

17

Duel par une nuit sans lune

Notre première escale hors d'Europe eut lieu dans un archipel désolé, noir et sec, et pourtant connu de tous les navigateurs. Dernier point de ravitaillement possible avant la traversée de l'Atlantique vers l'Amérique, ou bien vers le sud de l'Afrique, les îles du Cap-Vert étaient comme la porte d'entrée vers toutes les terres lointaines.

Mi-octobre, sous un ciel tourmenté que je m'empressai de reproduire à l'aquarelle, *L'Espérance* pénétra dans le port étroit de Ribeira Grande, coincé entre deux falaises et dominé par des forts. Le vent avait tourné et rejetait sur l'île de puissantes bourrasques de sable. Aucun officier ne descendit à terre, excepté Hans Michielszoon et Vasco. Sous leurs ordres, les hommes d'équipage, leurs couvre-chefs enfoncés jusqu'aux yeux, firent rouler dans la cale quantité de barriques remplies de farine, de sel, de lard, de riz, de haricots rouges, de bananes, de dattes, de vin rouge, de rhum et d'eau douce, assez pour tenir des semaines sans escale.

Un peu plus tard, en me hâtant sur le pont pour rejoindre la salle à manger, je surpris Cornelis et Francis, à l'abri du château arrière, en pleine discussion. Nous échangeâmes un regard lourd de sous-entendus. Au repas qui suivit, j'eus l'impression que le négociant m'observait avec acuité.

Le lendemain, nous reprîmes la mer. En nous éloignant de l'Afrique, nous atteignîmes une zone plus calme, normalement venteuse, avec un ciel d'azur et une mer paisible. Au déjeuner suivant, alors que nous étions tous rassemblés autour de la table – sauf Hans Michielszoon qui tenait la barre –, Cornelis m'interrogea à brûle-pourpoint :

— Comment s'appellent les créateurs de ton ordre, déjà, frère Paolo ?

Jetant un œil du côté de Francis, je le vis sourire à la manière d'un chat qui s'apprête à jouer longtemps avec une souris. J'en eus froid dans le dos.

— Nous, les capucins, nous référons directement à saint François d'Assise et à ses préceptes.

— Bien sûr. Mais la création de ton ordre est bien antérieure à l'existence de ce saint. Alors, qui en furent donc les initiateurs ?

— Frère... euh... Je n'ai jamais eu la mémoire des noms...

— Tu as quand même déjà entendu parler de Mathieu de Bascio et de Louis de Fossombrone ? Lequel des deux a rédigé les règles de ton ordre, au point d'en être considéré comme son véritable fondateur ?

— Mathieu de Bascio, répondis-je avec fermeté, complètement au hasard.

Cornelis reposa sa fourchette. Ses doigts maigres

se crispèrent sur la nappe et sa peau parut encore plus grise que d'habitude. De toute évidence, j'avais pioché la mauvaise réponse. Le visage de Francis s'illumina d'un éclat venimeux. Réalisant qu'il se passait quelque chose de grave, nos compagnons relevèrent la tête les uns après les autres.

— Toi qui te fais appeler frère Paolo ! s'emporta soudain le négociant, je t'accuse de ne pas être un capucin, mais d'en avoir usurpé l'identité ! Aucun capucin n'ignorerait qu'il doit la constitution de son ordre à Bernardin d'Asti. Je t'ai écouté, je t'ai respecté, je t'ai tiré mon chapeau, et toi, tu as trahi ma confiance !

Sa colère était à la hauteur de son admiration précédente et de l'image idéalisée qu'il s'était faite de frère Paolo.

— Vasco ! hurla-t-il. Donnez l'ordre à vos hommes d'attacher ce traître au grand mât !

Son regard balaya l'assistance terrifiée – sauf Francis, qui ne cachait même pas qu'il exultait.

— Qu'on laisse ce faux moine mourir de soif, de faim et de chaleur sous le soleil de l'équateur ! poursuivit le négociant. Et que *L'Espérance* change sa route. Qu'on mette le cap sur Batavia !

*

L'officier en second ne fit preuve d'aucune faiblesse à l'égard de son élève préféré. Et sa poigne de fer ne me permettait aucune résistance. Je fus entraînée sur le pont et violemment collée au grand mât. On m'attacha les chevilles et les poignets à l'aide d'une corde de marin – la plus solide qui soit. Autour de nous, matelots misérablement vêtus et soldats en uniforme commencèrent à se rassembler en marmonnant et en se signant.

— Que se passe-t-il ? cria Hans Michielszoon depuis la poupe.

— Ordre de Cornelis ! hurla Vasco contre le vent.

— Viens prendre la barre !

Dès que le second eut saisi le gouvernail, le capitaine dévala les escaliers du château arrière. Suivi des officiers, Cornelis sortait de la salle à manger. Ils se rencontrèrent assez près de moi pour que je puisse saisir leurs paroles.

— Qu'est-ce que cela signifie ! Frère Paolo attaché au grand mât ! s'emporta d'emblée Hans Michielszoon. Ne savez-vous pas, monsieur Van Vliet, que personne n'est plus superstitieux qu'un marin ? Cet odieux spectacle pourrait déclencher une mutinerie !

— Ce garçon n'est qu'un usurpateur, qui n'a de moine que l'habit. Faites passer l'information à vos hommes, trancha Cornelis.

— Comment pouvez-vous en être sûr, monsieur Van Vliet ? Prendrez-vous le risque d'offenser Dieu ?

— Si je me trompe, que Dieu fasse un miracle ! Et qu'il le délivre ! Tout de suite !

Officiers, matelots, soldats, tout le monde se tourna vers moi, attendant de voir si une tornade allait casser le grand mât, si un requin allait jaillir pour entraîner Cornelis dans les flots, ou même si un ruban de lumière allait tomber des cieux directement sur moi – comme sur d'anciens tableaux religieux – avec ces mots : « Cet homme est bien un moine capucin. Délivrez-le. »

Hélas, si Dieu existe, il décida de ne pas se déranger pour si peu. Ou bien il considéra que j'avais mérité ma peine. Le ciel resta d'azur, le vent de force moyenne, l'océan serein. Aucun frémissement n'agita même les cordes qui me serraient les jambes et les poignets.

Ses sourcils aussi noirs et serrés qu'une barre d'orage à l'horizon, Hans Michielszoon renvoya chacun à ses occupations. Depuis son poste devant le livre de bord, William me jetait des regards désolés. Francis vint le rejoindre et ne put s'empêcher de me narguer en me soufflant au visage la fumée de sa pipe. Mais son ami s'écarta ostensiblement de lui et lui tourna le dos. Vexé, le presbytérien s'éloigna.

Etienne passa et repassa devant moi en me montrant ses poings serrés, comme s'il voulait m'exhorter à tenir le coup. Au contraire, Jacob traversa le pont en détournant les yeux et en se grattant la barbe, mais il semblait consterné. Ayant repris le gouvernail quelques pieds au-dessus de moi, le capitaine fixait l'océan avec colère. Mon regard ne cessait de revenir vers lui. Ses épaules carrées m'appelaient comme un refuge, autant paternel qu'amoureux... M'étais-je trompée sur son compte ? Allait-il laisser se poursuivre cette injustice effroyable ?... M'abandonner à mon sort, comme l'avait fait mon père, qui n'était préoccupé que de sa propre survie ?

Lentement, le soleil atteignit son zénith. Mon repas du matin était encore assez récent pour que je ne souffre pas de la faim, mais les coups du soleil asséchaient ma gorge et me brûlaient le front. La fatigue de mes jambes me poussait à me reposer sur mes liens, alors qu'à chaque relâchement les cordes s'enfonçaient un peu plus dans la chair de mes chevilles. Mes bras accrochés en arrière tiraient sur mon dos qui me lançait de plus en plus douloureusement.

Pourtant, je savais que je n'en étais qu'au début d'un supplice qui s'annonçait encore plus atroce que la torture de mes doigts. Et que je finirais par en mourir.

J'avais toujours été fidèle à Cornelis et à mon engagement sur *L'Espérance*. Sans moi, mes compagnons posséderaient-ils une copie des cartes les plus essentielles pour nous, les mieux protégées, celles du roi d'Espagne ? Mon unique faute était d'avoir caché mon identité. Mais ce n'était pas par fantaisie, ni même par intérêt. J'avais réagi à une première injustice, qui avait anéanti mon avenir. Et si j'avais choisi l'apparence d'un moine, c'était uniquement parce que je n'avais pas imaginé d'autre moyen de me protéger de la violence des hommes !

Brisée jusqu'au plus profond de mon âme, je ne désirai plus que mourir pour cesser enfin de souffrir... Adieu, cette seconde vie que j'avais cru trouver sur *L'Espérance*... Adieu, ceux que j'avais considérés comme mes amis, le loyal sergent roux, le gentilhomme coloré plein d'entrain, le musicien à l'imagination débordante, l'intrépide adolescent et son petit frère courageux... Adieu, notre extraordinaire aventure commune et le continent inconnu... Pourvu qu'au moins le paradis céleste existe, et que je puisse y retrouver ma mère...

*

Je fus tirée de ma torpeur brûlante et douloureuse par une douche d'eau fraîche.

— Etienne ! cria Vasco depuis la barre. Qu'est-ce que tu fabriques ?

— Oh, pardon, monsieur Vasco. Je voulais vous apporter de l'eau et j'ai trébuché.

— Je déteste qu'on se moque de moi ! Ose recommencer, gamin, et tu iras rejoindre frère Paolo sur le grand mât !

Depuis la poupe au-dessus de moi, l'adolescent me lança un clin d'œil avant de s'éloigner. Il avait du cran d'agir ainsi au nez et à la barbe de Vasco. Le tissu épais de mon froc trempé m'assurait un bon moment de répit, tant que le vent du large ne l'avait pas séché. En déplaçant mon visage contre le capuchon, je pus même attraper avec ma bouche un morceau de tissu et en aspirer avidement l'humidité. Comme ces gouttes sales me parurent bienfaisantes !

Juste après, Alonso s'installa à l'ombre du château arrière, non loin de moi. Sans paraître me prêter attention, il accorda sa vihuela puis se mit à jouer. Vasco lui lança un regard soupçonneux.

— Qu'est-ce que tu fabriques, le nain ?

— De la musique, monsieur Vasco. M. Van Vliet a interdit qu'on donne à boire ou à manger au prisonnier, et même qu'on discute avec lui. Mais il n'a pas défendu qu'on s'installe sur le pont, dans la seule ombre disponible à cette heure.

— Ouais, ouais... Attention à ce que tu chantes ! N'oublie pas que je t'écoute !

— Bien sûr, monsieur Vasco !

Le second porta son regard sur l'horizon, par-dessus

nos têtes. Alonso commença par une chanson d'amour qui, comme toutes les chansons d'amour, était triste à en pleurer

J'ai perdu mon espérance
Mon amour et ma confiance
Sous son balcon je suis venu ce soir
Ma Dulcinée n'est pas au rendez-vous

La chanson racontait les mésaventures d'un chevalier errant qui avait appris son métier en lisant tous les romans de sa bibliothèque. Accompagné de son écuyer qui le prenait pour un fou, il était parti par les chemins poussiéreux à la recherche de veuves et d'orphelins à protéger. Il combattait avec vaillance des moulins à vent. Il jura amour et fidélité à une princesse qu'il ne parvenait jamais à rencontrer...

Après trois couplets, les paroles du refrain se modifièrent légèrement :

Sur le navire Espérance
Faut toujours avoir confiance
Tiens bon, mon frère, ne t'endors pas ce soir
L'astre lunaire n'est pas au rendez-vous.

Déplaçant à peine son visage vers moi, Alonso lut dans mes yeux que j'avais reçu son message. Il enchaîna sur ses morceaux habituels, alternant de douces et apaisantes mélodies avec quelques danses entraînantes.

Mes compagnons – certains, du moins – préparaient quelque chose... ma délivrance ? Même si j'étais de nouveau victime d'une injustice, mes amis étaient prêts à prendre des risques pour moi. Cette certitude m'apporta une bouffée d'énergie, de courage et de révolte. Malgré les souffrances continues de mon corps, malgré ma précédente expérience de la justice – désastreuse –, je décidais, cette fois, de préparer ma défense !

Jamais jusqu'à présent je ne m'étais interrogée sur la personnalité du gentilhomme en noir. A la réflexion, pourtant, la courte mais aventureuse histoire de *L'Espérance* avait été émaillée des bizarreries de son comportement. J'avais encore en mémoire la silhouette vêtue de noir qui nous avait faussé compagnie dans le port de Londres. Son allure était tout à fait celle du presbytérien, qui aurait donc bravé la menace de mort pesant sur lui... Ensuite, juste après nous être éloignés de La Rochelle, nous avions appris que Francis était tombé malade. Il n'avait pas quitté sa cabine de toute une semaine, tout en refusant les traitements médicaux habituels. Plus tard, en Espagne, il avait profité des réticences de William pour se dérober lui aussi à une nouvelle mission. J'avais pensé que, malgré son costume de gentilhomme, il détestait se battre. Mais était-ce la seule raison ? Et, enfin, que signifiait cette colère lorsque Cornelis avait choisi la route des Amériques ? Je repensai à l'étonnement de William : « Visiter Batavia ne peut pas avoir une telle importance pour lui. »

Soudain me revint en mémoire l'un des gestes familiers de Francis : la manière dont il repoussait en arrière ses cheveux mi-longs, épais, bouclés, superbes. Une chevelure telle que je n'en avais jamais vue auparavant et que, brusquement, je croisais en deux exemplaires : l'un à bord de *L'Espérance*, navire chargé de découvrir le continent inconnu pour le compte de la VOC hollandaise ; l'autre sur le portrait d'un homme que tout le monde considérait comme le plus puissant d'Angleterre : George Villiers de Buckingham !

*

Au cours de l'après-midi, le ciel se couvrit. Lorsque la nuit tomba, rapide comme un couperet, un couvercle de nuages étouffait le lever de la lune et des étoiles. Exactement comme me l'avait annoncé la chanson d'Alonso. Etourdie de souffrance et de fatigue, j'assistai aux va-et-vient des mousses qui apportaient le dîner des officiers dans la salle à manger, puis à la succession rapide des repas des soldats et des marins, dans la cuisine en plein air, à la lumière des chandelles. Tandis que la table de Cornelis restait variée et savoureuse, l'équipage était beaucoup moins bien loti, ne recevant ce soir que de la bouillie au beurre et des pruneaux.

L'un des marins sortit un accordéon et chanta quelques chansons à boire. Mais le cœur n'y était pas ; faux moine ou pas, la proximité d'un homme torturé n'incitait pas à la légèreté. Dès le dernier repas avalé, Vasco envoya tout le monde se coucher, excepté les quelques hommes de quart. En maugréant, matelots et soldats descendirent l'un après l'autre l'escalier de la cale. Plus tard, j'entendis les officiers traverser le pont vers leurs cabines. Le timonier laissa le gouvernail au capitaine. Tout s'immobilisa.

Le calme nocturne s'étendit sur le navire, tout entier empli par le grondement de notre marche sur l'océan, par le grincement régulier des agrès, le claquement des voiles, le déferlement des vagues sur la coque. A la poupe, au-dessus de moi, une bougie dans sa lanterne de verre éclairait la silhouette de Hans Michielszoon. Cette fois, je détournai la tête, pleine d'amertume et de colère : le capitaine semblait avoir pris son parti de l'injustice qui me frappait !

Plusieurs heures s'écoulèrent. Parfois, je m'évanouissais, et c'était une douleur ou une autre qui me tirait de l'inconscience.

Soudain, devant moi, je perçus de subtiles modifications dans la superposition des ombres. Je scrutais l'obscurité quand je sentis contre mes doigts, derrière mon dos, un objet froid : le manche d'un couteau ! Dressant l'oreille je crus deviner le frôlement d'un corps sur le plancher du navire. Puis le bruit disparut. Au-dessus de moi, la silhouette du capitaine n'avait pas bronché. Ce n'était pas l'homme que j'avais cru aimer qui s'était mis en danger pour moi, mais, au moins, quelqu'un tenait suffisamment à ma survie pour enfreindre les ordres de Cornelis !

La maladresse de mes mains m'exaspéra et faillit me désespérer. Malgré toute ma bonne volonté, mon pouce refusait de se rapprocher de l'index. Je me résignai à n'utiliser que les deux doigts qui accrochaient le manche, dans la position où le couteau s'était calé, avec le tranchant sur la corde qui me retenait le poignet. Le mouvement de scie que j'effectuai me sembla terriblement lent et peu efficace. Avec courage, je poussai pourtant la lame sans relâche. Je finis par sentir craquer une première fibre, puis une autre, mais cela ne suffit pas à détendre mes liens.

La houle fit osciller le navire. Le temps d'un éclair, j'aperçus, dans l'ombre de l'escalier qui menait aux cabines, une silhouette. Etait-ce l'ami qui m'avait apporté le couteau ? Ou bien quelqu'un d'autre ?

Perplexe, j'écarquillai les yeux, sans pour autant cesser de frotter avec la lame. Une autre fibre céda et, cette fois, la corde se relâcha. J'avais gagné un ou deux pouces de liberté ! Ma main gauche vint au secours de la droite et accéléra le mouvement. Ça y était ! Mes mains étaient libres ! Je pouvais m'attaquer aux chevilles…

Je sursautai. Près de moi s'était produit un bruit caractéristique et très particulier, doux et violent à la fois : le feulement d'une lame qu'on tire de son fourreau ! L'un de mes compagnons serait-il assez lâche pour s'attaquer à un prisonnier qu'il pensait sans défense ? Renonçant à me pencher pour trancher la corde qui entravait mes chevilles, je gardai mon arme dressée devant moi, prête à vendre chèrement ma vie.

Plus loin sur le pont, un autre sifflement me signala que quelqu'un d'autre avait mis son épée à nu ! Je tendis désespérément l'oreille et entendis l'ombre de l'escalier monter à pas feutrés les quelques marches qui la conduisaient vers moi. Que voulait-elle ? Me délivrer ? M'achever ?

Mes narines se dilatèrent, captant parmi les odeurs marines des effluves discrets d'une odeur âcre : celle du tabac. Soudain, dans un éclat brutal et métallique, une lame en arrêta une autre, à quelques pieds de moi.

Des crépitements furieux suivirent, à droite, derrière, encore plus à droite.

De nuit comme du jour, les duels étaient interdits sur le navire. Le capitaine serait forcément intervenu pour arrêter ce dangereux combat s'il avait aperçu un mouvement dans une nuit moins opaque ou bien si le bruit des lames n'avait pas été couvert par ceux, beaucoup plus puissants, qui accompagnaient la marche du navire sur l'océan.

Puis les crépitements cessèrent. Les combattants avaient-ils perdu le contact de leurs lames sans savoir comment le retrouver ? L'une des ombres s'éloigna vers la proue et le haut de sa silhouette fut éclairée par la lanterne du capitaine : une plume blanche accrochée à un chapeau rouge.

Le duelliste plongea à nouveau au cœur de la pénombre et, aussitôt après, j'entendis un cri de rage et de souffrance. La voix de William ! Les claquements de lames reprirent, d'une grande violence. Ils se rapprochaient de moi et, pour me protéger, j'agitai le couteau devant moi au hasard.

Brusquement, un cri jaillit. Quelque chose siffla en traversant les airs puis rebondit sur le pont – une épée ? Tout de suite après, je perçus un cliquetis métallique et ce qui ressemblait à un râle. Dieu du ciel ! Qui était donc en train d'assassiner qui ?

J'eus à peine le temps de me poser la question. Vive et silencieuse, plus noire que la nuit elle-même, l'une des ombres se jeta sur moi... et sur ma lame. Je sentis la morsure de l'acier dans mon bras mais frappai et frappai encore dans la chair de mon adversaire, jusqu'à ce que tout bascule autour de moi, le sang, l'ombre, le plancher, le ciel noir, comme si le navire, en quelques secondes, avait sombré dans l'océan...

*

Je fus tirée de mon évanouissement par la certitude que j'étais vivante et qu'on allait découvrir ma féminité. Je poussai un cri :

— Non !

Je tentai de me redresser, en vain. Mes chevilles étaient toujours attachées au grand mât. Je voulus prendre appui sur mon bras droit. Mais il refusait de m'obéir. D'ailleurs, ce n'était plus mon bras, mais une braise brûlante. Non loin de moi, deux ombres furieuses se jetaient l'une sur l'autre dans le crépitement mat des épées, et le navire tanguait lui aussi, comme pris de folie. Je compris pourquoi en tournant la tête vers le gouvernail : la lanterne n'éclairait plus qu'une barre abandonnée aux caprices de la mer.

Une nouvelle ombre jaillit alors de l'escalier, suivie d'une autre, puis encore d'une autre.

— Etienne ! hurla Hans Michielszoon sans cesser de se battre. Prends le gouvernail ! Paul ! Ramène une chandelle ! Jacob ! Occupe-toi de frère Paolo !

Les deux frères et le sergent s'exécutèrent. Jacob s'accroupit près de moi et acheva de me délivrer. Privée de liens, je défaillais. Le sergent roux me prit dans ses bras, me serrant contre son buste. Sous ma joue, le velours de son pourpoint me parut d'une douceur merveilleuse.

A la lueur de la première bougie apportée par Paul, je distinguai à quelques pas de moi sur le pont le corps immobile de William, son vêtement amarante assombri par le rouge plus sombre du sang, et, debout, Francis, son épaisse chevelure dans le vent, son pourpoint noir lacéré, sa main droite accrochée à une lame brisée et sa main gauche serrée contre son flanc, comme s'il voulait comprimer une plaie. Hans Michielszoon avait baissé son épée et il tendait la main vers son adversaire :

— Vous êtes blessé et votre rapière est cassée. Rendez-vous, Francis !

Le gentilhomme laissa tomber son arme sur le plancher. Le capitaine positionna la sienne devant son fourreau et l'y rangea d'un coup sec. Il se retourna à demi pour lancer des ordres et je vis Francis attraper sans bruit le mousquet de sa ceinture.

— Hans, attention ! criai-je.

Le coup de feu ponctua ma phrase. Le presbytérien tressaillit sous le choc de sa propre balle, tomba sur les genoux puis de tout son long dans un flot de sang coulant de sa poitrine.

La fin de cette scène avait été éclairée par un nombre grandissant de lanternes montant des cabines comme de la cale. Réveillés par le raffut, officiers, marins et soldats se mêlaient en désordre sur le pont.

— Que se passe-t-il ici ?

— On a heurté un récif ! On va tous périr !

— Mais non, idiot ! C'était un duel !

— Un duel en pleine nuit ? Où est le capitaine ?

— Il n'y a personne à la barre !

— Si, il y a un gamin !

— Là, du sang ! Un cadavre !

— Non, deux cadavres !

— Et le moine, regarde ! Il est ressuscité !

Et par-dessus tout, la voix exaspérée de Cornelis :

— Des chandelles ! Qu'on m'apporte des chandelles !

Pouteh s'empressa de les lui remettre en main propre. Le négociant se montra en pleine lumière, vêtu d'une longue chemise de nuit blanche et d'un bonnet de coton enfoncé sur les oreilles.

— Vasco ! ordonna Hans Michielszoon. Va prendre le relai d'Etienne à la barre. Et tu n'en bouges pas jusqu'à nouvel ordre ! Paul, va me chercher des linges et de l'eau ! Jacob, emmène frère Paolo dans sa cabine !

— Pas question ! hurla Cornelis, vert de rage. Qu'on rattache ce faux moine au grand mât ! Qu'il se vide de son sang et qu'il crève !

Depuis qu'il avait acquis pouvoir et richesse, le négociant n'avait jamais vu son autorité ainsi bafouée. Officiers et hommes d'équipage se figèrent, indécis.

— Vasco ! Etienne ! Jacob ! Paul ! Faites ce que je vous demande ! cria Hans Michielszoon. Le capitaine, c'est moi !

Tremblant d'une fureur contenue, le visage et le bras droit sanguinolents, il se campa devant le négociant.

— Monsieur Van Vliet ! Vous ne trouvez pas qu'il y a eu assez de dégâts comme ça ? Trois blessés graves, dont deux sont peut-être déjà morts ! Et justement vos scientifiques, les seuls parmi nous qui avaient quelques connaissances en médecine !

Au bord de l'apoplexie, Cornelis semblait incapable de prendre une nouvelle décision. Alors la servante Pouteh s'approcha. Se plaçant derrière son maître, elle posa ses deux pouces sur sa nuque et se mit à la malaxer comme une pâte à pain. Le négociant poussa un énorme soupir. D'une voix plus calme, il énonça :

— Je réglerai la question de frère Paolo demain, à la lumière du jour.

Et il fit demi-tour en direction de l'escalier.

— Capitaine, dit Jacob en s'avançant, je m'y connais un peu en chirurgie. Sur les champs de bataille, j'ai appris à retirer une balle d'une poitrine ou d'un estomac, à redresser une fracture, à pratiquer une amputation...

— Parfait. Dépêche-toi d'amener frère Paolo à sa cabine. Nous allons avoir besoin de toi. Paul, va seconder Jacob !

Je n'en entendis pas plus. Le sergent me posa avec délicatesse sur ma couchette, examina rapidement mon bras, en déduisit qu'il était cassé et indiqua à l'adolescent comment me soigner. Celui-ci nettoya la plaie, déchira des bandes de tissu et m'en fit un pansement, puis il me coinça le bras entre deux fines planches de bois. La douleur, la journée debout en plein soleil, le sang que j'avais perdu, les émotions violentes et contradictoires, tout me donnait des vertiges. Mais j'avais besoin de savoir. Je suppliai mon infirmier à voix basse :

— Oh, Paul... Que s'est-il passé depuis la sentence de Cornelis ? Je t'en prie, raconte-moi tout ce que tu sais...

— Hum... Pas grand-chose, frère Paolo. Cet après-midi, Alonso, Jacob, Etienne et moi, on a réfléchi ensemble au moyen de te délivrer. Etienne t'a aspergé pour que tu tiennes le coup au soleil. Alonso a chanté pour t'avertir de ne pas dormir cette nuit. C'est moi qui ai rampé sur le pont pour t'apporter un couteau.

— Toi, Paul ?

— Je suis le plus léger et le plus souple. Ensuite, Jacob devait te conduire dans une cachette imaginée par Alonso, et y rester avec toi pour te protéger. Mais tu semblais ne pas réussir à te détacher. Pardonne-moi, frère Paolo ! Tu es si habile au dessin que j'avais oublié ton infirmité. C'est moi qui aurais dû trancher tes liens !

— Mais Paul, de toute façon, c'est ton couteau qui m'a sauvé ! Sans cette arme, mon agresseur aurait pu tranquillement m'assassiner.

Malgré la douleur qui m'enveloppait d'une brume cotonneuse, je continuai de rassembler mes idées.

— C'est Francis qui a voulu me tuer, n'est-ce pas ? Mais pourquoi ? Est-ce que ce n'était pas plus simple pour lui d'attendre un ou deux jours que le soleil m'ait desséché et transformé en cadavre ?

— Il a eu peur que M. Van Vliet ne change d'avis à ton sujet. Au dîner, le capitaine Hans Michielszoon a affirmé avec beaucoup de force que tu avais droit à un jugement équitable, au cours duquel tu devrais prendre la parole pour t'expliquer. M. Van Vliet a répondu froidement que la nuit portait conseil et qu'il nous donnerait sa décision à son réveil. Mais j'ai eu l'impression qu'il ne voulait pas perdre la face. Il était très possible qu'il nous annonce demain matin que, dans sa grande clémence, il avait décidé que tu aurais droit à un procès...

— Alors Francis a eu peur que je sois acquitté...

Eh bien, il avait eu raison. Car ma défense était prête.

— Merci de tes soins, Paul. Je vais tenter de dormir. Demain, j'aurai besoin de forces pour sauver ma peau !

18

Un sentiment inconnu

Le matin suivant, Cornelis nous attendait dans la salle à manger, le teint plus gris que jamais, la mâchoire crispée, l'œil furibond. Pouteh lui présentait des fruits, du thé et des biscuits au gingembre, qu'il rejetait avec dédain. Assise à la droite de son père, Saskia semblait suffisamment intéressée par la situation pour oublier quelques instants de grignoter.

Alonso enchaînant les notes avec une virtuosité fébrile, le négociant lui intima de cesser sa musique. Malgré la gravité du moment, Jacob avait du mal à garder les yeux ouverts, car sa nuit avait été consacrée aux opérations des deux gentilshommes de Cambridge. Excepté Vasco, de service à la barre, tous les officiers valides étaient présents. Je m'assis en bout de table, entre Etienne et Jacob, le plus loin possible du négociant.

— Comment puis-je espérer trouver le continent inconnu pour le compte de la VOC, rugit Cornelis, si mes officiers s'entretuent ?

— Qui sème le vent récolte la tempête, monsieur,

répliqua sèchement Hans Michielszoon, couvert de cicatrices superficielles au visage et sur les bras. Et lorsqu'un navire essuie une tempête, il existe une règle que tout bon capitaine se doit de respecter : il faut remettre le navire en état avant de reprendre la mer. Aujourd'hui, à bord de *L'Espérance*, nous devons rétablir un minimum de sérénité. Cela implique de faire le clair sur la folie meurtrière de vos scientifiques.

Tapant du poing sur la table comme il adorait le faire, Cornelis nous regarda d'un air sévère, dans une tentative dérisoire de rétablir son autorité. Mais ce fut vers le capitaine que je me tournai spontanément.

— J'ai des informations à vous apporter, monsieur. J'ai eu tout le temps de réfléchir, accroché au grand mât.

— Frère Paolo, je ne t'ai pas donné la parole, gronda Cornelis, d'autant plus fâché que, au fond, il était très mécontent de lui-même.

— Puisqu'il s'agit d'un procès équitable, intervint le capitaine, nous laisserons frère Paolo s'exprimer.

Je m'empressai de lui obéir et me tournai vers le sergent roux.

— Jacob, tu viens d'opérer William et Francis, n'est-ce pas ?

— Hum... J'ai fait de mon mieux. Mais leurs plaies sont profondes. J'ignore si l'un ou l'autre survivra...

— Aurais-tu remarqué, dans les vêtements de Francis, une lettre cachetée ?

Le sergent ouvrit des yeux ronds.

— Non.

— Ou alors un bijou ?

— Il portait autour du cou une chaîne avec un médaillon.

— Peux-tu aller les chercher, s'il te plaît ?

En bâillant, mais sans se plaindre de sa fatigue ni me questionner sur l'importance de l'objet, il se leva et sortit. Je fus touchée de sa confiance. Nous l'attendîmes dans un silence pesant, secoués par la houle puissante d'un océan gris et agité.

Avant même de se rasseoir, Jacob déposa au centre de la table le médaillon en or ciselé. Je l'ouvris. A l'intérieur se trouvait le portrait d'un homme d'une trentaine d'années, au visage orné de trois jolies pointes fines et blondes : une barbichette et deux moustaches. Il ressemblait de manière vague à Francis, excepté sa chevelure épaisse et bouclée qui était tout à fait la même. Cornelis attrapa le médaillon et fit une moue dédaigneuse.

— Bon, eh bien, c'est son père ! Rien de plus normal que de conserver ce genre de souvenir.

Le bijou passa de main en main. Hans Michielszoon, Etienne, Paul, Jacob confirmèrent le diagnostic du négociant puis me regardèrent, attendant la suite. Seul Alonso resta perplexe :

— C'est bizarre. Je suis sûr d'avoir déjà rencontré cet homme...

— Votre unanimité est intéressante... puisqu'il s'agit de George Villiers de Buckingham.

— Bouquincan ? demanda Paul, stupéfait.

— Voilà ! C'est ça ! Buckingham ! s'exclama Alonso. Je l'avais aperçu quand il était venu à la cour du roi Philippe IV d'Espagne. Et je l'ai revu à Whitehall, dans la loge de Charles Ier.

— L'amiral anglais qui devait porter secours aux huguenots de la Rochelle !

— Celui qui vient d'être assassiné !

— L'homme le plus important d'Angleterre après le roi !

Abasourdis, mes compagnons cherchaient à comprendre les implications de cette découverte. A voix haute, Paul récapitula sur ses doigts :

— Bouquincan. Favori de Jacques Ier. Bras droit de Charles Ier. Détesté des parlementaires et du peuple anglais. Inspirateur de l'ambassade ratée en Espagne. Inspirateur de la nouvelle politique guerrière de l'Angleterre. Seul allié des huguenots de La Rochelle. Et père de Francis.

— Un grand charmeur, ajouta Alonso. Très influent, intrépide, sûr de lui... et qui pourtant s'est révélé aussi mauvais amiral que piètre ambassadeur.

— Mais Francis s'appelle Glittery, non ?

— Ce grand séducteur de Buckingham a sûrement semé quelques bâtards à droite à gauche ! La mère de Francis avait sans doute un époux légitime, qui a donné son nom à l'enfant.

— William le savait-il ?

— Je le pense, dis-je. Mais il protégeait son ami, en racontant la version officielle de sa vie. Il n'est pas facile d'être un enfant naturel, même si votre père est un éminent personnage.

— Comme par hasard, Francis est tombé malade quand nous avons appris l'assassinat de Buckingham ! Ce n'était pas la fièvre qui le retenait dans sa cabine, mais le chagrin.

— Et rappelez-vous l'efficacité soudaine des relations de William pour nous trouver le bon interlocuteur ! Et si c'était Buckingham qui avait secrètement persuadé lord d'Aylilay de nous aider ?

Les sourcils noirs de Hans Michielszoon se froncèrent si fort que ses yeux gris-bleu s'emplirent d'ombre. Il se tourna vers le négociant :

— Monsieur Van Vliet... A bord de *L'Espérance* se trouve le fils de celui qui était, au moment de notre départ, le plus éminent des Anglais après le roi. Qu'en tirez-vous comme conclusion ?

Choqué, Cornelis prit sa tête entre ses mains. Sans répondre, il se lissa le front du bout de ses doigts tremblants. Dans le silence qui suivit, nous entendîmes de nouveau la voix claire de Paul :

— Est-ce que Francis est un espion ?

Alonso plaqua une suite d'accords sur les cordes de sa vihuela, avec le rythme régulier d'une marche militaire. Mais cette musique entraînante et l'incroyable situation semblaient à peine suffisantes pour maintenir Jacob éveillé.

— Il y a cinq ans, dans les Moluques, dit Cornelis en relevant la tête, le gouverneur hollandais d'Amboine a mis à mort ses hôtes anglais qu'il soupçonnait de vouloir s'emparer de sa forteresse. Ce massacre a stoppé net toutes les tentatives d'entente entre la VOC et les compagnies anglaises qui voulaient commercer en Asie.

— Il suffit pourtant de bavarder dans les ports pour comprendre que les négociants anglais se préparent à bousculer l'hégémonie hollandaise. Ils ont amélioré les fonctionnements de l'East India Company et ils commencent à conclure des accords avec des princes d'Asie, confirma Hans Michielszoon, d'une voix plus douce qui semblait signer une trêve entre Cornelis et lui.

Le négociant poussa un profond soupir.

— Je ne serais pas étonné que les Anglais soutiennent la piraterie qui s'attaque à nos navires.

— Rappelez-vous, dis-je, comme les archives cartographiques de Charles Ier étaient succinctes ! Quel gain de temps pour ses entreprises commerciales s'il récupérait d'un seul coup les cartes secrètes de la VOC, de la France et de l'Espagne réunies !

— Et quel coup de maître pour Buckingham s'il offrait cette somme d'informations au roi ! Même les parlementaires auraient cessé leurs critiques, certains de s'enrichir si l'Angleterre découvrait pour son compte le continent caché !

— Si la Compagnie des Indes orientales ne vous avait pas promis des cartes à Batavia, monsieur Van Vliet, il est probable que Francis se serait évaporé à notre départ de l'Espagne !

— Tu as raison, Etienne. Il a dû être bien embarrassé par la proposition du gouverneur Pieter Van Haarlem. Aussi a-t-il profité de notre escale à Londres pour aller expliquer la situation à son père.

— Et Buckingham lui a ordonné de participer à notre expédition jusqu'à Batavia pour y dérober les cartes de la VOC. Aucun document ne devait manquer à l'ensemble !

— Voilà pourquoi Francis tenait tant à cette route !

— Il est probable que, à Batavia, une fois les dernières informations récupérées, il nous aurait faussé compagnie.

— J'aurais dû me méfier de ces deux Anglais, se plaignit le négociant. Mais pourquoi donc les ai-je embauchés ?

— Parce que William avait des relations à la Cour, lui rappela le capitaine. En outre, vous aviez besoin de scientifiques dans votre équipe et ils avaient tous les deux bénéficié de la meilleure des éducations. William nous a raconté que sa famille avait été décimée par la peste, qu'il voulait quitter l'Angleterre pour de nombreuses années, et qu'il serait heureux de participer à de nouvelles découvertes. Il paraissait sincère.

— Il l'était, j'en suis sûr, dis-je.

— Quant à Francis, nous n'avons pas envisagé une seconde qu'un presbytérien, opposant au roi et persécuté pour sa religion, puisse être un espion de Charles Ier !

— Voilà ce qui explique sa conversion récente, dis-je. Il se mettait à l'abri de nos soupçons.

— Buckingham aurait donc eu vent des projets de la VOC ? murmura Cornelis. Plusieurs mois avant notre départ ? Et il aurait envoyé tout exprès son fils à Amsterdam ?

— C'est un homme puissant. Lui aussi a ses informateurs.

— Ce que je ne comprends pas, fit Jacob après avoir bâillé plusieurs fois d'affilée, c'est si William a joué un rôle dans cette machination...

— Oui, dis-je, un rôle involontaire. Il a expliqué à monsieur Van Vliet qu'il ne partirait pas sans emmener Francis. Par son tempérament spontané, il nous inspirait confiance. Et cette confiance a rejailli sur son ami.

— Il n'était donc pas son complice ?

— Il n'aurait pas insisté pour qu'on choisisse la route de l'Amérique sans passer par Batavia !

— C'est juste.

— Et il ne se serait pas battu avec acharnement pour te défendre, frère Paolo, ajouta Hans Michielszoon.

Je frissonnai. Depuis que Cornelis avait ordonné qu'on m'attache au grand mât, c'était la première fois que le capitaine m'adressait la parole. Je comprenais maintenant qu'il lui avait été impossible de se rebeller en public contre le négociant ; il ne pouvait prendre le risque de déclencher une mutinerie. Loin des oreilles des hommes d'équipage, il avait pourtant plaidé pour moi avec beaucoup d'énergie et, si Francis n'avait pas cherché à me tuer, il aurait obtenu ma libération le lendemain matin.

Mais – j'en eus brusquement la certitude – l'émotion qui, à cet instant, animait son regard ne contenait aucune ambiguïté amoureuse, simplement le soulagement d'avoir évité un drame cruel et stupide. Sa compassion pour mes souffrances aurait été identique si elles avaient concerné l'un ou l'autre de mes compagnons, et il aurait agi de la même façon envers n'importe quel accusé à bord. Mon cœur se serra et je baissai la tête. Quel malheur de passer pour un homme aux yeux de celui qui m'attirait si fortement !

Paul intervint :

— Dans les plans de Francis, le grain de sable a été la présence de frère Paolo. Parce qu'il avait l'oreille de monsieur Van Vliet.

Le négociant prit un air de martyr.

— Hier, cet espion m'a embrouillé l'esprit... Il a

réussi à me prouver que frère Paolo n'était pas un capucin authentique... D'ailleurs, je remarque que, jusqu'à présent, personne ne m'a affirmé le contraire. Et n'est-ce pas une abomination que d'abuser de la confiance des croyants ?

— Sans être un authentique capucin, peut-être frère Paolo a-t-il des circonstances atténuantes ? s'empressa d'ajouter Hans Michielszoon en me lançant un regard encourageant.

Je me tournai vers Paul.

— S'il te plaît, aide-moi à retirer mon froc.

Avec des gestes doux et précis, l'adolescent fit passer l'habit de moine par-dessus mon bras cassé et ma tête. J'apparus dans la tenue de peintre de mon frère Michele : le pantalon et la blouse à manches courtes, bariolés de pigments.

— Monsieur Cornelis, je vous présente mes excuses. Effectivement, je ne suis pas un moine capucin, et je ne m'appelle pas frère Paolo. A Rome, j'étais apprenti dans l'atelier d'un peintre : Michelangelo Orazeschi.

Alonso, qui jouait en sourdine depuis un moment, posa sa vihuela sur ses genoux. Je remarquai la douceur de son regard brun.

— Aussi, ça m'étonnait que tu sois calé en peinture à ce point-là ! s'exclama-t-il.

La tête appuyée sur son coude, les yeux papillonnants, Jacob eut un sursaut de vigilance.

— Ah oui, moi aussi...

Je relevai mes manches et posai mes mains sur la table, doigts raides vers le plafond. Tous les contemplèrent, y compris Saskia, la fille du négociant, et Pouteh, la servante asiatique.

— Un jour, j'ai été traduit devant un tribunal...

A ce souvenir, je sentis l'air me manquer. Mais aujourd'hui, à la place des juges, de Marco et de mon père, j'avais face à moi Alonso qui avait cessé sa musique pour mieux m'écouter, Etienne et Paul dont la confiance m'était acquise, Jacob qui pour moi luttait contre le sommeil, Hans Michielszoon qui me souriait avec sympathie, et Cornelis dont le malaise visible était comme l'aveu d'une erreur...

— D'après mon maître, j'étais son élève le plus doué. Je savais qu'on me jalousait et j'essayais d'être le plus discret possible. Un jour où il n'y avait aucun témoin, un autre élève m'a agressé. Ensuite, il m'a accusé de l'avoir provoqué...

Le négociant ne put s'empêcher de m'approuver.

— Ça peut coûter cher d'être le plus doué de sa génération ! J'en sais quelque chose !

— Tout à fait, monsieur Van Vliet. Hélas, c'était ma parole contre celle de mon accusateur. Afin de trancher entre nous, les juges ont préféré s'en remettre à Dieu.

— A Dieu ? répéta Cornelis, troublé.

— Enfin, c'est ce qu'ils disaient. Concrètement, cela veut dire qu'un bourreau a entouré chacun de mes doigts de lacets de cuir. Et qu'il a tiré.

Paul poussa un cri d'effroi. Les yeux papillonnants de Jacob s'ouvrirent d'un coup.

— Je me suis évanoui. Il paraît que les juges ont été convaincus de ma bonne foi. Mais la torture avait brisé mes doigts. Et mon honneur. Et mon avenir de peintre.

Un silence de mort régnait autour de la table. Très

gêné, Cornelis se tourna de nouveau vers l'océan. Tête baissée sur ma souffrance et ma honte, je m'écriai :

— Après ce tribunal, qui avait laissé partir le coupable et brisé la vie d'un innocent, comment croire encore en la justice des hommes ? Avec mes mains impuissantes, comment me protéger de leur violence ?

Personne n'avait de réponse à me donner, pas plus Cornelis qu'un autre. Je relevai la tête et regardai le négociant dans les yeux.

— Revenu à l'atelier, j'ai enfilé le costume d'un capucin. Les moines errants sont d'une pauvreté évidente ; ils n'attirent pas l'attention des gens malintentionnés. J'ai fui, à pied, quittant tous ceux que j'aimais, en direction des Provinces-Unies dont on m'avait vanté les peintres. J'espérais me faire embaucher dans une ville où personne ne me connaîtrait. Hélas, lorsque j'ai enfin atteint Amsterdam, mes doigts ne pouvaient toujours pas saisir un pinceau. Par hasard, je suis tombé sur votre petite annonce, monsieur Van Vliet... Et vous connaissez la suite.

Autour de la table, tout le monde me regardait avec compréhension – sauf Jacob qui ronflait, la tête posée dans le creux de ses bras. Cornelis poussa un soupir de crucifié et se tourna vers le capitaine.

— S'il jure de renoncer à son costume de moine afin de vivre sous sa véritable identité, j'accepte de lui pardonner la fausseté dont il a fait preuve à mon égard.

— Très bien, dis-je avec fermeté. Désormais, j'apparaîtrai toujours devant vous comme ce que je suis vraiment : un peintre blessé, incapable de peindre sans son attelle.

— Puisque tu n'es plus moine, tu pourras garder ta rapière, y compris à terre, dit Paul avec gentillesse.

— Mais ton nom ? demanda Cornelis. Paolo ?

— Non. Apollonio.

— Comme Apollon, le dieu des arts ? sourit Alonso.

— Exactement. Mes parents s'intéressaient à la mythologie.

— Ce prénom n'était vraiment pas convenable pour un moine ! s'amusa le nain en démarrant une gigue sur sa vihuela.

Hans Michielszoon me donna une grande tape virile sur l'épaule.

— Alors, bienvenue parmi nous... Apollonio !

Il fut bientôt imité par Etienne et Paul, puis par Jacob que tout ce bruit avait réveillé.

— Apollonio... Bienvenue parmi nous !

— ... Nous, les aventuriers du Pacifique !

A chaque claque dans le dos, je riais, au bord des larmes. A défaut de connaître l'amour, j'avais tellement besoin de leur amitié !

*

A grandes enjambées, je traversai le pont. Des hommes d'équipage lavaient le plancher à grande eau pour en effacer nos traces de sang. Je me mis à chercher autour du grand mât, dans les interstices du plancher, derrière les bastingages, dans les replis des cordes...

Enfin, derrière un coffre arrimé au pont, je dénichai l'objet : deux cercles de métal entourant des loupes de verre, accrochés l'un à l'autre par une sorte de pince. Par miracle, il était intact.

Emue, je descendis l'escalier vers les cabines. Dans la première, les deux couchettes superposées étaient occupées. Celle du haut par un espion qui avait tenté de me tuer et qui n'avait pas hésité à combattre à mort son meilleur ami... Je n'y jetai qu'un bref coup d'œil, car je souhaitais son décès, et cette pensée me perturbait. Sur la couchette du bas était allongé le gentilhomme qui m'avait défendue avec courage au péril de sa propre existence...

Lui qui aimait tant les couleurs vives était plus livide que les pansements de fortune qui entouraient sa poitrine. Comme il était laid, avec son menton épais et son nez en trompette, sans l'harmonie apportée par son charmant sourire ! Et comme il respirait faiblement ! On aurait dit qu'il avait besoin d'économiser le peu de vie qui lui restait...

Sur la mince étagère qui bordait le lit contre la coque, je posai délicatement le pince-nez intact, heureux présage et encouragement à survivre. Puis, bouleversée, j'approchai mon visage du blessé et lui murmurai à l'oreille :

— William ! Cher William ! Ne sois pas pressé de rejoindre ta famille au paradis des anges ! Ici, à bord de *L'Espérance*, se trouvent tes amis qui t'admirent et qui t'aiment...

Au prix d'un immense effort, le gentilhomme réussit à ouvrir ses grands yeux de myope. Ses lèvres remuèrent :

— Frère Paolo ?

— Mon vrai nom, c'est Apollonio. Pour l'instant, tout va bien. Personne n'est mort, Cornelis s'est calmé et j'ai retrouvé tes lunettes. Je te raconterai tout ça plus tard, quand tu auras repris des forces.

— Pardonne-moi, murmura-t-il. Je me suis trompé sur Francis.

— Ne t'inquiète pas pour ça. Tu avais confiance en ton ami, c'est tout à ton honneur. Et puis, tu m'as sauvé...

Ses paupières se refermèrent. Avec mes doigts raidis, je lui attrapai doucement la main et ne bougeai plus, afin de ne pas perturber son repos.

Juste après, je sentis le navire virer de bord. Selon les ordres de Cornelis, *L'Espérance* avait repris la direction de l'Amérique. D'ici à quelques mois, nous allions enfin pénétrer dans l'immense et mystérieux océan Pacifique, à la recherche du continent inconnu. Maintenant que nous avions percé le secret des cartographes, nous savions que personne n'avait la moindre idée de son emplacement. Mais si vraiment sa dimension était celle de l'Afrique, nous finirions bien par tomber dessus.

Cornelis et ses officiers rêvaient d'y dénicher gloire et fortune grâce à la Compagnie des Indes orientales. Mais moi, de toute la force de mon désir de vivre, j'espérais y découvrir une société nouvelle, paisible et juste, où je pourrais enfin être moi-même, connaître l'amour et peindre librement. Puisque je n'avais pas révélé ma féminité à mes compagnons, je ne m'étais dépouillée que d'une partie du mensonge qui me séparait d'eux. Mais comment faire autrement ? En attendant le continent inconnu, j'avais au moins découvert un sentiment nouveau et merveilleux : le bonheur d'une place à égalité, dans un groupe d'amis soudés par l'aventure.

NOTE DE L'AUTEUR

Les romans « historiques » se contentent parfois de transposer nos préoccupations dans un décor du passé plus exotique. J'ai cherché au contraire à être aussi fidèle que possible à l'histoire du XVIIe siècle, y compris à la manière de penser des gens de l'époque. Privilégiant l'esprit à la lettre, j'ai pourtant choisi d'utiliser une langue moderne. Le français de la fin de la Renaissance est encore très différent du nôtre. Tout en comprenant très bien que d'autres auteurs effectuent un choix différent, j'ai préféré ne pas créer une distance artificielle entre les personnages et les lecteurs.

Il m'a fallu aussi trier entre nos connaissances actuelles et ce que pouvaient savoir mes héros. Par exemple, je n'ai pas mentionné le premier Européen qui découvrit l'Australie – Willem Janszoon – en 1605. Personne, même pas lui, ne savait qu'il venait d'aborder un nouveau continent. Les cartographes étaient persuadés qu'il avait simplement découvert un prolongement de la Nouvelle-Guinée. D'autres navigateurs hollandais et portugais avaient aperçu l'Australie et parfois l'avaient même accostée, mais ils ne savaient pas s'il s'agissait d'une île ou d'une terre plus vaste. Son existence n'a été avérée, et ses contours précisés, que progressivement dans la deuxième moitié du XVIIe et surtout au XVIIIe siècle.

D'ailleurs, contrairement à ce qu'on pourrait penser aujourd'hui, le « continent caché » du Pacifique ne correspond pas à l'Australie. Les géographes du XVIIe siècle imaginaient une terre immense reliant le pôle Sud au tropique du Capricorne. Elle devait se trouver au cœur du Pacifique Sud, car il était impensable qu'une aussi grande étendue ne contienne pas une vaste terre et celle-ci devait faire contrepoids à l'Europe. Sinon, la Terre n'aurait pas tourné rond ! Or l'Australie se situe entre l'océan Indien et l'océan Pacifique. Elle est donc trop à l'ouest. Elle est également trop au nord et séparée de l'Antarctique. Mais il a fallu attendre les expéditions scientifiques du XVIIIe siècle pour en avoir le cœur net. En sillonnant le Pacifique dans tous les sens, Bougainville, La Pérouse et Cook ont enfin prouvé que le continent caché n'existait pas.

En ce qui concerne la peinture du début du XVIIe siècle, celle-ci fut effectivement d'une grande créativité et d'un réalisme nouveau, en particulier en Hollande. Puisque certains tableaux ne sont pas parvenus jusqu'à nous, je me suis permis d'inventer la collection de Johanna Van Vliet. J'ai bien sûr respecté les styles présents à ce moment-là à Amsterdam. L'œuvre exposée dans le bureau des directeurs de la VOC : *La Forteresse de Batavia*, par Andries Beeckman, n'a été achevée qu'en 1656. J'ai imaginé qu'elle avait été précédée par une autre vue de Batavia. Les peintres que je cite ont tous existé, à l'exception d'Apollonia et de Michelangelo Orazeschi, qui sont cependant inspirés de peintres réels : Artemisia et Orazio Gentileschi. J'ai voulu inventer pour la jeune femme un destin différent, après le viol et la parodie de justice qu'elle a effectivement subis.

Chaque fois que j'ai inventé un lieu ou un personnage, je me suis ancrée dans la réalité de l'époque. Par exemple, j'ai créé de toutes pièces le château de Mouille-Mollets. Mais il ressemble à certains manoirs médiévaux de Charente et son nom évoque des lieux-dits de la région. Pieter Van Haarlem et Cornelis Van Vliet ne sont pas non plus des personnages réels, mais leurs destins sont crédibles pour un gouverneur de la VOC et un négociant d'Amsterdam en 1628.

Mon objectif constant était de dépayser mes lecteurs

par une plongée très réaliste dans une époque surprenante, et dans la peau de personnages dont nous nous sentirions proches. Quel courage il fallait – ou quelle désespérance ! – pour partir sur des mers inconnues sans moyen fiable de calculer sa position !

Je vous souhaite à tous un excellent voyage.

Table

Du même auteur :

Pour adolescents

Aux Editions Nouveau Monde

Suzie la rebelle, les années de guerre, 2008.
Suzie la rebelle, le mystère Marie Curie, 2008.
Suzie la rebelle, l'espion russe, 2009.

Aux Editions Plon

Le Secret des cartographes, 2008.
Le Secret des cartographes, à l'assaut du Pacifique, 2009.
Le Secret des cartographes, piégés par l'Asie, 2010.

Pour enfants

Aux Editions Hachette

Collection « Bibliothèque rose »
Série *Ghost Secret*

1. *La Momie du Pharaon*, 2008.
2. *Le Trésor de Barbe-Jaune*, 2008.
3. *Le Tournoi maudit*, 2008.
4. *Le Silex magique*, 2008.
5. *La Surprise du Roi-Soleil*, 2008.
6. *Les Jumeaux de Pompéi*, 2008.
7. *Aux jeux Olympiques*, 2009.
8. *La Fiancée du chevalier*, 2009.
9. *La Colère de François Ier*, 2009.
10. *Le Triomphe de César*, 2009.
11. *Avec Christophe Colomb*, 2010.

Sophie Marvaud est également l'adaptatrice des séries *Winx Club* et *Zoé Késako* pour la collection « Bibliothèque rose ».
Sur son site, elle propose des conseils et jeux d'écriture aux écrivains en herbe :

http://www.sophiemarvaud.fr

Composition par MCP - *Groupe JOUVE*

Achevé d'imprimer en février 2010 en Espagne par
LITOGRAFIA ROSÉS S.A.
08850 Gavá
Dépôt légal 1re publication : mars 2010
Librairie Générale Française
31, rue de Fleurus – 75278 Paris Cedex 06